清晨的加斯巴
朝のガスパール
筒井康隆 作品集 03
筒井康隆——著
王華懋——譯

目錄

總導讀／橫路明夫

擅長從自我意識中解放的大頑童

對於台灣人來說，「塔摩利」在台灣的知名度也許不算低，但聽過筒井康隆這個名字的人想必不多。而不僅知道「塔摩利」是歌唱綜藝節目「Music Station」的主持人，還知道他是日本頗具代表性的搞笑藝人的，恐怕就更少了。事實上，塔摩利在日本稱得上是搞笑巨匠，更是年輕一輩搞笑藝人看齊的目標；而早在塔摩利出道前已對他慧眼識英雄的，便是筒井康隆（或者說得更精確一點，筒井和塔摩利是在爵士鋼琴家山下洋輔介紹下認識的。筒井本身也以喜好爵士樂著稱，著有《爵士大名》等與爵士樂有關的作品）。他和他身邊的幾個人，都不斷試著找出超脫日本人制式笑點的方法。從這一點可以看出，想要簡短介紹筒井康隆非常困難，若非得要做出取捨，我會說他的精髓在於，作中人物和情節都沿著一個非理性的方向發展，不受任何控制。這樣的手法在他初期的作品中較為明顯，可是我認為從筒井康隆所有作品來看，他非常成功的一點也正在於，他讓人物順著情緒的指引行事，完全不加阻撓，也就是在小說中成功地（或試驗性地）呈現了日本人最不擅長的「從自我意識中解放」的狀態。想必這和他喜好爵士樂脱離不了關係。

以黑色幽默創造荒誕藝術的筒井文學

另一方面，身為一個作家，筒井康隆理所當然地與許多一般人眼中的知識分子來往。其中最具代表性的就是他與大江健三郎的友誼。至少到封筆宣言事件（筒井曾因為差別待遇與歧視的用字引發文壇論爭，他一怒之下中斷寫作活動。）發生為止，大江健三郎在所謂純文學作家當中，可說是最了解筒井康隆的人。大江用下面這段文字，點出了筒井康隆文學的獨特性與重要性：

令筒井康隆的作品顯得耀眼奪目的那些「idea」（點子），也可說是「ideas」（觀念），自明治時代以來，一直都因為與寫實主義對立而遭到貶低。這是日本近代文學史的縮影。（註１）

說得誇張一點，當時大江健三郎期待筒井康隆在日本文學界能夠扮演革新者的角色。而另一方面，筒井康隆在探討大江健三郎的文章當中，也以論述自己的文學作為開場白。內容雖然有點長，但十分有助於了解他的文學特質，因此特加以引用。

接下來，我想針對許多日本人共通的感性特質進行批判。這種特質就是：「欠缺某方面的感性。」

他們大多不喜歡荒誕無稽的事物，而傾向於欣賞有理可循的幽默；他們不喜歡怪異意象，而喜歡能夠一眼看出的象徵；他們不喜歡瘋瘋癲癲的玩笑，而喜歡帶有顏色的笑料。因此當他們碰上由荒誕無稽、怪異的形象以及瘋瘋癲癲的玩笑創造出來的藝術時，會設法用頭腦去理解它。為了導出一個結論，他們總是急著尋找藝術作品中的象徵與意涵。然而這樣的思維方式，同時也封鎖了藝術的爆發力。既然連藝術都受到這樣的待遇，那麼在日本這樣一個尊崇純正血統的社會當中，在書寫充滿荒誕無稽、怪異意象、瘋瘋癲癲的玩笑的ＳＦ（Science Fiction，科幻小說）作品時，勢必得面對各式各樣的輕蔑、誤解、反感以及敵意。（註2）

一邊面對著「各式各樣的輕蔑、誤解、反感以及敵意」，一邊寫著「充滿荒誕無稽、怪異的意象、瘋瘋癲癲的玩笑的SF作品——這樣的描述說的正是筒井康隆自

註1 引自大江健三郎〈解說—筒井康隆有多特殊？〉（《筒井康隆全集24》 新潮社 1985.3）
註2 引自筒井康隆〈極個人的大江健三郎論〉（《國文學》 學燈社 1983.6）

己。的確，許多所謂衛道人士對筒井康隆充滿「輕蔑、誤解、反感以及敵意」；然而筒井文學的熱烈支持者也絕不在少數。從這一點來看，所謂「荒誕無稽、怪異的意象、瘋瘋癲癲的玩笑」（或可代換為胡說八道和黑色幽默）這樣的形容雖難免夾帶著些許自我解嘲的成分，但同時卻也是「筒井文學」公認的特徵。如果在這項特徵之外加上「為挑戰虛構的可能性所做的實驗」，我想大致上就能掌握筒井文學的骨幹了——不，我想這樣還不夠。理論上而言，一位作家的形象是由他筆下所有作品構成的。而筒井康隆在他的每一部作品中都會灌注新的概念，其作品所展現的多樣性，在日本作家當中幾乎無人能出其右。因此，以上所說的一切，說不定最後只說明了「筒井康隆是個變化多端的作家」而已。

《穿越時空的少女》透過不斷影像化造成熱門話題

收錄於本系列中的四部作品，無論旨趣或風格都完全迥異。以下在針對個別作品的特徵進行解說的過程中，筆者將盡可能不碰觸到內容的部分。為了避免扼殺了讀者之後閱讀的樂趣，我打算僅以一些旁枝末節的事項來引起讀者諸君的興趣。只是不知道這樣的嘗試，效果是否會如我預期？

我想先從四部作品中最早期的《穿越時空的少女》談起。聽到《穿越時空的少女》完成於一九六五～一九六六年間，也許你會感到意外。因為拿起這本日本文學中譯本的你，很可能曾經看過二〇〇六年上映的電影版動畫《跳躍吧！時空少女》。這部電影剛上映時宣傳規模不大，在全日本也僅只二十一家戲院播放。不過在觀眾口耳相傳之下，最後不僅在超過一百家以上的戲院上映、得到幾座影展的獎項；甚至還於二〇〇七年在台灣搶先其他海外國家上映，DVD也已在台上市。因此，我才會推測也許你曾經看過這部動畫。值得一提的是，這部電影賣座的原因，除了電影本身的品質優良，還有另一重要因素；那就是《穿越時空的少女》週期性地被改編為影像作品，且每次改編都引起熱烈迴響。這種長賣的特性，已經稱得上是一種品牌的號召力了。《穿越時空的少女》第一次改編為影像作品，是NHK電視台在一九七二年播放的「少年劇系列」中的首部作《*Time Traveler*》。那時我還是小學生，已不記得所有細節，不過由於當時科幻劇並不常見，因此我清楚記得自己被那種不可思議的氣氛所吸引。到了一九八三年角川公司出品的《跳躍吧！時空少女》，更一舉打響了這部作品的知名度。當時的角川電影公司可說是電影界的新浪潮，再加上這是其時廣受年輕人歡迎的大林宣彥導演的「尾道三部作」中的第二部，因此它所引發的風潮幾乎成為一種社會現象。在那之後，這部作品還曾數次被改編成單集的戲劇，使它的名氣直到這部動畫作品問世時仍歷久不衰。也就是說，《穿越時空的少女》成了一則現代童話，在世代間被不斷傳頌著。讀過筒井康隆的原著之後，你也許會驚訝於它原來是這麼一篇小品；但其實這一點都沒什麼好大驚小怪的。因為它最早連載於《初三課程》和《高一課程》這兩本雜誌上。也就是說，這部作品原本是筒井康隆為了引領學子們認識SF的世界而寫的。但也正因如此，筒井特有的黑色幽默和怪異意象等「毒素」都刻意經過抑制，而時間旅行的不可思議之處、關於失去的悲哀（例如與自己所愛的人有關記憶遭到消除一事有多痛苦），這些能夠喚醒所有人心底童心的共鳴元素，都用直接的方式表現出來。筒井在這部作品中刻意隱藏自己的特質，卻換來更多讀者的支持；從這一點來看，這實在是一部相當特別的作品。

《富豪刑事》徹底將「方便主義」發揚光大

發表順序上排行第二的《富豪刑事》（一九七八年），則可說是一部作者在寫作時清楚意識著自己在創造虛構的事物，並以此為樂的作品。這部小說也已經改編成影像作品，即二〇〇五年一～三月首播的《富豪刑事》和二〇〇六年四～六月的《富豪刑事Deluxe》。雖然在改編的連續劇中，主角由男性（小說原本是神戶大助）變成了女性（劇中人為神戶美和子）的作法得到的評價毀譽參半；但其實這部作品中不可或缺的要素，是主角（一位富豪的繼承人，擁有足以實現一切願望的財富，並利用其財力破解各種案件）與正常人大相逕庭的思維。因此在劇中扮演女主角的深田恭子，那種不諳世事的公主性格，讓我覺得再適合不過了。我之所以這麼認為，是因為這部作品的主題就是「方便主義」吧。

提到連續劇讓我想到，在大受歡迎的連續劇〈古畑任三郎系列〉裡，當所有證據都串聯起來時，必定會穿插古畑任三郎直接對觀眾說話的場景。有人說這是向艾勒里・昆恩（Ellery Queen）挑戰讀者的手法致敬，而同樣的場景在《富豪刑事》當中也可以看到。不過，筒井這樣安排，並非為了將解開謎題的關鍵全部攤在讀者面前，而是因為作中人物都知道自己是虛構人物，也對此樂在其中（在古畑任三郎系列當中，上述兩種考量應該各占了一半比率）。故，就像筆者在最前面所提的，筒井康隆是一位清楚意識到文學世界本身的虛構性，並且樂在其中的作家。「方便主義」的寫作方式，日文稱作「御都合主義」，通常被解釋為「作者用勉強或粗糙的方式安排故事，以使情節比較容易處理」。特別是若從寫實主義的角度來看，這種手法總是難免受到批評。不過，若讓筒井發表意見，他一定會說：「想盡辦法不用方便主義的寫法，說穿了也是作者的刻意操作，那麼和作者刻意選擇方便主義的寫法又有什麼分別？」

筒井康隆是一位不斷試圖超越常識的SF作家。他之所以提筆寫推理小說，「很喜歡這個文類」這個單純的動機自然是理由之一。但我想另一個理由在於，推理小說這個文類的基本原則在於精密的解謎過程，並且講求合理性。也就是說，筒井刻意用推理小說寫作上視為禁忌的方便主義寫法，來進行他個人的寫作遊戲。比如說，在一般人掉入主角神戶大助設下的陷阱而犯罪時，看似好像是使其鑄成大錯，結果卻反過來發現那個人原本就是個罪犯。像這種牽強的情節，絕不可能見容於一般的推理小說當中。況且說穿了，為了調查案件什麼手段都使得出來的富豪刑事（甚至可以特地成立公司）這種設定，本身就是一種方便主義的體現。我認為，作者與讀者之間必須存在著一種共識——大膽地碰觸傳統推理小說的禁忌，以輕鬆的心情、毫不費力地在虛構世界玩耍——才能充分享受《富豪刑事》這部作品。

說穿了，筒井並不是在寫推理小說，而是藉由推理小說大玩寫作遊戲。當然，正如推理作家佐野洋和栗本薰所指出的（註3），他的作品仍舊具備了推理小說的基本條件，也有解謎情節，然而，想必這些都是為了以神來之筆的方式寫作推理小說所做的準備。畢竟遊戲如果不認真玩就不好玩了嘛！所以從這層意義上來說，就算在推理小說此一文類當中，筒井康隆行進的路線也位於離樸素的寫實主義最遠的位置。

《四十八億的妄想》——打破虛構與寫實分界的紙上劇場

前面談到《富豪刑事》當中有登場人物直接對讀者說話的場景時，我提到之所以穿插這種場景，是因為要呈現「作中人物都知道自己是虛構人物，並且也對此樂在其中。」像這樣連接虛構的世界和讀者的作法，在戲劇當中稱作「打破第四道牆」。所謂的「第四道牆」，是指虛構世界和觀眾（讀者）所在的現實世界之間的分界線。常見的後設小說（Metafiction），幾乎等於打穿了第四道牆。這在劇場界是常見的手法，而筒井康隆也讓他的小說大搖大擺地來往於虛構世界和現實世界當中，而這種風格其實在他的首部長篇小說《四十八億的妄想》當中便已萌芽。三浦雅士簡潔地這樣描述這部作品：

> 《四十八億的妄想》可分爲兩個部分。第一部當中發生的所有事情，如交通意外、政治事件、法庭審判及葬禮、友情和結婚的情節，全都是爲了上電視搶鏡頭而發生的。在第一部中，他用各種手法描述這些事情的來龍去脈，可說是對「現代」的「報導」。到了第二部，原本這些爲了上電視模擬出來的事件，卻一一發生在現實當

註3　參照佐野洋〈關於筒井康隆的《富豪刑事》〉（《富豪刑事》後記　新潮文庫 1984.1）

中。例如第一部中的模擬海戰，到了第二部卻變成一場眞正的海上衝突。也就是說，在第一部當中，現實都成了虛構；而在第二部裡，虛構反過來成了現實。（註4）

模擬現實成為電視上播放的內容，而這些內容又反過來變成現實的事物，顯而易見地，他的書寫策略是打穿現實與虛構內容之間的牆壁。《四十八億的妄想》發表於一九六五年，那時正好是所謂「新．三種神器」之一的彩色電視逐漸開始普及於一般家庭的時期，讓人佩服他前瞻性的視野。將近三十年後，到了即將邁入電腦時代的一九九二年，他寫了一篇以電腦通訊為主題的小說《清晨的加斯巴》，試圖打破一道新的牆壁（當時，日本的網際網路尚未普及，通訊方式仍屬於會員之間的封閉式網路服務）。筒井首先嘗試打通讀者和創作者之間的牆。由於這是一篇每天在報上連載的新聞小說，所以他利用這種特性進行一場文學實驗，號召讀者參與創作，也就是透過電腦通訊和信件募集讀者意見，並且將它們反映在作品當中。之後，筒井採納讀者的意見，呈現出他最擅長書寫的多層構造世界。這部作品中的多層構造，包括了「網路遊戲『夢幻游擊隊』的世界」、「沉迷於『夢幻游擊隊』的貴野原等玩家的世界」、「描寫貴野原等玩家的作家櫟澤與編輯的世界」、「被穿插在故事中，來自電子布告欄與讀者來函意見與筒井康隆的世界」、「位於故事之外的筒井康隆和讀者的世界」。想要知道他是怎樣打破這麼多層世界之間的牆，只有實際讀過作品之後才能了解。我相信讀者一定能體會到被迫放棄虛構和現實之間的認知分界時，那種混沌不清的樂趣。附帶一提，《清晨的加斯巴》同時也獲得了一九九二年的「日本ＳＦ小說大獎」。

《盜夢偵探》展現橫衝直撞的想像力

最後一部是發表於一九九三年的《盜夢偵探》。關於這部作品，我只想簡單加以說明。這部作品也已經於二〇〇六年改編為動畫電影。大略而言，這部作品延續了前面提到的《四十八億的妄想》那樣打破虛實之分界的風格，並且綜合了現在仍然受到許多讀者支持的「七瀨系列」（擁有超能力的美麗女主角大展身手的一系列作品）那樣具有魅力的女主角，以及在〈夢之木坂分歧點〉當中深入探討的「夢」這個主題。這樣的說明也許並無法幫助讀者了解內容，但可以確定的是，這是一部具有戲劇性與娛樂價值的作品。《穿越時空的少女》和動畫電影有段落差；而《富豪刑事》對於一位講求推理小說味道的該類書迷而言，可能不合胃口甚至招致反感；至於《清晨的加斯巴》則又因為連載時設在作品中的機關太過特殊，使得這三部作品必須在具備一些

註4　參照三浦雅士〈解說〉（《筒井康隆全集2》　新潮社　1983.5）

備一些預備知識的狀況下才較容易理解。相較之下，《盜夢偵探》放在四部作品當中來看是一部娛樂性特別高的作品（主角是一位「夢偵探」），我想讀者不需要任何解說，拿起來讀了便是。

＊　＊　＊　＊

回顧這篇文章所說的，有許多地方難免顯得多餘，甚至也有違當初我表明不提及作品內容的原則，不過在我來說，我已經把想寫的都寫完了。雖然不好意思要求大家繼續看我廢話連篇，不過在停筆之前，我還想說一件事：可以的話，希望各位讀者能夠追隨筒井橫衝直撞的想像力直到最後，特別是《清晨的加斯巴》和《盜夢偵探》。這樣一來，也許你或多或少會改變對日本文學（美麗卻灰暗）的看法。身為筒井的書迷，衷心希望藉由此次中文版在台問世的機會增加更多我的同好。

作者簡介／橫路明夫

日本國立東北大學文學研究所日本文學研究碩士。一九九〇年來台，現任輔仁大學外語學院日文系副教授。研究領域為日本近現代文學。著有學術論文〈筒井康隆『関節話法』論——『親方』からの逃走〉等多數。

019

清晨的加斯巴

平成三年（一九九一年）十月八日 在《朝日新聞》開始連載之際

各位讀者請注意：這篇文章已經是小說的一部分了。換言之，虛構小說《清晨的加斯巴》已經開始了。連載結束後，它會集結為單行本出版，屆時這篇文章將會刊登在卷首，做為序章。

據說，十八世紀的英國小說家山繆爾．理查森（註1）在撰寫長篇小說《克拉麗莎》（Clarissa）的時候，曾經參考讀者的意見，將故事一點一點地分冊出版，並依照眾人的意見發展劇情。這部小說以書信體寫成，敍述貞潔的女主角克拉麗莎被惡棍侵犯。作者理查森針對克拉麗莎遭遇的各種狀況，向讀者徵求最妥善的解決方法。

此外，聽說理查森也在自家開設沙龍，招待熟識的上流仕女，朗讀剛完成的文稿，在聆聽對方的感想之後，再加以修改。有人說，這是因為理查森經營印刷廠才辦得到。同樣地，自辦雜誌的狄更斯（註2）似乎也做過類似的事情。

我想，各位讀者應該明白了。這次的報紙連載，我將進行相同的嘗試。我並未富有到在自家開設沙龍，所以，我想利用報紙連載小說的特性——每天進展一部分劇情，而讀者每天在報上閱讀它——將據說迴響遠大於雜誌連載的報紙讀者的意見反映

註1 山繆爾．理查森（Samuel Richardson，一六八九～一七六一），英國小說家，被稱為現代小說之父，代表作品有《帕梅拉》（*Pamela*）、《克拉麗莎，又名一個少女的歷史》（*Clarissa orthe History of a Young Lady*）。

註2 狄更斯（Charles John Huffam Dickens，一八一二～一八七〇），英國維多利亞時期小說家，代表作品有《塊肉餘生錄》、《孤雛淚》和《小氣財神》。

在小說上，讓故事循此發展。可能有人覺得這項挑戰異想天開，但我一點都不認為這個點子有多荒唐。通常只要光顧書店，就能看到數不盡的小說單行本可供選擇，然而有些讀者卻特意眷顧一天只有三張稿量的小說連載，作家能夠為這樣的讀者做什麼？有沒有什麼獨一無二的特點，是一天只有三張稿量、斷斷續續的報紙連載小說才辦得到的？至今為止，似乎沒有一個寫過連載小說的作家思考過這個問題，這才教我覺得不可思議。

人們說，讀者有誤讀的自由。毋寧說，正因為有誤讀，作品才有趣。就算是大多數讀者的誤讀，使得小說不斷地朝牛頭不對馬嘴的方向發展，那也不是讀者的責任，而是作者的責任。這時候，作者應該可以抬頭挺胸地這麼說：如果讀者有誤讀的自由，那麼作者也有「誤寫」的自由。

我想邀請各位讀者參加這場虛構故事。不，既然關係到故事發展，那麼讀者不僅是這場虛構的作者，同時也是登場人物。這年頭，作者在作品中登場已經不是什麼新鮮事了。

希望各位讀者務必以書面表達意見。用電話陳述的意見並不會傳到作者耳中，即使作者聽到了，也不會將其視為讀者本身的parole（發言）。

此外，利用網路通訊的讀者，請將感想發表於作者所參與的網路社群。在那裡，也能夠讀到作者發布的訊息。

許多讀者不滿足於現今的小說形式，不知不覺與小說疏離了。作者深信，這場古典又新潮的挑戰，應該能將那些讀者喚回新的虛構世界。

平成三年十月十八日　第一回

爲何不在本書的開頭放一些偉大的文學理論？作者也只能這麼回答吧——賽拉凡並未說明皮影戲的原理，普拉奇內也不會讓觀眾看見懸絲傀儡的絲線。

亞洛休斯・貝特蘭(註)

（及川茂・譯）

從星座的位置來判斷，游擊隊正往西挺進。

這是一支由二十六名成員組成的小隊，來自日本，成員皆為日本人。由於身負重裝備，每個人都走得氣喘吁吁。這裡是沙漠，舉步維艱，周圍只有形狀不斷改變的平

註　亞洛休斯・貝特蘭（Aloysius Bertrand，一八〇七～一八四一），法國詩人，幻想散文詩集《夜晚的加斯巴》（Gaspard de la Nuit）作者。

緩沙丘，除了星辰，沒有其他可以做為標記的物體。

為何要來到如此遠西之地？

想必每一名隊員都和第二分隊長深江一樣，抱持著這樣的疑問。支援在7號位置與敵人對峙的大隊。每個人都知道總部下達的這道指令。然而今天早上，小隊已經通過相當於7號位置南方的地點了。打算迂迴繞到敵人背面嗎？就算如此，也不必走到這麼偏西的地方。深江回頭一看，很想對其他人印證自己的疑慮。

這二十六名隊員，每個人的性格、知識、行動方式，甚至是小習慣，深江幾乎完全掌握。其他人也和深江一樣，對彼此稍微顯露的優缺點瞭若指掌。這二十六名成員自出發起就沒有變動過，前任隊長雖然負傷被送往後方，不過至今尚無人戰死。出發以後的這段漫長時間，足以讓這二十六人知悉彼此。每個人的體格、年齡及身為士兵的資質都不盡相同，正因為如此，深江認為每個人的個性才會如此突出，同時也了解彼此。

不過，包括深江在內，雖說他們的長相都有些神似。但外貌上卻又展現各自的性格。若以這種角度來看，不能說他們相似，不過他們的臉孔都具備了格鬥動畫人物的線條與輪廓。

硬要說的話，就是那種相仿的畫風。有時候深江會這麼想，這也算是喜好動畫的日本人世代遺傳累積而來的吧。

現在，他們就連疲憊不堪的表情都十分相似。

特別是深江身旁的第三分隊長平野，面容更是憔悴。平野平時思路敏捷，一旦陷入疲勞，思考能力就會變得遲鈍。

他們已經連續步行了二十個小時。這個行星的自轉週期是二十一個小時，幾乎持續走了一整天。

十月十九日 第二回

兩輪月亮升起。

這個行星擁有兩顆衛星，半徑約四千公里，比重六・六八，算是一個小行星，表面重力也僅有〇・八G；即使如此，背著重裝備行走，戰鬥靴仍然深陷沙地，稀薄的大氣也令人呼吸困難。

兩個小時前已經入夜。在這之前，多虧厚重的雲層遮蔽了紫外線，使得白晝的行軍輕鬆了一點。

深江心想，難道隊長知道敵方是什麼東西？這次莫名其妙的西進，是不是為了對付只有隊長才知道的敵方所採取的行動？

但是從以往的戰鬥經驗來看，只是對峙，根本無法了解敵方是什麼樣的生命體。多半都是在戰鬥結束之後——而且是在戰勝的情況下——藉著敵方的屍體或部分屍骸、排泄物、交通工具、不像糧食的糧食、武器、攜帶物、日用品、機械等殘留物，勉強辨識之前捨命戰鬥的對手究竟為何物。

隊長不可能知道敵方是什麼。若要問為什麼，因為隊長無從得知。深江只能這麼判斷。話說回來，聯盟總部也嚴令若無正當理由，不可草率預測外星敵方是何種生命體來擬定作戰行動。這是一項「禁例」，事實上，此類行動是「不可下指令」。

徒步進軍也令人費解。在他們後方一公里處，有兩輛高速裝甲車正以自動駕駛尾隨而來。那些裝甲車原本就是為了機動性游擊隊開發的。

為了避免遭到飛行植物轟炸——它的外貌噁心、軀體單薄又扁平、長相似魚、力大無窮，而且備有炸彈裝置——有時候，全員會視情況下車走在前方，這原本是以大型輸送車為主的大部隊行動。

或者是隊長知道附近某沙丘後面正潛伏著飛行植物，那些東西正在那裡暫時落地生根？如果是，隊長又怎麼會知道？

隊長不肯回答隊員這些無聲的疑問，他在隊伍的後方，第四分隊的前方，除了偶爾仰望斜前方的星星，就是默默地行走。

深江開始思忖，這並非信不信任隊長的問題，為什麼隊長完全不與我們這些副手等級的分隊長商量呢？

正上方是北斗七星，形狀與在地球上看到的截然不同。深江凝然，腦中突然浮現一個原本不該知道的古典知識、一個微不足道的史實，使得他唐突地獲得了結論。

隊長瘋了。

十月二十日　第三回

前任隊長負傷，被送至後方，一名姓花村的男子才被任命為新隊長不久，似乎就發瘋了。最先讓第二分隊長深江察覺此事的，是金剛商事的常務董事貴野原征三。

貴野原一發現，立刻敲打鍵盤，連上「夢幻游擊隊」中心，輸入自己的用戶ＩＤ

及密碼。

中心提出要求「請選擇指令」。貴野原輸入【判斷】，畫面底下蹦出訊息視窗，他在裡面輸入文字。

「花村隊長瘋了。」

在實體拍攝與動畫完美合成的細緻畫面上，顯示貴野原的回答在中心設定的狀況是正確的判斷。深江是貴野原在游擊隊員中投入感情最深的一個角色，他露出驚愕的表情。貴野原在訊息視窗輸入的判斷文字，原封不動地傳送到每一個玩家面前，他的判斷被編入故事，使得劇情有了新發展。

訊息視窗開始急速捲動，不斷地出現玩家們輸入的應對，可以想像眾多玩家對隊長發瘋這個狀況爭先恐後輸入【應對】的訊息。由於訊息爆增，故事暫時中斷，遊戲畫面停止，並在畫面左下方縮小至十六分之一。即使剩餘的畫面全被訊息畫面占滿，參加者的意見還是多到無法容納。

「射殺隊長！」

「深江察覺這件事以後，與第三分隊長平野商量。」

「深江向全員宣告此事。」

「四名分隊長協商之後，拘捕花村，由平野擔任代理隊長。」

不久，【反對】這些應對方法的意見也開始出現在訊息畫面上。

「射殺太亂來了。」

「別找平野，他現在沒有能力處理。」

「別把事實告訴所有隊員，會打擊到士氣。」

「深江、平野都是副隊長，但不適合擔任代理隊長。第四分隊長峰比較適合。」

貴野原也向一直維持連線狀態的中心輸入「讓深江擔任代理隊長」的意見，卻埋沒在眾多相同意見裡，他也分不清哪一個才是自己輸入的訊息。

不久，多數人提出的「由分隊長中最年輕、最受部下信賴的第四分隊長峰擔任代理隊長」這個意見被採納，遊戲畫面又開始動了起來。

突然間，貴野原的辦公室大門毫無預警地打開了。ＯＡ機器管理室的石部智子探進上半身，以困惑的口吻說：

「常務，請不要用公司的電腦玩遊戲！」

十月二十一日　第四回

這是石部智子第幾次對貴野原說這種話了？石部智子和貴野原都不記得了。智子努力想擠出笑容，心中的憤怒卻在凌厲的眼神中顯露無遺。

「好好好。」

又被石部智子罵了。

貴野原苦笑，從桌上的電腦抽出內含玩家遊戲資料的ＩＤ卡，小心翼翼地收進西裝外套的胸前內袋。

貴野原自家有電腦，外套內袋也放了掌上型電腦，只要連上網路，並插入這張ＩＤ卡，無論身在何處，ＩＤ卡可以連結到中心的大型電腦終端機，並可將資料應用在遊戲裡。

貴野原抬起頭時，石部智子已經不見了。

「會妨礙到公司業務的。」

事實上，利用公司電腦在上班時間玩遊戲被石部智子責罵的不止貴野原一人，社長戶部也是其中之一，總務部長對馬更是如此。管理階級人士的辦公桌上都有自己的專用電腦，辦公室裡就有不少玩家。他們都沉迷於線上遊戲「夢幻游擊隊」，而身為管理階級者，這些人絕大部分是電玩遊戲的第一世代。

中心為了這些利用上班時間玩遊戲的人設想，大部分的遊戲都設有緊急鍵，當你正在進行遊戲時，如果有人走近辦公桌，只要按下這個鍵，畫面就會轉換成如假包換的辦公軟體。

當然，「夢幻游擊隊」也設有緊急鍵，但是貴野原人待在高級主管的個人辦公室，所以一次也沒用過。不過，石部智子管理全公司的ＯＡ機器，怎麼樣都瞞不了她。

「夢幻游擊隊」是一套以管理階級人士為對象的電玩遊戲。

即使它不如此標榜，程式也未針對這一點設計，更沒有資格限制。然而，玩家還是以社長或高級主管占了大多數。

近來，「夢幻游擊隊」席捲了大企業的高層，媒體也開始針對這個奇特現象做出報導。

「社長們的幼兒退化症」

「管理階級世代就是過去的『御宅族』」

「像孩童般幼稚——『夢幻游擊隊』狂熱者，正是電玩第一世代」

所有報導都在嘲諷「大人物」為電玩瘋狂的模樣。

事實上，「夢幻游擊隊」是一款十分深奧且複雜的遊戲，憑著年輕人的知識與經驗根本應付不來。

十月二十一日　第五回

由於「夢幻游擊隊」經常在高級主管聚會——特別是企業派對上造成話題，因此有些人認為，就像高爾夫球在企業高層應酬時不可或缺一般，這款遊戲只是替代高爾夫球的新品罷了。

下午五點半，貴野原征三起身從衣櫥裡取出大衣。這一天，傍晚六點就有一場企業派對。

企業派對這玩意兒幾乎每天晚上都有，許多會長、社長級的人物不是座上賓就是主辦人，在二十年前，這些人就被揶揄為「職業派對客」。

細長形的衣櫥門裡側，有一位宛如莊嚴的哲學家、一點都不像高級主管的男人，正以那張五官分明的臉孔注視著貴野原。那是一個年過五十，膚色依然白淨的美男子。他就是貴野原，個子極高，若不稍微駝背，從鏡子裡根本照不到臉。

從貴野原位在大樓高層的辦公室，可以俯瞰千代田區的商業區及皇居的一部分。太陽即將西沉，天空被染成了漸層的紫。今晚的派對在附近的飯店舉行，但是以步行來說，距離有些遠。

貴野原來到走廊，行經與社長室及高級主管辦公室同一層樓的祕書課前，忽地一時興起，把門打開。在寬闊的辦公室一角，被OA機器包圍的區塊中央，石部智子獨自對著螢幕敲打鍵盤。祕書課在公司算是加班較多的部門，石部智子年僅二十九歲，即擔任OA機器的管理負責人。貴野原只知道她就讀私立大學時，同時在電腦學校進修，畢業後很快就進入這家公司工作。

「常務，有事嗎？」

從走廊灌進來的冷空氣讓智子轉過那張圓臉，一雙微吊的鳳眼浮現警戒的神色，彷彿在瞪著貴野原。

「啊，呃……」貴野原支吾了一下。「我現在要去參加晚宴，呃，想找妳一起去。」

面對年輕女子，貴野原的口氣總會變得冷漠或不自然。不只對年輕女子如此，貴野原相貌堂堂，但在過去的人生中，除了妻子以外，極度缺乏與女性交往的經驗。

「咦？晚宴？」石部智子嚇了一跳，站了起來。「這也太突然了吧！」

「臨時決定的。」貴野原點點頭。「啊，還是妳有事？」

「也沒有啦，可是這種事要早說啊。」智子攤開雙手。「而且我穿這樣呢。」

石部智子很高，她的身高恰巧介於同性之間會感到優越或自卑的界線。不知是否如此，她穿著一襲樸素的洋裝。

十月二十三日　第六回

「穿那樣就行了。唔……」貴野原征三挺起身子，覺得此刻不能退縮，應該要用命令語氣。「這是公司命令，我要妳擔任我的隨行祕書。」

「公司命令是吧。」石部智子確認之後，當下做出決定，飛快地收拾辦公桌，不過嘴裡還是叨念著：「其實我不是祕書課的……」看來好像不排斥出席。

智子從置物櫃取出外套，突然回頭望向貴野原說：「啊，常務是因為電玩遊戲想收買我嗎？」

「這也是原因之一。」貴野原老實回答，「不過，我更希望妳知道那個遊戲在最近的企業派對中是多麼熱門的話題。參加這款遊戲在目前的交際應酬場合是不可或缺的要件，我希望妳認清這一點。」
「呃，我很清楚這一點。」智子皺眉，表情困惑。
「今天是一家美術品進口商『舵安』的私人招待會及晚宴。」貴野原在公司車上向智子說明。「主辦人和社長已經有二十年的交情了。」
約二十年前，當時還是次長的貴野原曾經「採購」許多以畫作為主的美術品。
當時，包括貴野原在內，公司裡沒有人懂得鑑定美術品。會議中提到，若以商品性質來分類，該商品的原料有什麼？畫布。那麼，最接近畫布的美術品就是畫作了。
如此這般，胡來的是，當時經手紙漿的貴野原竟被任命負責「採購」。貴野原心想，這實在太亂來了，就算是臨時抱佛腳，美術鑑定能力也無法一蹴可幾。然而，貴野原隨便購入的畫作恰好碰上飆漲期，很快就銷售一空，替公司賺取了暴利。
當然，貴野原不會把這些事告訴石部智子。
飯店大廳莊嚴雄偉，但是不知為何，宴會廳的裝潢總是金碧輝煌。兩人將大衣寄放妥當，在擺設了許多英國古董的展覽廳巡了一圈，再進入會場。約可容納三百人的場地已經來了兩百多人，舵安社長也已致辭完畢。
「啊，貴野原，貴野原。」貿易公司的社長中井立刻過來搭訕。

「中井先生。」

中井惠市是個不輸貴野原的游擊隊狂熱者，體型肥胖，說話口氣像小孩，簡直像個外型老成的宅男。

「那個叫花村的隊長原來是瘋了啊。你知道嗎？今天下午有人輸入【判斷】。到底是誰？你知道嗎？」

十月二十四日　第七回

「我想應該是我。」

貴野原征三坦白地回答。就算這時因客套而刻意隱瞞，但只要連上中心的資料庫，馬上就知道是誰了，那樣反而會讓人覺得自己很見外。

「這樣啊，果然是你嗎？」中井展顏而笑。「我就在猜會不會是你呢。」

在貴野原知道的範圍內，沒有一個玩家會嫉妒或嘲諷同伴的功勞。或許這是游擊隊狂熱者的特質之一。

貴野原接下酒杯，又有好幾名游擊隊狂熱者七嘴八舌地加入，他無法往裡面走去。這些人分別是教育圖書出版社社長藤川、不動產公司高級主管宇佐見、銀行總經理岡，話題當然是「花村隊長的病症」，眾人以漂亮地提出正確判斷的貴野原為討論主題，對話熱絡極了，貴野原身旁的石部智子目瞪口呆地聆聽著。

「那個想法我也不是沒想過。」出版社的藤川心有不甘地說道。藤川是個學者風貌的瘦子，熟知中國戰爭史，也曾撰寫過這方面的著作。

「結果一開始就不該讓那個人當隊長吧。那是叫做彼得原理（註1）嗎？」不動產公司的宇佐見一身貴氣，以精通管理技術及掌握部屬自居，也曾出版過HOW-TO書籍。「在企業裡，也有不少人會因為升遷問題而罹患憂鬱症呢。那個叫花村的本來就怪怪的，現在想想，還有不少伏線呢！」

「這也是事後諸葛，不過我記得以前有個機長突然發病，在著陸時打開推力反向器，結果發生墜機事件呢（註2）。」中井惠市靈機一動，大聲說：「對了，貴野原，你是不是想到這件事？」

事實上，貴野原確信隊長發瘋，並不是想到這件知名的墜機事故，而是因為讀過許多有關西班牙戰爭的書。

一九三七年二月十九日夜晚，國際縱隊林肯支隊在馬德里南方向西北挺進。部隊通過共和軍的最前線，仍然持續挺進。將校們詢問隊長究竟要到哪裡，隊長哈利斯上

註1　勞倫斯．彼得（Laurence J. Peter）及雷蒙德．霍爾（Raymond Hull）所著的《彼得原理—為何事情總是出錯》（The Peter Principle: why things always go wrong）中提到的概念：在階級組織中，員工通常會晉升到能力無法勝任的階級。

註2　一九八二年二月九日，一架日本班機在羽田機場的海上墜毀。生還的機長接受精神鑑定，被診斷為妄想性精神分裂症。

尉回答：

「跟隨北極星。」

隊長瘋了，他被解任了。

貴野原簡單地說明這段故事後，這麼補充：「在遊戲畫面中，游擊隊前進的方向，在夜空中不是有一個扭曲的北斗七星嗎？那就是線索。」

又有兩、三個人加入談話圈。站在貴野原旁邊的石部智子被擠出圈外，對她來說也算慶幸。肚子正餓的她，被中央餐桌的義式料理吸引了過去。

十月二十五日　第八回

「可惡，我也知道這個故事。」宇佐見彈了一下手指說道。他原本就很喜歡戰記和實錄小說。「真遺憾。」

「可是，真的看得到什麼北斗七星嗎？」岡不滿地說道。

「例如，從距離太陽四．三光年的半人馬座 α 星，望向離它最近的七十六光年以外的北斗七星，與在地球上看到的形狀幾乎沒什麼不同。」中井一談到這類話題就會變得生龍活虎，解說的口吻彷彿曾經去過宇宙。「但是，從大約七十光年以外的那個行星上來看，北斗七星扭曲得很厲害。所以，受過訓練的隊員在抵達行星時，都懂得分辨哪個星座是地球上看到的星座，以確定方位。」

「我沒留意那個部分。」藤川佩服地對貴野原征三說道。「你記得真清楚！」

「可是，還不知道是不是答對了。」貴野原說道。於是，岡總經理立刻取出筆記型電腦，開始用那粗壯的指尖靈巧地敲起鍵盤。「我們來確認一下吧。」

大部分的掌上型電腦都設定在手機裡。雖然飯店會場內收訊不良，但由於天花板裝設了轉播裝置，依然可以連線到中心。

貴野原還沒用過自己的掌上型電腦玩遊戲。因為這種機型的畫面較小，很容易忽略細節，與大畫面的螢幕相較，顯然不利多了。在某些場面，登場人物細微的表情變化、畫面角落的小道具等等細節都扮演了相當重要的角色。因此，貴野原總是使用公司和自家的電腦玩遊戲。

不過，有時候會場的議論白熱化時，一些人無論如何都想透過大螢幕看看遊戲畫面，所以大部分的飯店業者都會在會場角落準備幾面大螢幕，連接掌上型電腦的影像輸出端子，以及OHP（Over Head Porjector）投影機。

「果然沒錯。」岡把電腦的小畫面出示給在場者。

畫面上是密密麻麻的資料，【判斷】的編號已經進入四位數，最後一列記載著S．KINOHARA（貴野原征三）。

「分數還沒出來嗎？」藤川好像看不見，他抬起眼鏡，瞇起了眼。

「好像還沒呢。不過至少也有五〇〇分吧。」對分數總是斤斤計較的岡自信滿滿地說道。

貴野原納悶地偏著頭說：「不曉得呢。中心會給出什麼樣的評價？」

岡很快地把筆記型電腦收進懷裡。在派對的會場，人們以掌上型電腦為中心聚在一起是很常見的情景，不過這對派對主辦人是一種相當失禮的行為。

十月二十六日　第九回

「這陣子，媒體的各種報導都把『夢幻游擊隊』當成單純的角色扮演遊戲呢。」從事教育圖書出版的藤川不滿地說道。於是，貴野原等人的話題轉移到媒體的報導方式。

「除了一開始就受傷被送到後方的隊長以外，二十六名隊員在組織中漸漸成長，所以也算是角色扮演遊戲。」做不動產的宇佐見以渾厚的嗓音說道。「不過，為了讓角色成長，玩家必須配合各個角色的性格，應對各種狀況才行呀！」

「他們什麼都不懂啦。」岡總經理露出輕蔑的笑容。「有些媒體還說它只是一款出人頭地的遊戲呢。」

「不不不，絕對不是。」中井惠市搖頭說，「噯，如果有特別中意的隊員，的確是如此，但是為了讓喜歡的角色出人頭地，可不能疏忽了組織的管理啊！」

「缺乏組織及人事管理能力的人，沒辦法勝任這個遊戲呢。」宇佐見恢復一貫的口吻說道，感覺像是瞧不起所有非管理階級的人。

「每個人的性格都清楚地表現在臉上，這一點也很不錯呢。」

大家似乎都覺得很不可思議，一聽到貴野原指出的這一點，包括一直聆聽不插嘴的三個年輕人，紛紛七嘴八舌地發表意見。

「那是怎麼弄的？」

「是實景跟動畫合成的吧？」

「我聽說是找演員扮演，再用動畫加工的。」

「不可能是演的，要演出應對所有狀況的動作和表情，很不得了耶！」

「那麼是先製作幾個基本類型，然後再用電腦……」

「辦得到嗎？」

「那種事辦得到嗎？」

每次提到這個話題，所有人都會開始沉思，話題中斷。沒有人知道那些精密的圖像是怎麼製作出來的。

「話說回來，」矮個子的岡睜圓了眼，仰望眾人，一邊環顧四周一邊改變話題。「這次既然發生這樣的狀況，那就表示玩家也需要心理學和精神病理學的知識呢。」

「唔，光靠人生經驗也勉強應付得來吧？」藤川說道。

「它的主題雖然是戰爭遊戲，可是光靠軍事知識和戰爭體驗，實在無法勝任呢。」貴野原征三說道。「而且有戰爭體驗的世代早就從第一線退下來了。」

「我們公司還有一個，在社史編纂室。」藤川笑道。「就是那位木頭先生，他的職位不算第一線，不過我經常向他討教遊戲上需要的智慧呢。」

十月二十七日　第十回

「看來，具備軍事知識確實比較有利吧。」貴野原征三說，「不過，如果要說的話，遊戲所應用的幾乎都是日本史和西洋史，還有三國志之類的吧。」

「對啊對啊。遊戲的戰術和戰略，有很多是從歐洲戰爭應用過來的。」宇佐見點點頭。

「有些場面還是引用古典的ＳＦ作品呢。」中井惠市低聲笑道。

「問題就在這裡。」藤川露出苦澀的表情。「那個遊戲本來應該是ＳＦ，我一碰到ＳＦ就沒輒了。」

「ＳＦ果然還是中井先生的拿手領域呢。」岡總經理逢迎中井說道。

中井那張娃娃臉紅了起來。「這已經是很久以前的事了。有一次，我【判斷】敵人是矽生物，結果答對了。」

「那次有五〇〇分呢。」岡說道。

「我從小就是個ＳＦ迷。那是在艾西莫夫（註1）博士的短篇小說裡出現的礦物生命體矽利康尼（註2）。」

註1　艾西莫夫（Isaac Asimov，一九二〇～一九九二），出生於俄羅斯的美國猶太人作家與生化學教授，作品以科幻小說和科普叢書最為人稱道。他的作品中，以「基地系列」最有名，其他主要作品還有「銀河帝國三部曲」和「機器人系列」，三大系列最後在「基地系列」的架空宇宙中統合，被譽為「科幻聖經」。

註2　出自艾西莫夫的短篇〈The Talking Stone〉。收錄於《Asimov's Mysteries》一書。

「誰都想不到敵方竟然是矽生物啊，難怪不會死。」藤川苦笑道。

「哎呀，真不曉得會冒出什麼來呢。」宇佐見邊擦拭額上的汗水邊說道。「像上一次，背景播放《唐懷瑟》（註）第一幕的曲子，那就是關鍵呢。雖然說明第三分隊到岩洞避難，不過我還是覺得莫名其妙。」

「藤川先生，你們出版社要不要出版攻略本？」

貴野原問道，在場者都笑了。

藤川也笑了。「那應該會變成一本厚到足以殺人的文化知識書吧。」

「SF」、「戰爭」、「動畫」、「電腦遊戲」、「得分」。無數社長和高級主管齊聚一堂、熱中於這種話題的場面，那些專寫諷刺報導的記者看了會說什麼呢？——貴野原忽地這麼想。或許他們會感慨日本的企業竟是透過電玩遊戲來推動的，或許事實真是如此。若進一步想，也不難想像或許有個巨大的陰謀，完全以電玩遊戲來推動日本的政治與經濟。即便不是如此，讓大企業的高層在同一個遊戲競爭，也等於是在這些推動日本經濟的人身上灌輸像是電玩遊戲的單一思考。這是某種無形制度所推動的教育——由於遊戲中心的真面目疑雲重重，這種想像使得貴野原有些不寒而慄。不，遊戲中心和媒體一樣，只是體制的部分外貌；而電玩遊戲、電腦技術及高度資訊化、產業化社會的科技在誕生的同時，自然具備了試圖教育並支配人類的構造，不是嗎？

十月二十八日　第十一回

在社長、主管等高層雲集的派對上，餐桌附近並不會聚集太多人。

石部智子不停地吃，完全沒受到任何干擾。由於會場提供的是自助餐，她也不必為貴野原征三張羅食物。

那個遊戲目前正夯得不得了，大人物無不沉迷其中——不必特地帶我來參加，這我也十分清楚。可是管理公司的電腦是我的職責，要是不警告一下，我豈不是會被認為怠忽職守？而且，社長和常務好像還滿喜歡被我警告的。我的責罵對於享受遊戲的玩家來說，搞不好是個不錯的刺激。中年人就是這麼狡猾，什麼事都能樂在其中。

石部智子先將加了大量波菜的義式寬麵和特雷維索風鱸魚挾進盤子裡，以寬麵沾鱸魚的醬汁吃。鱸魚不太好吃，智子留下一半，接著把新盤子裡裝滿的蕃茄乳酪沙拉和馬鈴薯義大利餃吃掉，又吃了兩塊邊緣沾裹了黑胡椒粒，愈中間愈鮮紅的帶骨烤羊肉，最後吃下兩份堤拉米蘇。智子的體型高大，唯一的興趣是游泳，她必須吃上這樣

註　Tannhäuser，德國作曲家華格納所寫的歌劇。

的份量才能飽足。

旁邊有名女子，吃法和她頗類似，是不是社長祕書呢？智子不經意地望向對方的臉，而對方也正好看向她。

兩人睜圓了眼。智子把堤拉米蘇的盤子放到桌上。

「春美！」

「啊，智子！」

兩人興奮地互牽起了手。

她們是高中同學，以前就經常這樣尖叫，現在也忘了場合，興奮地大叫起來。她們笑著這樣的自己，一邊東張西望，一邊悄聲聊了起來。

江坂春美在銀行的祕書課上班，算是跑腿的，因為有文件要交給岡總經理，她只是來送件，不過岡叫她順便吃一頓，她便高興地留下來作陪。

此時，兩人的語言退化成作者已無法表現的高中女生用語，她們聊到這場派對的客人都是大人物，無聊極了，該吃的都吃過了，鱸魚很難吃等等無關緊要的話題，她們又是什麼時候回去都無所謂的立場，於是決定既然難得見面，乾脆一起去哪裡玩。

三名男子走到旁邊，開始吃起料理，其中有位高個子年輕主管用一種品評的眼神打量起她們來。

十月二十九日　第十二回

年輕紳士那顯然可以理解為好色的露骨視線令石部智子感到不快，卻讓江坂春美感到魅力十足。她突然擺出現身人前的表情和姿勢，恢復了正常的說話方式。

「等一下有人邀我去參加另一場家庭派對呢，要不要一起去？」

智子感到猶豫，因為她聯想起飯店之類的高級酒吧或小酒館。

「有位闊太太喜歡辦派對。」江坂春美說，「還有一群喜歡參加派對的人，他們幾乎每天晚上都輪流在家裡辦喔。」

石部智子也知道有這樣一群人。「可是我又沒被邀請。」

「哎喲，又沒關係呀。」春美一副「妳連這都不曉得嗎」的口吻，搖著頭說道。「我朋友是那戶人家的獨生女。而且，要是帶著可愛女生去參加，大家都會很高興。」

江坂春美比智子矮十公分，體態稍胖，外表大致上無可挑剔，雖然有點俗氣，不過還算是美女。

智子完全不覺得自己可愛還是漂亮。她個子太高，膚色又黑。「可是，那麼厚臉皮地……」

「咦？有什麼關係嘛！這麼客氣在現代根本是落伍啦。」

意思是現在流行闖進陌生人家裡參加派對嗎？

「那不是晚餐會啦，只是喝喝酒，盡情歡鬧的派對而已。參加的都是一些上流人士……。唔，雖然有些人沒什麼品，不過只是少數，而且要是沒有一、兩個那種角色，那就沒意思了。有人為了替派對暖場，還特地帶來媒體人或沒什麼名氣的藝人，唔，就是這樣的派對啦。」

資本家的家庭派對是什麼模樣，智子有點好奇，不過也很猶豫，因為曾經從其他同學口中聽說關於春美不好的風評。不管怎樣，春美極端愛玩的傳聞似乎是真的。

智子可以想像派對上那種可疑的氣氛，也察覺會有危險，不過還是決定和春美去看看。她不知道春美有了什麼改變，但對她來說，高中時代的春美算是信得過的朋友。到時候要是察覺不對勁，或是自己不受歡迎，馬上走人就是了。

「那我們走吧。」智子說，「我先跟上司報備一聲。」

十月三十日　第十三回

江坂春美和石部智子站在貴野原等人的辯論圈外頭，岡總經理看到她們，便開口說：「怎麼，妳們認識啊？」

春美說明她與智子的關係，岡則向貴野原征三介紹春美。

智子對貴野原說：「常務，我可以先告辭嗎？」

貴野原察覺她們倆好像打算去哪裡。他看春美似乎是個愛玩的女人，覺得自己把智子帶出來也有責任，不過智子的年紀並不需要別人操心。「別去什麼不正經的地方啊」這類玩笑話，石部智子聽了肯定也會不高興。

「嗯，嗯，我也打算一會兒就走。」貴野原說道，想起自己只顧著聊電玩，還沒向舵安社長打招呼。

接待員原本顧慮到大家討論得正熱絡而沒有動作，此時趁著話題告一段落，陸續送上料理，貴野原這才想起自己也正餓著。他和中井惠市等人面對面吃著盤裡的海鮮沙拉，心想：這麼說來，最近很難得能在家裡吃到一頓美味的晚餐呢。為什麼呢？是妻子偷懶嗎？

貴野原征三在世田谷區的高級住宅區有一棟房子，那是他父親蓋的，坪數不大，不過光是擁有那棟房子，就形同具備了展現社會地位的資產。貴野原的獨子在某所地方大學就讀，只有他與妻子聰子一起住。

白天，聰子總是面對著電腦——這是金融機構和證券公司的家用終端機，但也算是聰子自己的電腦——所以她傍晚六點以後才會開始準備晚餐。貴野原總是很早就下班了，有時候六點左右直接從公司回家，有時候則是去參加業界的晚宴，八點左右才回來，但很少超過九點。這天晚上，幸好他也說「我去派對露個臉」，八點過後才回到家。

那天晚上，聰子又匆匆準備了兩、三道菜，但已經在派對上吃過的征三卻難得打量起菜色來，慢慢地品嚐，讓聰子感到胸口一凜。她已經連續好幾個月隨便煮了，征三似乎一直沒發現。餐桌上有好幾種市售的現成熟食，遲鈍的味覺是分辨不出它與親手做的家常菜有什麼區別。

「我今晚又被邀請了。」聰子說，「我要出去一下。」

「記得先幫我準備消夜啊。」征三像平常一樣叮嚀道，比起聰子去哪裡、和誰出去，他似乎更在意消夜。

十月三十一日　第十四回

征三好像沒發現菜色變差了，聽子鬆了一口氣。「好，我知道，我會準備。」一在都心地區，白天與夜晚已沒有分別，從幾年前起，家庭主婦在夜間外出遊玩，已不是什麼稀奇事了。征三不太喜歡聽子夜遊，但既然一定水準以上的家庭都允許這種事，他也找不到理由反對或抱怨。

征三留下一半的菜，說剩下的會當成消夜吃掉，便拿起咖啡杯，把自己關進了書房。那裡擺著他的電腦，接下來到就寢前的三、四個小時，是他最幸福的時光。

征三連上中心，主題曲在書房裡迴響。他插進ＩＤ卡，迅速瀏覽自己的資料，就像岡總經理說的，對於貴野原正確的【判斷】，中心給了五〇〇分。

黃昏以後，故事似乎沒什麼進展。游擊隊改變方向，朝北前進，途中似乎休息了幾個小時。代理隊長峰正在聽取深江等分隊長的意見。很好，這個人沒問題。

第三分隊長日野正在談論藏傳佛教。藏傳佛教啊！我不清楚呢，等會兒查一下好了，或許這又是某條伏線。

征三回溯過去，調查日野這個人的背景資料，心裡介意著果然不出所料，妻子做的晚餐不太好吃。

果真是偷工減料嗎？為什麼？妻子應該有足夠的時間準備，難道她白天也去哪裡玩了嗎？

妻子外遇——征三認為這是完全不可能發生的事。並非聰子長得不美，毋寧說結婚以後，聰子並沒有因家事和育兒顯露疲態，一直維持著美貌。聰子的個子略微嬌小，原本只是可愛，最近增添了高雅的氣質。征三總是以自己的觀點欣賞妻子的美，並予以評價。

如果把聰子和一百名同齡女子擺在一起，

聰子是最美的。

如果和一千個人放在一起，

她還是最美的。

如果和一萬個人放在一起，

或許會有兩、三個比她美。

即使如此，征三深知妻子個性膽小，同時注重面子，怎麼樣都無法想像她會搞外遇。聰子甚至不會單獨與其他男人走在一起或聊上許久。

十一月一日　第十五回

「收到了不少投書嗎？」

「刊登預告之後，到開始連載為止，總共收到了三十一封，其他就只有這些。」

「滿少的呢，內容呢？」

「大部分比想像中溫和，多數都很期待連載開始。投書者來自各階層呢，有個大阪一律大學文學部的棚部教授也來信了。」

「沒有那種大學吧？」

「本人這麼寫的。」

「棚部這個姓氏也很可疑。」

「兩邊都是同音異字吧。他是文學概論的老師，不過他把文學概論寫成『文學害論』。」

「這個教授好像滿有意思的。他寫了什麼？」

「他認為文學對於淳美、健全的社會來說，是一種『害』；換言之，文學扮演了不可或缺的苦澀辛香料角色。他是抱持著這樣的認知在講課的。」

「他似乎跟我所見略同。不過我說的不是社會，而是『制度』呢。」

「他說將會和學生一起對這部小說『找碴』。」

「歡迎歡迎。其他的呢？」

「這是什麼？以前曾經參加過你的書迷俱樂部，現在住在橫濱市的主婦上地知佳子女士。」

「唉，別露出那種表情。聽起來很奇怪，不過SF作家都是有書迷俱樂部的。」

「喔喔。」

「別用那種奇怪眼神看我啦！」

「上面寫道：請批判媒體。」

「這我一直在做，既然是報紙連載，她一定更期待吧。好的好的，我了解了。」

「岡崎市的片岡里江女士說，靠讀者參與來寫小說，是偷工減料。」

「讀者光是享受、消費小說，不也是一種偷工減料嗎？」

「大阪和泉市的松崎章生先生表示，作者和握有權力的大報社共謀，妄想竊取一般讀者的創意來延續作家生命。從這名作家的行為可以聯想到——破壞、謗法（註）、邪義、冒瀆、元兇……」

十一月二日　第十六回

「呃，了解我的讀者，常常會寫些分不清是認真還是開玩笑的內容，真是教人傷腦筋哪。」

「這個人好像隸屬於某個宗教團體。」

「喔，好像是呢。是我以前批評過的一個宗教團體。喏，上面寫說叫我不要看你們家的報紙，去訂他們的會報。」

「有人以為讓讀者參加，表示可以在小說裡登場呢。秋田縣的佐藤雅彥先生說，自己的兒子名叫光洋，請你讓他成為登場人物。」

「佐藤光洋這個名字出現在這裡，他已經是登場人物了。」

「咦？是這樣嗎？」

「是啊，他已經從現實下降到虛構的層級了。」

「松本市的小川太志先生來信。主角名叫三井豐，國一的初戀情人叫川西裕夏，兩人十年後再度相遇，舞台在高槻市。他請你把連載寫成這樣一部少年小說。」

「那不叫參與，那叫強迫。唉，好吧。我在這裡提到那封信，就已經是『虛構裡

註　「謗法」的梵語有「pratikSipati」、「pratibaadhati」、「duSaka」等；就實際行為方面，當行者「不相信法」而「捨棄」、「遠離」、「拒逆」或提出某法門非佛所說、阻止他人學習，就稱為「謗法」。

的虛構』了。」

「還有小平市的奧池鷹思先生等兩人，寫了篇沒完沒了的小說過來。另外，橫濱市南區的高橋藍子女士寫了許多感想，表示不喜歡上次的連載，並期待後續的作品會是風格清新的故事。」

「上次的連載充滿寫實風格，反正我也寫不來。不過犧牲寫實，重視清新，相反地就得忍受無趣了呢。」

「她說上次的連載內容很不適合一大早閱讀。」

「咦？因為要早上讀，所以叫我寫得清新一點嗎？唉，這年頭這種人很稀奇耶。喂，這種人快絕種了，得加以保護才行。在某方面，這種制度性思考才叫做文學啊！」

「是啊！像我，早上幾乎爛醉如泥。啊，這無關緊要。還有，仙台市的三神紗嘉子女士，她說這次的作家好像是SF出身，她討厭SF這類幼稚的小說，所以不讀，請千萬不要連載SF作品。其他還有四封信的主旨也一樣。」

「什麼？既然有這種信，你應該早點告訴我嘛。報社找我連載，我一直以為大家都很期待SF作品呢。」

「所以您才用SF場面開頭呢。這位三神紗嘉子女士讀了前面，發現果然是

ＳＦ，於是不再續訂了。」

十一月三日　第十七回

「看來我的企圖落空啦。本來計畫一開始用ＳＦ場面開幕，讓讀者高興一下，再來顛覆他們的期待。那個人只讀到第二回吧？」

「不，信上說讀到第十回。」

「那不是很奇怪嗎？第三回就該知道前面的ＳＦ場面是電玩遊戲裡的情節啊？」

「但是對這些人來說，電玩遊戲和ＳＦ半斤八兩，一樣是幼稚的題材。她希望內容更家庭化一點。」

「對我來說，只要舞台在地球，就很家庭化了。」

「連載以後所收到的來信內容大多類似。截至目前為止，這樣的信有二十九封。」

「好少喔。」

「因為沒辦法預料到後續發展吧。要是知道投書者的名字會出現在作品中，來信應該會更踴躍吧。對了，您不是也上網嗎？那邊的反應如何？」

「正好相反，大家都對ＳＦ和電玩遊戲的題材非常感興趣。不知為何，有些人甚至認為那是網路的集體創作。一些人簡直把上網當作生存的意義呢。」

「您也會起用這些人做為登場人物嗎？」

「嗯，我遲早會在某個場面，讓所有人用真名登場。」

「埼玉縣北葛飾郡的淺野富美枝女士來信，這是少數意見，她希望游擊隊員也要有女性。」

「哇塞。唔，這倒是無所謂啦，要是有其他人贊成這個想法，我就這麼做吧。」

「橫濱市的新田清博先生。他希望加上日期，註明是幾號寫的稿子，說這樣可以了解作家的心理變化。」

「這是個好主意，可是篇幅不能再減了，可能還是沒辦法吧。不過我保證出單行本的時候，會用發表日期來取代章節。」

「呃，您說不接受來自電話的意見，其實我們接到相當多來電，大部分都表示不要用ＳＦ題材，最好還是偏向家庭的題材。」

「就算他們這麼說……，我已經寫了貴野原家現在只有夫妻兩人耶。」

「呃，還有，插畫家希望再給他多一點時間畫圖。」

「真沒辦法。唉，好吧。貴野原恰好也回家了，那我就繼續寫家庭場面的後續好了。」櫟澤邊嘆息邊轉過椅子，背對澱口，面向文書處理機。

十一月四日　第十八回

或許她厭倦做菜了吧——征三心想。這也難怪，一旦孩子離開身邊，任誰都會變成這樣。

或者是她對理財產生了興趣，鎮日守在金融機關的終端機前。

征三將財產都交給妻子管理。妻子以自己的節奏，慢慢地累積資產，四年前還在輕井澤買下一棟別墅。征三對於妻子務實的資產運用相當滿意，也感到放心。

她也像我這樣，以玩遊戲的心情面對電腦，觀察哪裡的利息如何變化，倘佯在零碎的數字中嗎？——征三有時候也會如此想像。

征三開始玩遊戲的時候，聰子在廚房把剩下的晚餐及經過二次調理、看似親手做的冷凍食品以隨時可微波加熱的狀態裝進保鮮盒，再放進冰箱。

接著，她走進自己的臥室，重新上妝。有時候，她會透過投資組合財務系統——

簡稱PFS（Portfolio Financial System）的家用終端機與證券公司負責人通電話，電腦螢幕上所顯示的已不像過去那種靜止畫面，而是雙方正在交談的即時影像，所以她在白天也會化妝。現在，只要把「白天的妝容」稍微加工一下，換成「夜晚的妝容」就行了。

證券公司的負責人是一個姓劍持的資深業務員，聰子瞞著征三，透過劍持來進行股票買賣。

聰子翻遍了衣櫃。在每晚的派對上，女客們總是競相展現擁有的服裝數量。退流行的服飾不算在內，衣櫃裡還有許多款式新穎又時尚的衣物，聰子卻找不到今晚能穿的那一件。得買新大衣才行，也要買新飾品了。一只一．二克拉的鑽戒，是聰子唯一擁有的昂貴珠寶。至少還需要一枚戒指，不是日系的流行款，而是紅寶石或藍寶石戒。可是，她沒有多餘的錢能買。

即使如此，她還是非出席派對不可。

聰子打電話給丈夫公司合作的租車公司，叫了一輛出租車。

她穿上貂皮大衣。夜遊的貴婦團流行違逆時下盛行的環保及動保風潮，身穿貂皮大衣。皮草禁止進口之後，價格翻漲了四、五倍，而且處在穿皮草也不會被敵視的階層中，更顯示了她們的社會地位。

車子停在門口。

十一月五日　第十九回

聽子把位於麴町的高級大廈地址告訴出租車司機，派對在一位姓須田的內科醫生家舉行。須田在千代田區的辦公大樓擁有一家醫院，而這場派對的賓客多半是社長及高級主管，在那裡應該見得到多摩志津江，說不定證券公司的劍持也會去。

多摩志津江是劍持公司的信用交易戶，目前在丈夫經營的海產進口公司擔任高級主管，所以能與證券公司進行一般婉拒女性投資人的信用交易。

聽子是在兩年半前的初夏，透過多摩志津江認識劍持的。聽子在兒子的中學家長會上認識了志津江，知道兩人在同一家精品店訂製衣服後，便有了親交。有一天，志津江告訴聽子，她靠著投資股票大賺一筆，極力推薦聽子一起進場。

「股票太可怕了。」聽子說道。於是，志津江告訴她劍持這個人。「我介紹他讓妳認識。只要照著他說的去做就不會錯。我一開始也覺得股票很可怕，不過試著照他說的投資了兩千萬，結果八個月內就賺了四倍呢。很多太太都是因為他大賺了一筆。」

「要是虧了怎麼辦？」

「所以說，用多餘的閒錢去投資就是了嘛。」

幾天後的黃昏，志津江帶著劍持到貴野原家，當時只有聰子在家。劍持裕治這名業務員年約三十幾歲，身穿花俏的西裝，一點都不像上班族。體型肥胖，缺了門牙，笑起來就像以前美國一本漫畫雜誌封面上的小孩，相當討喜。志津江在一旁表示，劍持在那群女投資客當中就像吉祥物般受寵；聰子聽了，也可以理解當中的理由。劍持有點木訥，看起來很誠懇。

七年前，聰子從過世的父親手中獲得了兩千股的家電公司股票，結婚當時一股是五十圓。那是父親在昭和二十五年（一九五〇）買的，劍持告訴她，過了半世紀之後的現在，這些股票已經漲到兩千萬圓以上了。

聰子仿傚志津江，將兩千萬全部拿去投資。由於志津江說情，她也得以成為證券公司的信用交易戶。她照著劍持的建議，以市價交易買進兩家公司的股票，分別是一家叫阿妙茲的遊戲機公司的股票兩千股，以及五葉精器這家環保公司的股票一千股。

兩個月以後，由於相隔十年的汰舊換新及新技術開發，阿妙茲成了投機股，股價大漲，於是聰子把它賣掉，改買避孕藥銷路看好的野比藥品股。其後，聰子仍然向劍持討教，持續買賣股票。

十一月六日　第二十回

這個時期，由於日圓升值及利率走低，銀行向家庭主婦們大肆宣傳：「借錢儘管找銀行。」於是，聰子拿存款和國債做為擔保，向銀行融資了兩千萬，買了電機公司的盤天股及汽車公司的賈洛股各兩千股，手中的股票增加，大概十個月，就累積了一億圓的資產。初學者的好運氣，讓聰子成了股票的俘虜。

也是從那時候起，聰子與志津江的交往逐漸頻繁，由於手頭變得寬裕，聰子經常與她外出購物。一旦開始購物，也不完全是因為志津江的慫恿和建議，以往聰子從沒想過的東西、該買的東西接二連三地冒出來。有時候是家具，有時候是化妝品，有時候則是日用雜貨。聰子也很驚奇，心想以往怎麼都沒想到要買這些必需品呢？

也是從那時候，聰子第一次受邀參加家庭派對。可能是她外貌美豔，性格卻十分隨和，頗得人緣。從那次派對以後，熟識夫人們的邀約接踵而來。不久，參加晚宴已成了聰子的日常活動。有時候一些常出現在雜誌或電視上的名人會以別具深意的視線，向她呢喃顯然是委婉誘惑的話語，這讓不習慣這種事的她感到詭異而恐懼。不過，受到眾人的奉承和寵愛，讓她感受到過去未曾有過的歡愉，刺激極了。聽子逐漸習於應付男人，也覺得自己的個性本來就很適合參加這樣的派對。

派對上也有許多靠股票致富的夫人，她們總是互相炫耀身上穿戴的鑽石和紅寶石戒，聊著買下多昂貴的和服、去哪裡旅行等等奢華享受的話題。聽子聽著這些話，不知不覺也認為自己和她們相去不遠，已經是個大資本家了。因為只要聽子願意，也可以像她們一樣奢華浪費。聽子用分期付款買了價值三百五十萬的鑽戒、貂皮大衣，還有一套套名牌禮服。開始參加晚宴以後，她該買的東西變得更多了。這時候她才帶著自嘲，發現自己原來是這麼匱乏、丈夫是這麼吝嗇，什麼東西都不買給她。有時候，也得帶些昂貴的禮物出席派對。因為貴婦之間流行像北美原住民那樣，競相饋贈，炫耀財富。

但是，聽子能夠天真無邪地耽溺在遊興之中，也是到此為止。

十一月七日 第二十一回

進入新年度之後，美國國內陷入空前的經濟大蕭條，紐約的大銀行倒閉了。由於阿拉伯政策失敗，以及拉丁美洲各國的財政危機，與美國相關的盤天股、賈洛股股價暴跌。聰子賠掉了所有賺來的錢，焦急地改買社笠不動產股和登舞鋼鐵股。然而，這些股票也因為前景不安及內需不振，股價持續下跌。聰子心想，得在丈夫發現之前賺回來才行，於是把所有存款拿去做擔保，並將別墅抵押借錢，又買了以前獲利的阿妙茲股和五葉股。然而，股票跌勢不斷。聰子瞞著丈夫把房子拿去抵押，做為追加擔保。但是她所有的持股都在緩慢地下跌，有些則是暴跌。

從這時候起，聰子不再聽從劍持的建議了。因為劍持一見到聰子，開口就說：「現在情勢不佳，先不要買賣，最好再等一陣子。」志津江也表示現在證券公司每個員工都這麼說。但是，只要持續持有日本大部分的股票，幾乎都會上漲，對於急著想賺回損失的人來說，這種建議說了也等於白說。聰子憑著僅有的一點經驗和直覺，以及從貴婦團友人那裡聽來的消息買賣股票。

身為一個投資人，不靠證券公司，而是以自己的判斷來買賣股票，基本上是正確的行為。但是，對於連顯示匯率動向和股價推移的行情表都看不太懂的聰子來說，這是危險至極的。受朋友的意見左右來進行買賣，更是有勇無謀。由於聰子無法判斷最高點，曾在股價稍微上漲時急忙脫手，後來看到那支股票漲個不停而心有不甘，又在最高點把它買回來，結果損失了一大筆錢。基於這樣的前車之鑑，當股票上漲，周遭人爭相脫手時，聰子卻執意將股票留在手中，因而虧損。

聰子高價買下貴婦團青睞的某些支股票，然而那些股票有時候因為社長和高級主管的醜聞或意外，以及產品瑕疵而造成暴跌。聰子被逼入貪婪與恐懼表裡一體的心理狀態，股票只要稍微上漲，就覺得它會永無止境地上漲，稍微下跌，就擔心會跌到血本無歸。

短短兩年之間，聰子已經虧損了兩億圓以上。看到毫不知情的丈夫，她總感到痛苦不堪。丈夫沉迷於聰子完全不了解箇中樂趣的電玩遊戲中，這是她唯一的安慰。聰子有時候在傍晚時分，有時候從派對回來，一覺醒來的早晨，會在征三的要求下與之肌膚相親。但是一想到丈夫萬一發現了一切，這種景況將不復再有，聰子便無法全心投入歡愉中。

十一月八日　第二十二回

聽子再也無法入睡。

她心想既然睡不著，乾脆每晚參加派對，藉以擺脫不安。但是她心不在焉，無法盡情舞蹈，喝酒也醉不了。即使如此，還是比躺在床上忍受逐漸膨脹的不安來得好些。因為，至少還有同樣在股市失利的婦女來參加派對。

抵達目的地的大樓以後，聽子從大廳按下被告知的號碼，打電話到八樓的須田家，待玻璃自動門打開後，她走進可眺望中庭的電梯間。瀨川夫人正在等電梯。

「哎呀，妳也是現在才到嗎？」

「嗯，我得等外子回家。」

「我也是。」

肥胖的瀨川夫人脖子上掛著好幾款項鍊，簡直就像瀑布般。有些項鍊幾乎垂到小腹，在庭園燈透過玻璃的照射下熠熠生輝，彷彿潺潺流水。不自然的奢華襯托著瀨川夫人的威嚴、高貴及華美，反而顯得很自然。聽子自不用說，沒有一位夫人膽敢有樣學樣。

瀨川夫人也投資股票，聽子不知道她丈夫從事什麼行業。眼前幾乎所有的股票都在下跌，眾人皆惶惶不安，唯獨瀨川夫人安之若素，令聽子感到不可思議極了，心想，瀨川的丈夫或她娘家肯定家財萬貫。

後來聽子才知道，瀨川的丈夫其實只是個上班族，她擁有高達十幾億的資產，幾乎都是靠股票買賣得來的。她從單身的粉領族時代就開始投資股票，算是有二十年以上資歷的老手。既然坐擁如此龐大的資產，也沒必要再做一些短視近利的買賣了。偶爾想出國旅遊或購買寶石，只要打通電話給證券公司，交代對方把上漲的股票賣掉一、兩千股就夠了。

說穿了，受到經濟蕭條影響而虧損的，都是聽子這種一年到頭汲汲於買賣的散客，可以說是在股價變動時買下，然後等著下跌的典型例子。而聽子也一樣，若不賣掉股票，就沒錢遊玩。

不只是對這位瀨川夫人，聽子在據說是股市老手的貴婦面前也一概不談論股票，以免被瞧不起。因為在這些投資者與派對常客中，也有各種階級。

體重可能有八十公斤的瀨川夫人進了電梯，小電梯似乎上升得很辛苦。

「聽說橘夫婦在這附近的大廈買了新家呢，妳知道嗎？」

十一月九日　第二十三回

橘這對性情敦厚的夫妻，最近才在各地的派對場合成為熟客，不過聽子沒聽說他們買房子的事。

「不，不知道呢。」聽子答道。

「這樣啊。」瀨川夫人有些不悅地說，「聽說他們要在剛買的新家舉行紀念派對呢。」

「妳要去嗎？」聽子問道。

「我沒受邀。」瀨川夫人噘起下唇，一副自尊心受創的表情。

聽子心想，就算沒被邀請，想去的話直接過去不就得了？瀨川夫人筆直地盯著聽子，慢慢地向她點頭說：「聽說那是正式的晚宴。」

須田家位於這棟大廈的八樓、九樓面東的一角，八樓以大客廳為中心，專為舉辦派對而設計。客廳角落陳設了客用沙發組，約有三十名客人正熱鬧地談笑。

須田家舉辦派對的時候，女兒總是充當服務生，她為聽子和瀨川夫人開門。瀨川夫人沒穿大衣，直接經過三、四公尺長的走廊，往屋裡走；聽子則讓那個叫香奈的胖女孩替她脱下大衣。訪客用的衣帽間簡直像在舉辦皮草拍賣會似的，已經沒有空間吊掛衣架，聰子的貂皮大衣就這樣被放在堆積如山的大衣上。

「聽說查理要來。」才一打照面，體型不輸瀨川夫人的須田夫人立刻蹙起那一對顯得好強的眉毛，以一種受不了的口吻對她們說。「希望別引起糾紛。不過擔心也沒用。來，大家盡情喝吧！」

查理西丸是筆名，道地的日本人，不過大家都習慣叫他查理。他是目前當紅的劇畫家（註），每次一喝醉就變得尖酸刻薄，眾人避之唯恐不及；但是清醒時，幽默風趣，雖然不是很受歡迎，卻也是須田夫人等名流派對上的常客。

派對上來了兩名陌生女孩，其他都是熟面孔。聰子是第二次參加這家人舉辦的派對，但是一聞到房間裡的味道和上次一樣，立刻回想起那種令人汗流浹背的沉悶氣氛，而且室內悶熱極了。

須田醫生在酒瓶林立的桌子彼端出聲招呼。他年輕時一副運動員的體格，上了年紀以後身材便走樣了。

「噢噢，貴野原夫人。哎呀，歡迎光臨。哎呀，妳還是一樣美豔動人。還有瀨川夫人，兩位都好美。要喝點什麼？」須田醫生似乎喝了不少，上半身搖搖晃晃的。

「哎呀，妳真的好美。」

十二月十日　第二十四回

在通往陽台的玻璃門前有一群男士正在交談，以一名姓曾根的中年男子為中心。根據聽子聽來的，曾根豐年這名男子賣掉從父母那裡繼承的大片土地，獲得一筆龐大的財產之後，辭掉上班族的工作，成了一家小型廣告代理公司的社長。不過他不太投入工作，平日嗜酒如命，是個好色之徒，只知道坐吃山空。曾根一如往常，淨講些以派對笑話來說過於下流的話題，惹得年輕男士們捧腹大笑。

曾根曾經引誘過聽子，想跟她搞外遇。由於曾根說得太露骨，聽子便毫不猶豫地拒絕了。

此外，還有兩個老愛糾纏聽子的男人。一個是中年服裝設計師天藤望，另一個是偶爾會去非洲等地旅行的年輕民俗學者近間辰雄。近間的右腳有點毛病，走起路來一跛一跛的。聽子知道他們倆公然打賭，企圖「攻陷」聽子。不一會兒，聽子感覺他們就要往自己這邊走過來了。

聽子拿著須田調的攙水白蘭地，連忙加入沙發區的多摩志津江等人的談話圈。她還沒把自己股票慘賠一事告訴志津江，不過劍持應該洩露出去了。然而，志津江表現

註　劇畫為漫畫的一類，畫風寫實，劇情嚴肅。

得一副不知情的模樣，所以聰子也不打算告訴她。

「貴野原夫人，妳受邀了嗎？」志津江問道。

在這裡，「橘家的晚餐會」似乎也成了話題。

志津江的口氣透露出「妳怎麼可能受邀」的輕蔑，聰子便一副「我這種小人物怎麼可能受邀」的模樣，笑著搖搖頭。這裡受邀的似乎只有志津江一個人，其他三人顯得不太高興。

「他們怎麼會想舉辦派對呢？」服裝設計師明石妙子氣憤地揉掉菸，那好勝的眼角到髮際之間青筋畢露。她還是單身。

「因為老是受邀，覺得不好意思吧。」性情悠哉的向井夫人粗線條地說道。

聰子忍不住縮身，由於她的動作比較明顯，志津江像是要庇護她似地大聲說：

「可是大部分的人都只是受邀而已啊。」

「我也是。」聰子不好意思地微微扭動身子說。「老是受大家款待，我實在沒那個能力在自家舉辦派對啊。」

十一月十一日　報紙停刊日

十一月十一日 第二十五回

「抱歉失言了。妳可以的啦。」向井夫人不慌不忙地對聰子說，「妳是個大美女嘛，很多男士都是衝著妳來的。派對裡絕對少不了美女呀！」

「我不是美女，還真抱歉哪。」明石妙子喝了一大口香檳說道。

「哎呀，不管我說什麼都會傷到誰吧！」

向井夫人說出口頭禪，眾人紛紛笑了，現場恢復了些許愉快的氣氛。

「是啊，那對夫妻不太受歡迎呢！死氣沉沉的。」這次輪到尾上夫人再度拿橘夫婦當話題。「也有人明顯討厭他們，躲著他們呢！」

尾上夫人很瘦，幾乎可說是皮包骨。她丈夫是高級官員，她自己也是東大畢業，但是她討厭高級官僚的家庭派對，說受不了那些官僚的笨妻子。附帶一提，最厭惡橘夫婦的也是她。

「會選擇舉辦晚宴，一定也在表明只邀請不討厭他們的人參加吧。」尾上夫人一如往常，挺直了身子說道。

「哎呀，我從來就不討厭那對夫婦啊。」明石妙子大感意外地說道。雖然生氣，但似乎渴望受邀。

「可是妳也不喜歡他們吧？」尾上夫人說道。

「哎呀？這樣嗎？這樣喔。我都不知道呢，原來參加派對，還得挨到人家身邊說『我喜歡你』、『我好愛你』才行呀！」

明石妙子氣憤之餘，諷刺地擺出愚鈍的模樣說道。這下子尾上夫人吃不消了，便沉默不語。

「我去好了。」向井夫人以佯裝的遲鈍冷笑說道。

聽子想起了十幾年前流行過的名詞「歐巴桑大軍」（註）。

「可是妳又沒受邀。」志津江驚愕地說道。

「人家又不懂什麼晚宴的。」向井夫人一臉悠哉地說，「聽說有派對，我就來了。這樣不就得了！」

「對，合情合理呢。」尾上夫人笑著說，「管它是晚宴還是什麼，會不會款待不速之客，顯示出主辦者的度量呢。」

「是這樣嗎？」志津江以尊敬的眼神注視著尾上夫人。

「嗯，就是這樣啊！」

十一月十三日　第二十六回

「可是橘夫婦應該不知道，就算是不速之客也得款待吧？」

「是不知者自己不對。」明石妙子轉向志津江，露出毅然決然的眼神說：「我也要去。」

「乾脆找一大群人一起闖進去吧？」向井夫人露出惡毒的表情，變本加厲地說道。

「要是那樣的話，晚宴一下子就會被弄到散會，不好玩了。」尾上夫人翻起白眼，她思考時總會露出這種表情。

聽子心想，原來她也打算去呢。

「各位夫人！」曾根拿著香檳酒，走到她們身邊。他那雙色迷迷的小眼，在淡褐色皮膚下閃閃發亮。「女士們可不能聚在一起聊祕密喔！也讓男士們分享一下吧！」

「胡說八道，你看上的只有貴野原夫人吧？」明石妙子說道，還緊緊抓住聽子的手。「別跟他去喔。」

「聽說曾根曾經向貴野原夫人告白。」天藤望對近間辰雄說，「後來到底成功了

註　此一詞彙出於漫畫家堀田勝彥（堀田かつひこ）的漫畫作品《歐巴桑大軍》（Obattalion），是將歐巴桑（obasan）與英語battalion連結而成的新詞，內容為諷刺市井中年婦女我行我素，為他人添麻煩的各種插曲。

沒？」

一個叫久保田的中年男子開始彈鋼琴，天藤望與近間辰雄就站在平台鋼琴後面聊天。久保田是一家古董家具店的老闆，彈得一手好琴，經常受邀參加派對，就算主人給他謝禮，他也不肯收下。

「怎麼可能？」近間輕蔑地板起臉孔笑道。「如果她會跟誰搞外遇，那個對象肯定是我啦。」

「哦？我看你的手法啊，就是用你的腳來搏取同情吧？」

「那你是利用服裝設計師的名氣，還有全國那些冠上你名號的商店的龐大收益囉。唉，你擁有這些東西嘛。請別忘了，論條件，我比你差多了。」

這兩人對於一旁的兩個陌生女孩毫無防備。不過，石部智子正饒富興味地聆聽他們的談話內容。

江坂春美和石部智子約一個小時前就來到須田家。

石部智子沒想到替她們開門的，竟是大學學妹須田香奈，嚇了一跳。

「咦？妳們認識嗎？」

「呃，嗯。」智子回應一臉驚訝的春美，然後對須田香奈點點頭，彼此露出複雜的笑容。

當時，須田香奈還是大一新生，好幾次親熱地找大四的石部智子攀談。香奈親切隨和，在男學生之間也相當吃得開，好像也喜歡夜遊。

十一月十四日　第二十七回

「要不要去哪裡玩？」

香奈曾經這麼邀過智子兩、三次，於是某一天，智子開口邀她。

「美術館正在展出畫家奧斯卡．柯克西卡（註）的作品，傍晚要不要一起去？」

「咦？美術館？」香奈大叫，以一種發現外星人的眼神看著智子。智子大失所望，從此以後再也沒跟香奈講過話，香奈也不再找她，一直到現在，彼此不再有交集，連想到的機會都很少。

「學姊，給妳看一樣好東西。」

香奈像是要打破尷尬的氣氛，打開塞滿了皮草大衣的客用衣帽間。

「哇，好厲害！」春美叫道。

「學姊會怎麼形容它？」

註　奧斯卡．柯克西卡（Oskar Kokoschka，一八八六～一九八〇），奧地利畫家。

「野生動物大屠殺。」智子當下回答。

「我就知道妳會這麼說。」

三人放聲大笑，尷尬的氣氛瞬間煙消雲散。

香奈把智子介紹給雙親，再把她與春美陸續介紹給派對來賓。大部分都只是介紹姓名，連職業和身分都沒有說明，所以智子大部分都記不住。

一名年輕男子詢問智子和春美想喝什麼，並為她們調了蘭姆琴酒。他和另外三名中年男子圍著智子和春美，說什麼妳那強勢的眼神很迷人、妳的頭髮很美、妳的服裝品味不錯，但總覺得這裡少了條項鍊還是什麼點綴……。如此這般，以服裝設計師的評語挑剔了一番，彷彿把她們當成下酒菜，完全無視於她們的人格。智子四下一看，沒發現任何想親近的男子。

「聽說剛到的那位美女，是妳們公司的高級主管夫人呢。」

智子離開眾人，來到久保田正在彈奏懷舊爵士樂的平台鋼琴旁避難，原本正與男士們談話的春美走了過來，這麼告訴她。用不著詳細說明，貴野原聰子的美豔已引起眾人矚目。

「哇，她好漂亮喔。」智子的眼睛為之一亮。「何方神聖啊？」

「聽說姓貴野原。」

「咦咦？如果是貴野原常務，就是剛才帶我去參加『舵安』派對的那一位呀。我不是跟妳介紹過了？」

但是，石部智子不願意讓貴野原夫人知道自己。她不是想偷偷觀察上司的太太，只是覺得很麻煩。萬一認識了，或許會被對方詢問貴野原常務在公司的情況或自己的工作，到時候就非回答不可了。

十一月十五日　第二十八回

「妳別跟她講我是誰喔。」智子這麼拜託江坂春美。

那一瞬間，春美不曉得想到了什麼，放鬆了臉頰說：「哎呀？這樣啊？」

訪客人數不斷地增加，已經超過三十人了。料理、髮膠、香菸、體味、香水味等氣味隨著熱氣逐漸濃烈。

兩對客人在平台鋼琴前的狹窄空間共舞。須田醫生走過來邀請江坂春美，兩人跳起了舞。

經常出現在女性雜誌上的服裝設計師天藤望正與一名右腳不方便的青年在後面的

牆邊交談，似乎正在談論貴野原夫人。智子發現貴野原夫人好像是這類派對的常客，也是男人們彼此較勁的追求對象。

「郡司先生和團先生總是自個兒來，真希望他們偶爾帶兒玉雪野來參加呢。」天藤望改變話題說道。

兒玉雪野是個美女演員，幾年前國內的選美活動頗為盛行時，曾榮獲和服美女冠軍，進而踏入演藝圈。但是石部智子只知道這些，不明白那兩個男人和兒玉雪野是什麼關係。

「你喜歡兒玉雪野啊？」

「現在那種純日本風的大和美女難得一見喔。」

「聽說她本人和公眾形象不同，私底下一點都不賢淑喔。所以團先生才會自暴自棄，每晚在派對上流連，喝得爛醉如泥。」

「她現在的情夫還是郡司先生嗎？」

「應該是吧。再怎麼說，人家在她身上花了好幾億啦。」

「可是，郡司先生跟她丈夫不是交情很好嗎？」

「他們彼此認識，表面上當然不錯。而且團先生好像會花郡司先生的錢。不過你仔細觀察一下，團先生今晚還沒出現，他來的時候，打招呼很有意思哦。」

「哎呀，郡司先生！」一道尖銳而誇張的聲音響起，一名女子似乎剛到，打扮得土里土氣，感覺與派對格格不入。她走向一名正在中央餐桌取食的男子。男子年約六十歲，留著一頭優雅的白髮。

「是西田夫人。」

「真受不了，是誰邀請那種歐巴桑來的？」

不知為何，天藤望與正在彈琴的久保田對望了一眼，露出苦笑。

石部智子感覺餐桌附近似乎有個人想過來邀舞。此人的姓名在剛才的對話中也出現過，叫做曾根，對方的人中處蓄著小鬍，外型看起來像是個獵豔高手，正頻頻打量著智子。

十一月十六日　第二十九回

這裡再也不是安全地帶了——不擅長跳舞的石部智子這麼想。

她爬上通往九樓的窄梯，在第六、七級的階梯上坐下。剛才，她發現樓層之間的樓梯並沒有人走動。她換掉空酒杯，拿起乏人問津的柳橙汁，走到樓梯處避難。

一坐下來，即可從樓梯的扶手間俯瞰整個房間，相當愜意。智子就像找到安居之所的貓科動物般，輕輕發出滿足的嘆息，拱著背喝起果汁。曾根怨恨地仰望著她。

須田醫生與江坂春美跳完一支舞，隨即被須田夫人抓到沙發區向貴婦團邀舞。夫人不樂見派對上出現男女賓客各自聊開的情況。

「有沒有哪位想跟我跳舞呀？」

須田醫生喝醉了，變得有點膽怯。他開口邀約，卻目不轉睛地盯著聰子。他被夫人團的視線牽制著，不敢直接邀聰子。

「哎——呀，那麼請跟我跳支舞吧。」多摩志津江像是要保護聰子似地站起來，匆匆走到須田醫生面前。其他夫人厭惡喝醉的須田醫生，心想反正只有聰子會受邀，一點也不想起身。

「漲的只有投機股和高價股呢。」向井夫人望著開始起舞的兩人，這麼說道。她們從剛才就一直在聊股票。

「那麼貴的股票，我實在買不起呀。」聰子嘆了一口氣。

「像瀨川夫人是有錢人，手上好像有不少持股呢。」尾上夫人說道。

「換句話說，有錢人大獲全勝呢。」明石妙子說：「喏，以前不是發生過什麼彌補損失的事件嗎？結果也只有企業及有錢人受惠嘛。」

「就算如此，散戶還是繼續存在呢。」向井夫人狀似不可思議地說道。「像我們也還在買呀。」

「是啊。」尾上夫人半帶自嘲地說。「人類的欲望和愚蠢，絕不可能在歷史上的某一點突然消失。說得明白一點，昨天被揭發的老鼠會也是，以前就不曉得被揭發過多少次了，不是嗎？」

「是啊，還是玩股票保險多了。」向井夫人拼命地自我合理化。

十一月十七日　第三十回

在沙發區貴婦之間偶爾成為話題人物的瀨川夫人，與這棟大廈的持有者郡司泰彥站在中央的餐桌處，一邊品嚐開胃菜，一邊聊天。郡司是個大胃王，體格也很魁梧。瀨川夫人正試著從交遊廣闊、消息靈通的郡司口中問出股市行情。郡司同時也是目前號稱日本第一美女的兒玉雪野的情夫，據傳要是沒有他的資助，兒玉雪野不可能在現今醜女當道的演藝界成為一線女星。

團朋博走了進來。瀨川夫人注意到了，想提醒郡司。團是兒玉雪野的丈夫，同時也是她的第一任經紀人，不過現在已經被她「包養」。滿腹委屈的團每晚參加派對，藉酒澆愁，受到眾人輕蔑，個性變得更自虐、更扭曲了。瀨川夫人還來不及提醒，團已經走向了郡司。

瀨川夫人之所以想警告郡司泰彥，是因為她知道團朋博老是以粗魯的方式向郡司打招呼。團只要碰到妻子的這個情夫，就會傾注所有憎恨的力量，突然拍打他的背部或肩膀。

郡司正要把須田夫人親手做的、沾滿芥末醬的香腸放進嘴裡。團像是算準了這一瞬間，以厚實的手掌朝郡司背後「碰」地狠狠一拍。

「喲，你還是老樣子，過得很風光嘛！」

「嗚……，咳咳咳咳、咳咳咳咳！」

郡司猛地咳嗽，食物卡進氣管，嗆咳中噴出了少量碎屑。郡司的脖子很粗，氣管也不細，原本就很容易把食物吸進氣管。

「哎呀，好過分！」

「怎麼這樣呢？」

郡司的臉漲成了紫色，痛苦地彎身嗆咳，瀨川夫人和須田夫人露出責難的眼神說道。團一邊大笑，一邊朝她們點點頭說：

「哎呀，抱歉抱歉！哈哈哈哈哈。」他頭也不回，搖搖晃晃地走近平台鋼琴，倚靠在鋼琴上，望著鍵盤對久保田說：「欸，再彈首〈*Dancing in the Dark*〉吧。」

石部智子坐在樓梯的第七階，興致勃勃地俯視這些情景。她還注意到團朋博所到之處，附近的人都若無其事地紛紛走避。當團穿過鋼琴前面的舞池時，正在跳舞的兩對男女，其中有一對分了開來，拿著酒杯走到牆邊的椅子坐下。另一對男女則是須田醫生和志津江。

十一月十八日　第三十一回

石部智子對於須田醫生與多摩志津江的煽情舞蹈感到驚訝，當她看到他們倆拿著酒杯，從玻璃門走到陽台時，確信他們會在那裡進行某些祕密行為。

坐在牆邊椅子上的兩人，之前也跳得很熱情，看得出他們的關係非比尋常。女方外型姣好美麗，但除了與她共舞的男性以外，沒有人跟她搭訕，也沒有人向她邀舞，可以推斷眾人皆知這兩人絕非夫妻。

然而，事實與智子的想像相反，他們倆正是一對夫妻。這對仁木夫妻的感情太好，反而沒有人想理他們。而且，擔任電腦技師的丈夫醋勁極大，其他男性甚至不敢向夫人打招呼。

郡司被嗆得連鼻腔都阻塞，苦不堪言，他惡狠狠地瞪向團，貴婦們連忙安撫。此時，玄關處隱約傳來醉醺醺的叫囂聲，須田夫人板起臉孔。是查理西丸。

「喂，香奈人咧？香奈人咧？」

查理西丸像是在叫喚自家女兒還是顧鞋的傭人，大聲叫喚須田家的獨生女，在玄關處胡亂蹬腳。一陣嬌聲傳來，腳步聲也不止一人。

「來了來了。」香奈原本正在吃開胃菜，不耐煩地應聲，迅速走到玄關。

查理西丸兩手各摟著一個身穿黑色迷你皮裙的高大辣妹，走了進來。「嗨！為了讓各位男士大飽眼福，我弄了兩個伴舞辣妹過來啦。」

在場的男士聽出他的言下之意——「伴舞辣妹」意即「可以上床」，紛紛拍手叫好，女士們則板起了臉孔。

「真是諷刺，好像在說我們不是女人似的。」明石妙子以陰沉的眼神掃視著其他夫人說道。

「因為我們只顧著聊天，不陪他們跳舞嘛。」向井夫人笑道，抬起沉重的臀部。

尾上夫人也站了起來。「我去拿點吃的。」

沙發區的女士走到餐桌附近，這一帶突然熱鬧了起來。查理西丸丟下那兩個高大辣妹，開始與天藤望及郡司滔滔不絕地聊天，於是，曾根及其他男士便過去邀請那兩個辣妹跳舞。不過，很快就發現辣妹跳的舞不是他們所能奉陪的。

十一月十九日　第三十二回

在這一類派對的男客眼中，那兩個辣妹跳的正是所謂的「激情獨舞」。

於是，他們一臉莫可奈何，轉而向夫人們邀舞。曾根與向井夫人跳起煽情舞蹈。近間被明石妙子牽制，無法向聰子邀舞，只好彬彬有禮地與尾上夫人共舞。

「……我的眼珠子不是凸出來，還有暴牙嗎？所以不能去有猴子的地方。因為在牠們看來，這是生氣的表情，牠們會出手攻擊的。我老是因為這樣受重傷呢！」

查理西丸逗得天藤和郡司發笑，然後他注意到石部智子，於是拿著酒杯，搖搖晃晃地走到樓梯底下。

「哎呀，小姐。看妳笑得像《愛麗絲夢遊仙境》的笑臉貓，坐在那種地方看我們，妳究竟是何方神聖？在觀察派對嗎？還是想跟誰一起上樓呢？」

石部智子不懂查理說的「上樓」是什麼意思。在智子看來，查理西丸充滿了魅力，黑色系服裝讓他渾身散發出一股危險氣息，智子卻覺得隱含了溫柔。不過，她不想和查理西丸交談，此人算是遠觀即可滿足的對象。

查理西丸四處張望，尋找捉弄的對象，然後發現了那對感情融恰的仁木夫妻。他慢慢地走近兩人。

「哎呀，不妙。」須田夫人低聲呢喃。她一直以擔憂的眼神留意查理西丸的一舉一動。

「怎麼了？」

「他好像想邀請仁木夫人跳舞。」須田夫人回答明石妙子，焦急地東張西望。此時，才發現丈夫不見人影。

「嗨，夫人，請跟我跳支舞吧。」

查理西丸站在仁木夫婦前面說道，仁木慢慢地抬起頭，惡狠狠地瞪了他一眼。仁木夫人則害怕地低下頭。

「哎呀，我都忘了，不能跟尊夫人跳舞是吧？用不著擺出一副『連這種事都不知道』的表情，我知道，我知道你們夫妻感情很好的。可是啊，你們這樣，到底是來幹嘛？難道是因為整天在家裡不能向別人炫耀你們感情有多好嗎？不能讓別人看到你獨占美麗的夫人嗎？還是你光是看到夫人受到別人注意就妒火中燒，所以利用我們來增進你們的生活情趣呀？」

仁木氣得七竅生煙，蒼白的額頭上青筋暴露。「你是在侮辱我嗎？」

十二月二十日　第三十三回

仁木就要起身，仁木夫人按住他的膝蓋，自己站了起來，瞪著查理。查理西丸得意地一笑，摟住了仁木夫人。

「噢，好一對令人稱羨的恩愛夫妻啊！」

查理故意把手搭在仁木夫人的臀部，將自己的小腹頂上去，踏出舞步。仁木以憎恨的眼神瞪著他，壓抑的怒火使得他像鰓一般突出的下巴不斷地顫抖。

須田夫人和兩、三位夫人很緊張，擔心仁木不知什麼時候會爆發，西田夫人則完全沒有察覺，悠哉地扯開大嗓門，走近仁木說：「哎呀呀，真稀奇，你一個人嗎？太太被人家搶走啦？要不要跟我跳舞呀？」

仁木突然從椅子上彈起來似地仰身，縱聲大笑，那刺耳詭異的笑聲令在場者不寒而慄。西田夫人一臉錯愕，不過她馬上瞪了仁木一眼，不滿地低語：「搞什麼啊？」便轉身離去。仁木依然淚水直流，狂笑不止。

「喂，妳老公歇斯底里發作啦。」查理在她耳邊呢喃，還把自己布滿鬍碴的臉頰貼上仁木夫人細嫩白皙的臉蛋，強迫對方跳貼面舞。

「去安慰安慰他吧。到四下無人的地方，摸摸他的那話兒之類的。」查理說著，便把仁木夫人推了出去。

場面愈來愈混亂了。

須田醫生和志津江紅著臉、喘著氣，從充當冬季溫室的陽台回來，這次換仁木夫妻離開了。曾根與團和那兩個迷你裙辣妹在沙發區胡鬧，彼此調戲的舉動連夫人們都無法正視。

查理西丸走到貴野原聰子面前說：「夫人，可以和我共舞嗎？」連明石妙子也對查理西丸沒轍，但不知為何，查理只對聰子畢恭畢敬。聰子和查理相敬如賓地跳了一支舞，又被四名男士邀舞。

自己好搶手，被凝視的感覺真好——聰子心想，要是能盡情享受這種歡愉那該有多好。另一方面，她也自覺事實上就處於隨時能夠享受的立場，無論如何都不想失去這種感覺。然而時間總是過得特別快。

江坂春美還在，石部智子早已不見人影。每晚豪飲而弄壞腸胃的男人們，口臭愈來愈嚴重了。短裙辣妹之一表示身體不舒服，被曾根帶上了二樓。那名渾身曬成古銅色的大個辣妹臉上漾著淫笑，看起來明明健康得很。

十二月二十一日　第三十四回

西田夫人是全場最高興的一人，由於她笑鬧的模樣就像演電視劇般空洞，而且毫無變化，眾人紛紛敬而遠之，她只好獨酌了一陣子。不久，便走到鋼琴旁邊說：

「欸，久保田先生，我想唱〈*La Mer*〉。」

保田不得已只好伴奏，於是西田夫人便以自豪的女高音，唱起了偶爾走音的〈*La Mer*〉。原本還在跳舞的兩對賓客沒辦法繼續跳下去，便返回座位區。

「西田大嬸又唱起了她的〈*La Mer*〉。」天藤望笑著對江坂春美說道。

餐桌上的食物幾乎用盡後，眾人依然盡情喝酒、聊天、跳舞，派對繼續進行中。曾根和大個辣妹從二樓下來，近間竟然帶著瀨川夫人上樓去了。接著又有兩對賓客上樓。團邀請香奈到陽台，須田夫婦見狀笑了起來。即使須田醫生表現得很花心，須田夫人也毫不在意，她的口頭禪是「那個人腦子有問題」。而對於女兒，她最近也開始有這種想法。

如果在夏天，這個時間早就天亮了。眾人一如往常，開始商量去哪裡吃東西。郡司說六本木開了一家不錯的中華料理店，於是有十幾個人表示要一起去。由於郡司和查理西丸有車接送，最後決定聰子和志津江等人搭郡司的車過去。

光是都心區，就有幾百家二十四小時營業的餐廳。在通宵派對上喝醉的客人殺進那些店，豪氣地點了滿桌昂貴的菜色，一邊大聲笑鬧，一邊胡亂挾菜，繼續喝酒，然後留下杯盤狼藉，搖搖晃晃地離開，接著，垃圾車在馬路上四處奔波，收拾他們製造的大量殘羹剩餚。天色微明，每個人在早晨的寒風中意識清醒且顫抖不已，然後各自搭上計程車回去。這是這一帶每天早晨的情景。

客人回去以後，須田夫人等人把善後工作留給上午九點過來的女傭，接著才上樓睡覺。

「我的床沒被弄髒吧？」須田醫生一邊上樓，一臉厭煩地說道。

「上次，連我的床都被用過了。」香奈說，「明明房門上了鎖。好像用卡片還是什麼東西，兩、三下就打開了呢，得換新鎖才行。」

「他們都養成壞習慣啦。」須田夫人說，「大家愈來愈不守規矩了。」

十一月二十二日　第三十五回

早知道就不去參加那種派對了——石部智子忍住反胃的感覺，在計程車上後悔，這時她正要去電腦展銷會的會場。可能是喝了劣質香檳吧，早上醒來很痛苦，要不是游泳鍛鍊出來的好體力，肯定會睡上一整天。

剛才在公司時，智子也一直覺得不舒服，心想要是這樣繼續工作，一定會和沉迷於電玩遊戲的幹部發生口角，便藉口拿了邀請函，逃到展銷會場。

為什麼會覺得昨晚那種派對很有趣？每晚參加那種派對的人到底是怎麼了？是習慣嗎？還是晚上睡不著？派對愈到後來愈恐怖，而且那些男人的口臭……，嗚——好噁，一定是夜晚的腐臭味。

展銷會在新宿一棟高樓大廈的地下一樓舉行，廣大的樓面陳列著新產品和試作品，一部放映機聲光效果十足，使得整個會場熱鬧非凡。智子已經從資訊雜誌得知大部分的新產品，至於即將開發的產品屬於商業機密，並不會在此展示。

眾多螢幕正在播放「夢幻游擊隊」的遊戲畫面。不知道是不是宣傳策略，光是一抬眼就能看到。智子儘管不了解劇情，但為了確定主管是否沉迷於此，也曾經在公司裡看過，所以她一眼就認出那是「夢幻游擊隊」。智子心想，由於展銷會有許多大企業參加，主辦單位才會在現場播放這個遊戲吧。畫面上有一處面海的懸崖，游擊隊位在懸崖底下的洞窟裡，正仰望著岩壁上的無數洞穴。

某攤位擺了一台附有彈奏鍵盤的作曲專用機器，旁邊則是「夢幻游擊隊」的攤位。這個攤位在最角落，似乎不太醒目，裡面只有一張桌子，而且很冷清。桌上擺了一台舊螢幕，同樣播放著遊戲畫面，旁邊堆放著免費取用的手冊，此外還有書籍販售，書背上有《夢幻游擊隊》字樣，從第一集到第五集，分別擺了幾本。

智子拿起第一集，翻到中間幾頁閱讀。內容是一長串的心理描寫，令人好奇這種敍述在遊戲中該如何呈現？

「喔，第五集出啦!?」一名像是管理階級的中年男子按標示價把書錢投入玻璃箱，拿走了一本。

智子翻開版權頁，看到夢幻游擊隊中心的地址，忍不住詫異：「咦？在我家附近。」

十一月二十三日　第三十六回

「派對的場景持續了好久呢。」瀬口笑咪咪地說：「您一定寫得很愉快吧！」

這裡是午後明亮的書房，櫟澤的工作室位在二樓，燦爛的陽光照在辦公桌旁邊的沙發上。

「這是作家的本性吧。寫著寫著，就一發不可收拾了。」櫟澤苦笑，然後自豪地揚起嘴角。「不過我可要聲明，寫得出那種情節的，大概只有我一個，就算其他人寫得出來，也會像井上久（註）那樣，往戲曲界發展。」

「好了好了，老王賣瓜到此為止。」瀬口從桌上堆積如山的投書抽出一張明信片。「話說回來，收到好多來信呢。」

「大家總算明白故事情節真的會按照投書發展了。」櫟澤也拿起一封信。

「後來收到了一百七十九封來信。光是讀完它就很不得了吧！」

「有些信寫得很長呢。不過叫我別寫ＳＦ題材的投書變少了。」

「應該是因為派對場面很有意思吧。相反地，也收到許多信件反駁那些反對ＳＦ的投書呢。」

註　井上ひさし（一九三四～），小說家、劇作家。曾以《道元的冒險》獲得岸田戲曲賞、藝術選獎新人賞、《手鎖心中》獲直木賞、《吉里吉里人》獲日本ＳＦ大賞、星雲賞等等。

「神戶市須磨區的福田幸子女士寫道：『你不寫ＳＦ，還能寫什麼？』另外，大和郡山市的馬場博先生、岡山縣御津町的水島清先生、神戶市北區的松岡秀治先生說：『請繼續走ＳＦ路線吧。』另外還有十四封意見相同的來信。」

「這是大阪府高石市的南守先生寄來的，他的意見相當偏激——『看到上次的讀者投書內容，令人大失所望，我還以為會有更具深度的意見。什麼寫家庭題材、不要背叛讀者的期待，那種投書，請作者盡情把他們虛構化、戲劇化就是了。』。」

「大部分是因為看到反對ＳＦ的意見，心想不妙，才急忙來投書的吧。調布市的福永信先生、名古屋市昭和區的高橋朝子女士都是如此。杉並區的矢崎武司先生說：『我聲援你。』町田市的土川裕子女士寫：『請不要氣餒。』。」

「此外，有四封內容類似的匿名信，一封顯然是假名。看來不得不回到ＳＦ上頭了呢。」

「嗯，我也這麼想，現在正著手寫下一個ＳＦ場面呢。」

「澱口先生，歡迎光臨。」美也夫人走進書房。「親愛的，你看這件衣服怎麼樣？」

「怎麼，洋裝店的人又來了嗎？看起來還不錯啊！」櫟澤看著衣服說道，似乎不怎麼感興趣。「先不管這個，妳可以幫我們泡咖啡嗎？」

「那，請你們過來餐廳吧。」夫人說道。「端咖啡上樓，我怕又會打翻。」

十一月二十四日　第三十七回

樓梯彎彎曲曲，端咖啡上樓確實很危險。櫟澤和澱口拿著成捆讀者投書下樓，來到餐桌旁。從這裡可以眺望種滿三色堇的庭院。洋裝店的人好像回去了，美也夫人換回居家服，替他們泡咖啡。

澱口拿起一張明信片。「上次，櫟澤先生說：『只是享受小說、消費小說，這樣的讀者是不及格的。』有人對此相當憤怒。兵庫縣養父郡的行政代書高階良幸先生說：『這是多麼不講理的發言啊！讀者可是有付錢的，你以為拿了稿費在搞自己的社團活動嗎？我原本還滿心期待，這下子打算挑你毛病挑到底。』。」

櫟澤還沒說話，美也夫人已揚起吊梢的眼角：「哎呀，計較什麼訂報費、稿費，這人真沒品啊！一點文化氣息也沒有，根本就是待在安全的地方，只買自己想讀的作品，是娛樂的奴才、享樂的乞丐。」

「好啦，好啦。」櫟澤安撫夫人。「他說要挑毛病，這樣不是很好嗎？也算是一種參與。只是，如果他認為這是作家的困惑（aporia），而不是瑕疵，那又有什麼意義呢？我希望他能夠理解這一點。」

「是啊，就算是誤讀，也沒什麼關係吧。」瀨口也點頭同意。「還有，這是國立市的杉岡育子女士的來信，上面寫道：『故事突然變成讀者的投書大會，這是為什麼？小說情節毫無預警地中斷，真教人不愉快。』。」

「可能還有人不明白這是小說的一部分呢。說起來，這算是作者的一種評論形式。從很久以前，不管是亨利・費爾丁（註1）的《湯姆・瓊斯》（*Tom Jones*），還是安德烈・紀德（註2）的《偽幣製造者》（*Les Faux-Monnayeurs*），甚至是勞倫斯・斯特恩（註3）的《項狄傳》（*Tristram Shandy*），都有作者突然出現在小說裡，大聊自己感想的安排。這叫做『評論』，這種表現形式非常古老，急性子的現代讀者恐怕沒辦法跟上這些掉書袋吧。這位杉岡女士在述說這段意見時還加了感嘆號：『只要還冠有作品標題，連載就不需要這種像電視廣告的單元！』我想將它解釋為這種評論的新形態。」

「或許她還不太明白這是讀者參與的小說吧。她還說，管它是SF還是什麼類型，既然以小說形式開始連載，就必須以同樣形式持續下去。或許她也不太喜歡SF吧。」

「這種讀者只是草草閱讀，光注意情節罷了。」美也夫人失望地說道。

十二月二十五日　第三十八回

溷口喝了一口咖啡說：「話說回來，櫟澤先生，有人懷疑這些投書的真實性呢！」

「是啊，這很像聰明人會做的事。有人寫了好長的誤讀心得呢。喔，有了，所澤市的舟橋俊久，就是這個。」櫟澤拿起信封。「他說，上次介紹的大阪一律大學文學部的棚部教授是作者捏造的人物，還說那個教授專精『文學害論』，實在太湊巧了。」

「真的有棚部教授這個人呀，人家在信封上清楚寫著校名和自己的名字。」

「對方說，大部分的投書都表示討厭SF，這也太制式化了，這些應該都是作者在連載之前就設定好的狀況。你能證明這封投書真的存在嗎？」

「傷腦筋呢。我為了調查投書者是不是使用假名……，不，使用假名還好，有些人還會冒用別人的名字，費了好大的工夫呢。」

註1　亨利．費爾丁（Henry Fielding，一七〇七～一七五四），英國小說家及劇作家。
註2　安德烈．紀德（André Paul Guillaume GiDe，一八六九～一九五一），法國作家。
註3　勞倫斯．斯特恩（Laurence Sterne，一七一三～一七六八），英國小說家。

「有人會冒用別人的名字投書嗎?」美也夫人睜圓了眼。

「經常有啊,真的很困擾,有時候還會造成問題。要是有人讀了,有樣學樣,那就更傷腦筋了。」

「總之,就算一開始設定好情節,而且投書什麼的都是捏造的,以虛構形式來說也沒什麼關係。不過這次的企畫,如果故事情節不依照真正的投書來走,我自己——也就是作家自己——會先覺得無聊透頂。」

「報社也不允許這樣的欺騙。」澱口憤然說道,「您在第十一回以後做了修正吧?那份原稿都白費了呢。」

「不,遲早用得上,所以我先擱著。」

「另外,這個人說投書內容很無聊,『或許真的沒有一封投書讓你靈機一動,想到新的發展,就算有,搞不好也被你藏起來了。』。」

「這個人心機真重。喂,如果這個人要求,你就把投書的影本寄給他吧。事實上,我上次就收到一篇很出色的投書,並沒有把它藏起來。」

「唉,在這裡。沼津市的增田浩行先生,是這封吧?他讀到連載的第四回就來信了,對於故事的後續發展已瞭若指掌。記得您上次說要拿出來介紹還太早,所以才擱到現在,對吧!」

「他認為這是在報紙上進行的角色扮演遊戲。這是個好機會，這次就來介紹一下吧。」

十一月二十六日　第三十九回

「唔……，這很難說明。」澱口看著信紙，偏著頭說道。「上面還畫了圖。」

「拿給插畫家看看。」櫟澤說，「請對方用這張圖代替插畫吧。」

「總之，他認為『夢幻游擊隊』這個遊戲世界，是貴野原征三等人在現實世界的意見反饋，與虛構的《清晨的加斯巴》是我們在現實世界的反饋這種狀況類似。」

「對對對。上面寫道：1是強力的反饋，2則是微弱的反饋。此外，他的主旨是，只要把讀者的實際意見反應在『登場人物』身上就行了。這封信在我第一次提到投書之前就寫好了，對方真的很敏銳。」

「因為我們正在這麼做呢！話說回來，看看這張圖，我們的世界也在《清晨的加斯巴》世界裡呢。」

「這倒是。」櫟澤挺直了背。「在這裡，我是《清晨的加斯巴》的作者，除了我，還有你和內子，所以這裡依然是《清晨的加斯巴》的世界。」

「說到這個，」澱口拿起一張明信片。「這是札幌市的宇多鞠子女士寄來的，她說：『投書應該是寄給筒井康隆，為什麼會是一個叫櫟澤的作家在評論呢？』這也是一個基本問題。」

「所以，就像剛才那位增田先生的意見，投書的讀者也進入這個虛構世界，變成了登場人物。」

「呃……，關於這個部分，要是不解釋得詳細一點，恐怕有些讀者還是無法理解吧。」

「這是傑哈．簡奈特（註1）說的『敘事水準』問題。換言之，敘述『夢幻游擊隊』和貴野原等人世界的敘事者是我。那麼，敘述我們現在這樣對話的敘事者是誰？」

「筒井康隆吧。」

「沒錯。但是，若問到那個敘事者是否等於現實的筒井康隆本身？並不是，僅限於述說這部《清晨的加斯巴》的筒井康隆。舉個例子，《我是貓》的敘事者夏目漱石（註2），和敘述《明暗》的夏目漱石完全不同。」

「那當然啦，《我是貓》是漱石的處女作，《明暗》是他的遺作啊。中間隔了十年呢。」

「那拿《少爺》和《虞美人草》舉例也可以。兩者只相隔一年，但敍事者的人格顯然不同。哎呀，別在那裡囉嗦。我只是想説，就算是同一個作家，在敍述不同的作品時，人格也不一樣。」

十一月二十七日　第四十回

「那麼，在敍事水準最上層的，是現實的筒井康隆囉？」

「或者説，在故事之外，與讀者一起的世界。底下還有敍述我們的……，也就是敍説第一層故事的筒井康隆。如果是韋恩．布斯（註3），應該會説這是筒井康隆的第二個自我，或是內在的自我吧。」

「底下才是我們嗎？」

「不止是我們。既然第一層故事出現了筒井康隆的名字，那就表示他也降到這個水準。那些投書的讀者也一樣。」

「接著，底下是貴野原等人的世界，那是第二個敍事內容，而這個故事的敍事

註1　傑哈．簡奈特（Gerard Genette，一九三〇～），法國文學理論家。
註2　夏目漱石（一八六七～一九一六），日本明治大正時期的小説家，與森鷗外並列為文豪。
註3　韋恩．布斯（Wayne C. Booth，一九二一～二〇〇五），美國文學評論家。

者，是被筒井康隆第二個自我附身的櫟澤先生。」

「沒錯。或許可以說是第三個自我吧。然後，最底下的層級是『夢幻游擊隊』。簡奈特稱這是後設小說世界。」

「那，如果這也要請插畫家畫成插圖，以階層來說，總共有五個呢。不過，我對於什麼上啊下啊、上升啊下降這類讓人聯想到上下關係的形容很介意呢。」

「咦？會嗎？我把它當成超我、意識、前意識、潛意識、本我這樣的精神分析圖來類比思考，完全不介意呢。」

原本默默聆聽的美也夫人擔心地問：「不好意思打斷一下，那麼我也是小說中的登場人物嗎？」

「沒錯，是虛構人物。現在，妳既然已經知道自己是虛構人物，那麼妳的存在也是虛構的。」

美也夫人嘆了一口氣說：「難怪對話節奏這麼簡潔，毫不囉嗦。」

溵口笑咪咪地將一張明信片遞給夫人說：「這是京都市中京區的木戶渥子女士寫的。上面說：『請務必讓櫟澤夫人登場。』這位女士是筒井康隆夫人的崇拜者。」

「所以我才會登場啊。那麼我是筒井夫人的翻版囉？」

「不，不是吧。基於劇情需要，妳的嘴巴毒辣多了。同樣地，我也被插畫家畫得跟筒井康隆一模一樣，不過性格大不相同。澱口也是，和現實世界的責編不一樣，筒井康隆的責編是個女的，名叫大上朝美。」

「讀者經常把作家夫婦的形象套在主角夫婦身上。」澱口說，「那麼，貴野原夫婦和筒井夫婦當然也沒有任何相似之處囉？」

十二月二十八日　第四十一回

「貴野原征三和筒井康隆，聰子與筒井夫人，他們之間完全沒有相似處，這是理所當然的。唉，『評論』已經進行了五次之多，我想，幾乎所有讀者都可以了解這部分的意義吧。」櫟澤說道。「因為讀者閱讀小說的目的之一，就是聆聽作者的聲音嘛。」

「呃，還有……」澱口又拿起明信片。「杉並區的北井節子女士說：『第十五回到第十七回的內容好有趣，之前在我內心的疑問通通消失了。』神戶市的高橋佐代女士說：『看到第十五回，我忍不住大叫：「太好了！」實在太高興了。』。」

「是指投書的部分呢！」

「滋賀縣甲賀郡的辻英朗先生說：『請讓中島羅門（註）登場。』還有許多讀者來信要求讓自家小孩的名字登場，這到底是為什麼啊？」

櫟澤板起臉孔說：「別再提出這種要求啦。啊，還有，這位來自大阪市東淀川區的細川真澄女士，每天把當天連載的感想直接送到我家。她以主婦角度的論述相當有趣。」

「還是有人要求不要寫SF的題材呢。新宿區的木下滿子女士說：『我在第一天拜讀了貴連載，心想這是什麼鬼東西？於是有了不好的預感。在得知是SF以後，更是大失所望，描述電玩遊戲的篇幅實在太長了。每天一翻開報紙，發現又在講夢幻游擊隊的事，我的閱讀興致就少了一大半。報紙連載小說是以不特定的多數讀者為對象，卻老是出現一些類似SF的場面，我覺得很不妥當。您是不是刊錯地方了？』這大概是目前討厭SF的代表性意見呢。您那邊的網路反應怎麼樣？好像還有人深信這是網路創作的作品呢！」

「嗯，這是奈良市一名和尚的意見，他的網路代號是『楊梅』，算是玩家了。可是，不管我再怎麼說明，他還是搞不清楚連載是以投書為主，網路為輔。他把我當成菜鳥，還想掌握主導權哪。一開始，他要求連載在上報之前，先放在網路上讓他們先睹為快。」

「就算是總理大臣，也不敢要求報社在發報之前先讓他看內容吧。」澱口氣得說道，「那個和尚怎麼會有這種特權意識呢？」

「我覺得他只是沒常識。話說回來，一旦故事內容順從大多數討厭SF的主婦們的意見，偏離電玩遊戲時，他又會說：『你只是沒能力寫出吸引主婦的電玩小說罷了！』。」

十一月二十九日　第四十二回

「也就是說，他不惜惹惱作者，無論如何都想把劇情拉回電玩遊戲。難道他不明白，這種作法和討厭SF的主婦根本沒兩樣嗎？」

「我也忍不住火冒三丈，幼稚地吼了他幾句。結果，他又躲在無人的網路聊天室，不停地說我壞話。然後，當故事中提到股票，他又說：『故事背景已經是網路社會了，既然要談股票，就得提到哪種股票軟體最實用。』。」

澱口納悶地說：「到了這種地步，算是有病了吧？」

「是科技病。」美也夫人說道。

註　中島らも（一九五二～二〇〇四），日本小說家，亦以戲曲家、節目作家等身分活躍於藝文界。

「這個人好像只會批評。進入派對場景後，他就說什麼『一點現實感都沒有』，講出一些簡直就像過去地方上的同人誌（註1）評論會才聽得到的發言。可是，再也沒有比為了否定而否定的批評更罔顧現實的了。不過，以角色來說，他很像赤塚不二夫（註2）的《御粗松君》（註3）裡的井矢見，很有意思，所以我讓他在這裡登場。我在這裡清楚聲明，不管是網路還是投書，就算是貴社的報紙，只要能讓小說變得有趣，任何材料我都會利用。」

「那麼，網路上有沒有其他有趣的發言？」

「網路上有很多大學教師、醫師、電腦工程師、大學生及編輯，爭論的水準愈來愈驚人，什麼螺旋構造、藏傳佛教、量子力學都出來了，我沒辦法在這裡一一介紹哪。他們說派對場面太簡單了，枯燥乏味。也就是說，派對場面沒有解讀的自由，也誤讀不了。還有，他們受不了持續進行的派對場面，還組成什麼發揚ＳＦ委員會、鬧劇委員會呢。」

「這樣啊。總之，目前不管是投書還是網路，回歸ＳＦ的意見都占了壓倒性的多數呢。那麼您要再回到『夢幻游擊隊』嗎？」

「我當然也想寫它的後續啊。」櫟澤憂鬱地撩起頭髮。「可是，如果回去寫後續，一定又會冒出許多反對意見。」

「到時候再回歸家庭劇就好了嘛！」

「一定會馬上接到一堆投書和電話，頂多只能寫四、五回吧。」

「櫟澤先生。」瀫口瞪著作家。「這原本是您提出的點子呢。打從一開始就告訴過您這不可能實現了。」

「好好好。」櫟澤一邊苦笑，喝了一大口咖啡。「我會寫的，我寫就是了。」

十一月三十日　第四十三回

多元虎，別名多拉拉，外觀像是被切成一圈一圈的老虎，但實際上多拉拉的黑色條紋存在於這個世界，而黃色條紋則在另一個宇宙，或者剛好相反，牠的生態十分特殊，是一種多元宇宙生物。多拉拉沒有高智商，不過一般的槍砲武器難以擊斃牠們，因此想要殲滅非常困難。

游擊隊接到總部的指令，前來掃蕩多拉拉的群棲地帶。不過，多拉拉棲息在虛數（註4）的洞窟，極不易被發現。小隊不知敵人什麼時候會發動攻擊，因此長期處於緊張狀態中。

註1　有共同興趣及想法的人共同編輯出版的書本、雜誌。

註2　（一九三五～二〇〇八），漫畫家，有《おそ松君》、《天才バカボン》等著名作品。

註3　赤塚不二夫的代表性作品，描述六胞胎的頑皮生活。御粗松是長男的名字，為自謙低劣之雙關語。井矢這個角色的名字有尖酸刻薄之意，是作品中的惡角。

註4　一個數的平方若為負數，此數即為虛數。

深江所率領的第二分隊率先打頭陣，扛著威力強大的特波槍在斷崖底下前進，這款武器具有喇叭型槍口，能發射攝氏八千度的火焰。這一路上，有時候會出現假洞窟，深江必須將它模擬成文字，當作虛數單位 i。每當 i 的平方出現，就把它置換為-1，循著這種規則來尋找虛數的洞窟。

深江自覺腦袋裡塞滿了高等數學，還有雜亂無章的算式。但是，就算只是片段，自己又是什麼時候學到的？如果是自己的知識，為什麼只能以如此雜亂的形式呈現？那好像不是屬於自己的東西，而是混雜了好幾個人的知識，在腦袋裡起爭執似的。

深江回頭看看隊員，大家的情況雖然沒有他嚴重，不過好像也有相同的困擾。儘管表面上的態度毫不鬆懈，每個人的眼神都很陰沉，好像正在窺看他的腦海深處。

從什麼時候開始的？深江懷疑自己的行動——隊員們的行動——彷彿是根據外人的判斷來決定的。他們在採取行動前，許多判斷開始引發衝突，甚至在遇到緊急時刻必須出現反射性動作時，竟然以玩樂心態拖延時間，彷彿與實際時間無關。深江是否自覺到這一點？換言之，他能夠意識到自己在下決定之前好像在拖延，事後卻發現那只是一瞬間，而當時的時間則是完全靜止。

第三分隊的隊長平野也有一次不經意說出類似的感想。當時，他的眼神充滿疑惑，那應該是他發自真心的疑問吧。兼任第四分隊隊長的峰並不會提出那種哲學性的問題，他是個忠於職務且務實的戰士，深受部下愛戴。

但是啊——深江心想——那個務實的男子，為什麼感受不到這個世界的非現實性呢？

十二月一日　第四十四回

「虛數的洞窟!?」

貴野原征三在辦公室的電腦前目瞪口呆。

這下子完了。他不擅長數學，而且還是高等數學。在訊息畫面上，一道道莫名其妙的算式快速捲動著。他一頭霧水。

就這麼旁觀也讓他心有不甘，他打算加入遊戲，所以早就輸入使用者ＩＤ及密碼了，接下來準備輸入訊息。

既然有多拉拉，就算出現黑白條紋的斑馬也不足為奇。那就替牠命名為傑布拉拉，騎著牠穿梭於多元宇宙之間，追捕多拉拉。貴野原正想輸入這個無聊的點子，可是連自己都覺得太蠢，連忙刪除訊息。

但是，啊！剛才中斷的愚蠢訊息片段，應該也被中心裡容量龐大的裝置記錄下來了吧。貴野原這麼想像，嘆了一口氣，愈是投入這個遊戲，愈覺得自己的知識和心情，甚至是體驗，早就被快速解讀並貪婪地吸收了。從文化素養到興趣，被摸得一清二楚，這些組合會不會在某處產生一個與自己完全相同的潛意識層？貴野原甚至萌生這種恐懼。

例如，剛才有一瞬間，深江的表情好像很絕望，會不會是對我輸入的愚蠢訊息感到絕望呢？貴野原對於深江懷有這樣的感情——那個誇大的自我，偶爾會對自己的愚蠢感到絕望。除了自己，其他玩家也會以這樣的心情玩遊戲嗎？

對了，在這種情況下，反倒是準備妥當，以防範多拉拉現身才是上策吧。應該趁其他擅長高等數學的人拼命尋找虛數洞窟時，確保戰鬥權才對。然後，盡可能多殺一隻多拉拉，多賺點分數。

十二月二日　第四十五回

貴野原一想到這個點子，立刻按下鍵盤上的F6鍵，這是切換成戰鬥模式的功能鍵。

藉由以往的功績，貴野原獲得了戰鬥權。可能也是因為這個時段沒什麼人在上班地點玩遊戲吧。中心記錄著貴野原將感情移入深江，是深江所謂的「陰影」（註1），畫面立刻從鳥瞰角度切換成深江的視點。其他隊員也被各自的「陰影」附身了嗎？

果真如此，隊員出現幾名，現在的畫面也就透過幾組不同的螢幕被觀察。這麼複雜的構造，對貴野原來說是個謎。

來吧！敵人何時會出現？電玩遊戲萌芽期的亢奮感又重新復甦。以往，貴野原玩的都是益智遊戲，像這種荒誕的戰鬥場面，拿著武器消滅敵人的幼稚遊戲，已許久未體驗了。

出現了。

以斷崖半山腰為背景，兩隻分別是黃圈與黑圈的老虎撕裂空間，蹦了出來。牠們逼真得就像達利（註2）的畫，唯獨臉孔像怪獸圖鑑裡凶悍的怪貓。接著出現三隻、兩隻，有一大群，一定有人發現了虛數的洞窟。到底是套用什麼樣的高等數學公式找到的？若沒細讀不知何時才會出版的《夢幻游擊隊》續集，是不知道答案的。狀況解除以後，畫面上只會顯示發現者的名字。當然，貴野原目前沒空理那些事。「可惡，出現了。快過來啊！」

註1　Shadow，在榮格（Carl Gustav Jung）心理學中，人的潛意識與自我（ego）相反的性格。這裡有另一個自我之意。

註2　達利（Salvador Dali，一九〇四～一九八九），西班牙超現實畫派畫家。

年輕時的自己懦弱膽小，要是遇上這種狀況，一定會忍不住漏尿，弄濕褲子，那種經歷真教人懷念。貴野原想起過去，心中充滿了一股暖意。他利用有箭號的方向鍵上下左右移動畫面上的槍口，瞄準目標，猛按鍵盤上最靠近自己的空白鍵，發射特波槍。頓時，攝氏八千度的火焰噴發，轟隆作響。此外，還有部下們各自發射武器的槍聲。不知道他們身上是否附有「陰影」。多拉拉大聲咆哮。貴野原不想錯過任何呢喃或對話，原本就把音量調得很大，此時，常務董事貴野原征三的辦公室裡充斥著震耳欲聾的聲響。

「喝！可惡的東西，去死！去死！」

貴野原扭動全身，偶爾從椅子上跳起來，一邊大聲嚷嚷，一邊瘋狂按鍵。石部智子聞聲而來，在門口目瞪口呆地看著他瘋狂的模樣。

十二月三日　第四十六回

白天的氣溫已經不需要穿大衣了。

石部智子前往附近的會員制健身房游泳，結束之後正準備回單身公寓的住處時，行經一條小巷，發現夢幻游擊隊中心就在附近。她還記得那本書版權頁上記載的地址，那裡離她的住處只隔了二十號。

這一區離副都心更遠，巷子裡依然保有許多獨棟小住宅。智子從住處的窗戶俯視這一帶，卻沒看到符合遊戲中心的現代化建築，一直感到納悶，不過並沒有無聊到特地探訪的地步，只不過很在意。

三之二十二之三。是這一帶。

不愧是都內的住宅，沒看到太破舊的屋子，只有一棟房子十分特別，像是已歇業的老店鋪，與其他現代化房舍或文化住宅（註）截然不同。那棟建築物相當古老，店面有格子門窗，頗為寬敞，很像是好事者特地保存下來的。格子窗前面還很慎重地放了一把不合時節的竹條椅。

那把椅子上要是坐著一個老太婆，肯定像極了一幅畫。正當智子這麼想，一名身穿毛衣，上了年紀的婦人走了出來，開始打掃門前散落一地的紙屑。婦人一邊掃地，似乎有點在意智子，但智子不理會，走近門口，望著門牌。

在看到木牌之前，智子先注意到旁邊一塊金屬板上刻的一排小字。

夢幻游擊隊中心

騙人！——智子心想，又望向門牌。那塊門牌算是比較新的，上面寫著和版權頁

註　盛行於大正中期（大正時期為一九一二～一九二六）以後，一種納入西洋生活形態的住宅形式。

上相同的地址及發行人的名字。

時田浩作

「這裡就是那個電玩遊戲的中心嗎？」

智子難以置信地問道，那個高雅清瘦的婦人笑容可掬地點點頭說：「沒錯。」

智子重新打量這棟雙層樓建築，於是婦人溫和地問：「妳是來參觀的嗎？」

這裡還可以參觀？石部智子忍不住回答：「是的！」「應該有很多人來參觀吧？」

「不，妳是第一個。大家都是開車經過，可能想看看是怎樣的地方吧，不過每個人在附近繞了又繞，可能覺得不是這裡，沒有停下來就離開了。」婦人默默地笑了。

十二月四日　第四十七回

婦人打開格子門，石部智子在她的催促下跟著走進玄關。

屋內算是店面，高一階的榻榻米間擺了許多還沒拆封的物品，一些包裹被粗魯地拆開，包裝紙破了一半；還有一些包裹的內容物是最新出版的《夢幻游擊隊》，看得到封面。

再往屋內走去。

「浩作，有客人來參觀喔。」

智子來到一個由兩間房間打通的寬敞房間，眼前的景象令她目瞪口呆。那凌亂程度根本不像是正常人弄出來的，牆邊裸露著顯像管，各種螢幕層層疊疊地堆在貨架上，有幾個顯然是故障的，有些東西像是融化般從架子上垂落，令人聯想到深海的軟體動物。在數十面發光的螢幕中，「夢幻游擊隊」的畫面意外地只有三、四面，大部分都以全彩顯示設計圖或圖表。房間裡找不到立足之地，除了智子也知道的萬用LSI（註1）及特製晶片，還有一些樣品連型號都沒有的元件類，有些依然裝在箱子或小盒子裡，有些被扔在電子零件及工具當中。陶瓷大碗裡堆滿測試單石半導體晶片，還溢了出來；邊緣缺損的花瓶裡插著一把螺旋光纖束，糖罐也被撐裂了。此外，咖啡杯、紙杯內處處可見晶片類零件。

最陰暗的角落有一張桌子，周圍有三個曲面顯示器，由於靜電的關係，顯示器上面吸滿了灰塵，幾十個數公分見方的小視窗以平面跨矩形式的高解析度顯示CAD（註2）的線條和碎形（註3）圖像。一名體型龐大的男子，面朝著發亮的螢幕，正在使用小型雷射加工裝置製作某種精細物品。在他的鼻尖前方，有一個超精密的三次元圖像投

註1 Large Scale Integrated Circuit，大型積體電路。

註2 Computer AIDed Design，電腦輔助設計。

註3 碎形（fractal），任一零碎部分的形狀都近似整體的圖形。

射，似乎是那個加工物的設計圖。

他聽見婦人的聲音，慢慢地放下工具，旋轉椅子，面向玄關處的泥地間。這個叫時田浩作的男子在黑暗中露臉，龐大的身軀再度讓智子驚訝不已。超過一百公斤的軀體，卻有著一張天真無邪、胖嘟嘟的娃娃臉，那雙溫和的眼睛與婦人神似。

「媽，什麼事？」時田浩作口齒不清地問道。感覺他早就過了三十歲。

接著，他發現了智子，便露出笑容，微微點頭。「啊，這樣，參觀是吧！妳是記者啊？」

十二月五日　第四十八回

「不，我只是一般人。」石部智子說道，並深深鞠躬。

「這樣啊！之前有媒體來採訪過三次，不過最後好像都沒登出來。」

「請坐。」時田浩作的母親說道，又走了出去。

石部智子在紙拉門的滑軌處找到空位，坐了下來。「您並沒有監控遊戲呢，這些都是您一個人處理的嗎？」

一時之間，浩作好像聽不懂智子說的「您一個人」是什麼意思。

「咦？哦，妳是說游擊隊嗎？這些傢伙自己會處理。」他說道，以下巴指指其中一個畫面。「其實這是副產品呢。我原本是研究精神病理學的，不過從小就喜歡玩電玩遊戲。妳知道十五年前流行過一款『卡布奇諾先生與德米夫人』的遊戲嗎？那個程式就是我設計的，我從那時候開始玩半導體，應用活體電流誘導性突波所製造的非線型波動，做出一台有三十二位元全彩超圖像編輯系統的電腦。」

「哦，所以才會有這麼寫實、精緻的畫面啊。」

「咦？妳是說這個嗎？這個寫實畫面又是用不同方式製造的。要聽我說明嗎？不過記者好像完全聽不懂呢。」浩作的語氣相當孩子氣，解說態度卻很老練。「首先，我發現只要用光纖束構成水平並列的緩衝區，再垂直並排地重疊展開，欄位就會變成無限，不需要再檢查資料了。這麼一來，就算不用浮芯，用香蕉皮的纖維替代也行。」

「光纖束？您是說胃鏡的那種……」

「對。纖維聚集在一起的那種狀態。我利用它開發了浮動型（float）電腦影像處理的狹縫非檢查（slit no check）技術，然後把它應用在心理治療機械上。這個遊戲也是以那種方式設計的。它是將狹縫（slit）的電流傳送功率；也就是狹縫的電子所通過的電極，與非狹縫（non slit）的入射電流的平均通過電流比——透過離散碎形壓縮（discrete fractal compression），套用在光纖束上——光纖束會將轉換編碼（transform code）分布於相似映射（similar mapping）空間，這樣就不需要確認核對（validity check），也不需要狹縫和浮芯（float core），便能創造出這樣的圖像。」

「可是那樣的話，現在的電腦圖像技術不都變成了過去式嗎？」

這應該是諾貝爾獎級的發明吧？智子驚嘆之餘，也忍不住懷疑。

十二月六日　第四十九回

「是啊！」時田浩作若無其事地說道。

不知為何，石部智子總覺得浩作好像自以為說什麼她都聽得懂。

浩作繼續說：「不止如此，這本來是掃描精神狀態的治療機器，而我太太是精神治療師，她製作了登場人物的原型，剩下的就靠這些傢伙，透過玩家的綜合判斷來思考、行動，表達喜怒哀樂。」

石部智子陷入茫然，說不出話來。不過，時田浩作以孩童般的語氣天真地述說，讓她有一種正在陪伴幼兒的心情，天生的母性促使她焦急地想說點什麼。

「哦，所以書上才會有那麼多心理描述，不過那是怎麼弄的……」

「靠這一台就搞定了。」浩作抬起腳，指指旁邊一台類似記憶裝置的機器。「它的內部表現也是由我太太解讀、編輯，然後文字化、藝術化的。」

「可是，」智子睜圓了眼。「光靠這一台……」

「妳是說容量嗎？裝得下、裝得下。」浩作自豪地說，「記憶體和發信裝置就跟電子計算機一樣，原理確定之後，尺寸可以無限縮小。我忘了什麼時候，曾經用電腦侵入許多地方，到處尋找好玩的東西。結果，我在大學的生物研究室，發現一個傢伙正在研究生物工學，於是偷了他的樣本。我在快遞單上輸入時限，三個小時以後，樣本就以冷凍宅配送來了。我應用它製造出功能性很強的基本元件，尺寸要多小就有多小。」

「你說的是生物晶片吧？由蛋白質構成的，可以自我組織的……」

「嗯，一個有一百埃（註），所以用記憶容量來說，大概有矽晶片的一千萬倍吧。還有啊，不只是蛋白質組織。現在，我把它和活體訊號型的附屬天線重疊在一起，利用犬尿奎林酸來驅動自動追蹤裝置，甚至與玩家的ＩＤ卡差動（differential）同步。所以，它最近開始合成胺基酸。像那邊那個，昨天竟然合成出河豚毒素。」

註　埃為長度單位，一埃等於一公尺的百億分之一，為零點一奈米。

一枚晶片沉沒在沒有魚的魚缸底。

「請問，犬尿奎林酸是什麼？」

「動物的尿液。」浩作若無其事地回答。

「換句話說，不只是玩家輸入的訊息，像是遊戲進行時，玩家的思考、感情、知識之類的，也會透過ＩＤ卡……」

十二月七日　第五十回

「對對對。犬尿奎林酸的活體能量變換率很高呢。不只是從ＩＤ卡，生體電流靠著BTU（註）輸出的大小，也可以產生新的突觸傳達型通訊方式，所以還能記錄玩家的聲音和長相。」

由於浩作說明的內容太驚人，智子不由得瞪著對方。「法律上允許這種事嗎？」

「啊！這沒問題，沒問題。我跟那些官僚、警察有一種默契。或者說，他們欠我一份人情。話說回來，妳也是玩家吧！這書剛印好，要不要拿一本去看呀？」他拿起一本放在書桌角落的《夢幻游擊隊》第六集，遞給智子。

既然被認定是玩家，這時候應該要高興得跳起來。不過智子不擅長作戲，也討厭假裝。

「謝謝！」她又恭敬地低下頭。

時田浩作站起來，那龐大的身軀以格格不入的靈巧動作避開榻榻米上的工具和零件，手舞足蹈地來到智子身邊。

「可是，這些內容為什麼不放在網路上？」智子收下那本書，提出之前在展售會上看到書就想到的疑問。「如果需要輸出，再直接從終端機列印出來就行了，不必特地印成書吧？」

時田浩作頭一次用狐疑的眼光望向智子，慢條斯理地說：「我說妳啊，應該從第一集就開始讀了吧？妳不覺得這部作品很有文學價值嗎？現在閱讀這部作品的，不只有玩家而已。連電腦都沒碰過的人也會讀它，有些人甚至不曉得它的出處是電玩遊戲呢。」

「這樣啊。」智子嘆息道。她對文學也沒什麼興趣。「這部作品這麼受好評啊。」

浩作似乎看透了智子羞愧的心情，拍拍她的肩膀說：「別沮喪，其實我也不太懂啦。不過我對我太太的文學造詣很有信心，也知道社會好像對它有極高的評價。」浩

註 British thermal unit，英熱單位。

作笑吟吟地說道。

「唉，其實還有兩個無聊的理由啦。一個是電子出版會有複製的問題，印成書本比較能賺錢。另一個原因是，這些《夢幻游擊隊》的續集，其實就像是故事世界以外的故事呀。」

智子欲離開這個似乎是時田家的「夢幻游擊隊中心」，在玄關處向時田浩作的母親道別。踏上歸途時，她的腦袋裡冒出了二十幾個問號。

十二月八日　第五十一回

中午過後，貴野原聰子一直坐在PFS前。畫面上顯示股價變動的圖表，這張表說明了聰子的持股正在大幅下跌。

這支股票和其他股票一樣，都是聰子為了買新股，拿去擔保的股票。然而她的預期落空，從很久以前，股價就一路下跌。於是，聰子手上持有的都是賣掉就會虧損的股票，她怕虧損，緊握在手中不肯賣出去，結果完全被套牢了。

螢幕上出現了劍持的大餅臉，重疊在那張圖表上，他的表情相當困惑，聰子則一臉蒼白。拿去擔保的股票下跌了，要是在兩天後的三點以前，不補繳三千萬的差額，她就會失去所有股票，血本無歸了。

五天前也發生過同樣的危機。那時候，聰子從丈夫的活期存款提領剛匯入的薪資來補繳差額。貴野原征三的年收入基本薪資是四千萬圓，景氣好的時候，加上會計結算期的獎金，約有六千萬圓。匯入銀行戶頭的金額只是薪水的一部分，約一千五百萬圓。那時候，光靠這些錢勉強補足差額。如今，聰了急著賺回超過三億圓的損失，甚至動用了丈夫收入中的生活費及貸款額，她已有破產的預感。

「呃……，聽說這棟房子的市價約十億圓……」不知不覺地，聰子的語氣變成了庸俗的詠嘆調。「可是銀行只肯借我一億圓，能不能再拿這棟房子抵押，向其他銀行借錢？」

「那樣就變成了重複抵押。」劍持難過地說，「銀行不受理重複抵押呢，而且這次一定會要求直接見妳先生吧。」

聰子知道自己是老客戶，儘管銀行隱約知道她瞞著丈夫借錢，卻還是破例借給她一億。雖然連帶保證人是丈夫，但銀行應該早就識破那個簽名是偽造的。如果向其他銀行借錢，對方一定會要求向她丈夫本人確認。

劍持張著嘴欲言又止，但什麼也沒說，不客氣地打量起聰子，又露出難過的表情搖搖頭，然後左右掃視。「啊，呃，抱歉，我晚點再跟妳聯絡。」

「啊，不好意思耽誤你這麼久。」聽子還有一點自制力，勉強冷靜下來。

十二月九日　第五十二回

即使劍持是聽子的負責人，不過現在是交易時間，也不能只應付聽子一人。這一點聽子自己也明白。

然而，劍持從畫面上消失以後，聽子發呆了很長一段時間。

這裡雖然位於都心區，午後的住宅區卻十分寧靜，也很少聽見汽車喇叭聲，偶爾從遠處傳來京王線電車駛過的聲音。然而，她眼下的處境正與周圍的寂靜相反，被不幸所敲奏的詭異低重音團團包圍。

她站了起來。要是就這樣無所作為確實會破產，即使希望渺茫，無論如何都得找出能補繳差額的東西。聽子走進丈夫的書房，彷佛只要一進去，毫不知情的丈夫就會了解一切，並告訴她解決方法。

書房裡充滿了丈夫的整髮劑香味。一直以來，那個溫柔、其實是對她毫不關心的放任，甚至有點輕視她的丈夫，此時卻突然變成一個令人敬畏的人物。聽子覺得連丈夫的味道都在責備自己。

用來玩那個遊戲的電腦蹲踞在丈夫的書桌上。因為它，家計才會全部交給聽子打理。聽子怨恨地瞪著那個淺灰色螢幕，如果丈夫不沉迷於這個玩意兒，或許會早點發現她的疏失。

鍵盤旁放著一本約五十頁的小冊子，封面寫有「夢幻游擊隊使用手冊」的字樣。聽子看著第一頁，敲打鍵盤，與上面提到的中心連線，彷彿試圖喚出會原諒她的另一個溫柔丈夫。

標題出現了，熟悉的主題曲響了起來。這首主題曲十分不可思議，根據玩家當時的情緒，有時候像是悲嘆。進行中的遊戲畫面出現了，隊員們正與一群像鼬鼠又像圓規的怪物戰鬥。聽子沒有ＩＤ卡，無法進一步參與。不過，丈夫或許正在公司裡消滅這群怪物——對於妻子的苦境與家庭經濟危機渾然未覺。

聽子趴在桌上哭了起來。

怪物似乎被殲滅了，主題曲高調地響起。

聽子哭了好久。

不久，她抬起頭，關掉電源。螢幕失去亮度，又恢復了淺灰色。

聽子打開書桌抽屜，她知道裡面放著絕對不能碰的東西。

十二月十日　第五十三回

這天，聽子與多摩志津江約晚上八點見面，兩人要去參加在附近的公寓大樓舉辦的橘家派對。聽子原本沒被邀請，透過志津江的斡旋，她臨時受邀了。

征三很早就下班了，一如往常把自己關進書房，所以聽子比約定時間早到。她們先約在紀尾井町的某家飯店大廳，志津江比她更早到。這群主婦受到丈夫行程的影響，經常無法準時赴約，所以總是把時間提早，就算晚到幾十分鐘，也不會被責怪。派對從九點開始，現在去還太早，所以她們倆暫時在大廳聊天。

聽子忍不住了，受不了內心的煎熬，於是把大後天以前要補足差額的事一五一十地告訴志津江。

志津江顯得不怎麼同情，因為聽子連丈夫持有公司股票的事都講出來了。「明明還有那麼好的股票嘛。」

「可是，那是他升上高級主管時，用退休金買的。說起來，就像是證明現在這個常務董事的地位啊！」

「有多少？」

「一萬股。如果是高級主管，必須持有自家公司大約這個數目的股票才行。」

「現在的市價是多少？」志津江的眼神頓時閃閃發亮。她打從心底熱愛金錢這個話題。

「我問過劍持先生，他說一股是四千四百圓。」

「就算拿出七成，三千萬也綽綽有餘了吧。」

「可是，那樣會被他發現。」

「那就沒辦法了。」志津江敷衍地嘆了一口氣，然後探出身子，壓低音量說：「劍持先生啊，把客人放在他那裡的股票做聯合操盤呢。聽說有些客戶如果在期限以前沒辦法補足差額，他會代為填補。」

「那不是違法的嗎？」

「是啊！喏，差不多該走了，船到橋頭自然直啦。」志津江不負責任地安慰道，站了起來。

較晚到的聰子付了咖啡錢，離開大廳時，她問志津江：「唉，如果在籌到錢以前，先請劍持先生幫忙補足差額，該怎麼做才好？」

走在前面的志津江回過頭來，斜眼看著聰子說：「跟他上床怎麼樣？」

志津江那冷笑的表情及有色的眼神，在在令聰子感受到明顯的惡意。

十二月十一日　第五十四回

「不不不好了！老……老師，老師！」

如果這是十幾年前的大眾小說，澱口一定會這麼嚷著衝進來，不過這是現代小說，並不會出現這種場面。兩人又坐在面向庭院的餐廳，一邊品嚐咖啡，一邊冷靜地交談。

「來了一堆投書，表示小說內容莫名其妙。」澱口以下巴指指餐桌上堆積如山的投書說道。

「那當然啦，我也莫名其妙。」

不久，澱口擦乾眼淚，櫟尾看著他，諷刺地說：「喏，澱口，笑夠了沒？」

澱口依然笑個不停，一封接一封拿起來看。「浦和市的佐佐木元也先生說：『這部小說的作者瘋了。』足立區的深瀨政子女士感嘆：『又是一部莫名其妙的小說。

啊，什麼時候才能拜讀內容清新、溫暖的清晨小說呢？』大分縣佐伯市的渡邊加代子女士說：『我懷疑作者真的知道自己要寫什麼!?』。」

「知道自己要寫什麼而寫，豈不是很無趣嗎？」櫟澤忿忿不平地說，「哥倫布航海之前也不知道美國在哪裡。我不想跟其他作家一樣，沿著安全的航線出航。」

「一如往例，在討厭SF的讀者當中，山形市元木的井上愛女士寫道：『完全不顧我這個不諳機械的讀者。』還說：『這簡直就像我孫子在玩的電視遊樂器延伸版，真是難過，我已經連續好幾天隨便看看了。』其他包括匿名投書在內，這樣的來信非常多。如果故事不趕快回到一般讀者可以理解的情節，會影響到訂報率的。」澱口一臉認真地說道。「話說回來，投書還是老樣子，數量多得驚人呢。我數到兩百封就沒再數下去了。啊，上次雖然說明過了，但還是有很多人提出單純的問題，為什麼作者不是筒井康隆，而是櫟澤呢？橫濱市戶塚區的鹽田惠太郎先生說：『如果讀者投書使用真名，筒井康隆也得用真名才行。』還有米子市的白川崇先生、川崎市的土屋真由美女士等人，也提出類似的意見。」

櫟澤挺起胸膛說：「希望他們可以諒解，我遲早會擺脫筒井康隆二號的身分，獨撐大局。」

玄關處傳來門鈴聲，過了一會兒，美也夫人從走廊彼端跑了過來。「不不不好了！親愛的，那個潑水女人又來了！」

櫟澤驚慌失措地站了起來。

溷口也知道那個女人。對方妄想自己是櫟澤夫人，已經兩度突襲這裡了。

「打……打電話！快打電話報警！」

「可惡！」櫟澤手足無措地跑向電話。「筒井康隆竟然連這種事都推到我身上。」

「溷口先生！快點關上廚房的門！不，先關上院子的門，不然等一下庭院又要被潑水了！」

十二月十二日　第五十五回

「又多了一個人。」橘惠美以哀求的語氣對法國餐廳「畢斯特洛」的主廚說道。

「在自家舉辦派對時，人數一定會增減兩、三個。」主廚濱田的語氣像是在斥責夫人不該以那樣的語氣說話。他早就發現橘夫人不適任派對女主人，而且缺乏辦派對的常識。

濱田獨自開始準備料理。在「畢斯特洛」總店，開店後第一組客人的套餐已經上完，他在三十分鐘前，比兩名廚師提早到橘家。最近，時間稍晚一點，總店就沒有客人上門了

「啪」地一聲傳來。「畢斯特洛」的男服務生元木走進廚房說：「保溫盤的插頭一插進餐廳的插座就短路了。」

「喔，那個插座一直沒機會用，這是第一次使用呢！」

「也有可能是保溫盤的插頭有問題吧。」聽到橘夫人哭喪著辯解，濱田又以斥責的語氣說，「有沒有工具？我來修。」

「還有很多東西沒有備齊……」橘夫人垂下頭，一副挨罵的模樣。

「傷腦筋。海鮮類得用大盤子裝，無論如何都需要保溫盤啊！」

「老公！老公！」這時候，橘夫人的態度驟然轉變，盛氣凌人地走到餐廳叫喚客廳裡的丈夫。

她丈夫市郎正要從走廊進入餐廳，卻被絆了一下。「真危險，又絆到了。幹嘛在這種地方做段差啊？」自從搬進這棟新落成的大樓，市郎已經抱怨過數十次了。

餐廳前有一段走廊高出一階，原本正面的霧面玻璃內有照明，水電工卻在施工時忘了裝進日光燈，結果就這麼不了了之。

「順便請工人把日光燈也裝進去吧！」惠美說。「那邊的插座短路了。老公，打電話給坂江水電行，叫他們立刻過來修。」

「這種時段，他們肯來嗎？」

「會啦！高松以前是我同學呀。」

「喔，好像聽妳說過，妳以前暗戀過他，是吧！」

「不是我暗戀他，是他暗戀我。昨天，我還在路上遇到他，他說不管有什麼事都儘管吩咐。」

玄關的門鈴響了。

「喔，第一位客人到囉。」惠美在玄關旁的鏡子前面整理禮服，撫平頭髮，做了一個深呼吸。

十二月十三日　第五十六回

橘夫人笑容滿面地開門，貴野原聰子沒漏掉對方看到她時微微蹙眉的表情。啊，果然——聰子心想——我是個不速之客。

橘夫人個子嬌小，總是一臉飽受驚嚇的模樣。不過，個性似乎很強悍，向來習慣以一種打量的眼光看別人。她丈夫橘先生是建築設計師，個性溫和，看起來比她親切多了。

多摩志津江和聰子是第一批客人，客廳和餐廳已經布置成派對會場。

橘夫婦領著兩人到客廳的沙發坐下，再走到主臥室商量。

「我明明沒邀貴野原夫人，多摩夫人剛才卻突然來電，說要帶她一起過來。」

「有什麼關係嘛。等一下或許還會有這種情形，何必生氣呢？不管這個，坂江水電行的電話幾號？」

「我怎麼知道？還沒叫人過來啊。老公，那你跑一趟吧！你知道在哪裡吧？在那條坡道底下，走路一分鐘就到了。」

「嗯嗯，那我去去就來。」橘市郎看著妻子，搭著她的肩說：「聽好了，不要隨便生氣啊。不管發生什麼事，絕對不要動怒啊。知道嗎？」

「知道啦！」惠美甩開丈夫的手，顯得非常煩躁。「重要的是，記得叫高松穿體面一點啊，說已經有客人來了，這可是晚宴啊！」

「知道知道，我會交代他的。」

坂江水電行在七年前賣掉老舊的店鋪，搬進一棟新落成大樓的一樓，店面很小，僅有兩坪左右，裡面的和室只有四張半榻榻米大小，老闆高松和妻子繪里的生活起居都在那裡。

橘市郎來到坂江水電行，委託他們修理，並轉述妻子的要求。橘市郎離開後，高松夫婦面面相覷。「喂，繪里，他是說晚宴耶。」

「傷腦筋！好的西裝還放在吉祥寺我媽那裡呢。」夫婦倆把店鋪賣掉時，曾搬進父母家住過一段時間。

「沒有其他衣服可穿嗎？」

「只有一套燕尾服。」

一個月前，水電行工會舉辦了一場卡拉ＯＫ大賽，高松就穿著那套燕尾服擔任主持人。

「燕尾服啊，既然是派對，穿燕尾服也可以吧。」

高松換上燕尾服。膚色白皙、古典英俊的外表被襯托得更出色，繪里看得陶醉不已，忍不住繞到丈夫面前，搭著他的胸膛。

「老公……」繪里眼波流轉，嬌聲叫喚。

「喂，別這樣。」高松往後一仰。「我趕著出門哪。」

十二月十四日　第五十七回

橘市郎回家一看，客廳裡已經有五名客人，還有四分鐘就九點了。這場晚宴依照最近的慣例，開始得比較晚，所以每位客人看起來都饑腸轆轆。

橘惠美招待今晚的主賓舵安社長喝雪莉酒，市郎也參與了舵安公司的新公司室內設計，於是急忙上前打招呼。

市郎很快就發現妻子明顯不悅的原因了。天藤望把同行的明石妙子帶來了，顯然惠美並沒有邀請她。「剛才她突然吵著要跟我一起來。」天藤望向市郎這麼辯解，額頭滲出薄汗。市郎當然笑吟吟地表示歡迎。

兒玉雪野在郡司泰彥的護送下抵達現場，她難得出席這一類派對，可說是今晚的女主賓，貴野原聰子的光采立刻被壓了下去。兒玉雪野穿著白底銀花禮服，在客廳宛如被水銀燈照耀似地熠熠生輝。在場者幾乎圍繞在她身邊，男士們趁著這個千載難逢的好機會，肆無忌憚地欣賞她的身材，好將她真實的身影烙印在腦海裡。

「不知道團先生有沒有受邀呢？」聰子擔心引發糾紛，低聲問志津江。

「怎麼可能？」志津江露出冷笑說道。經歷了剛才那件事，聰子總覺得她的笑容詭異極了。「聽說沒請他，不過他或許會不請自來。」

劍持一到，這次換成女士們圍了過去。股價不斷地下跌，劍持似乎也無法像以前那樣談笑風生了。看來，他是為了安撫囉唆的散客才出席這場派對。

科恩．剛薩雷斯結束在新宿某會館的演奏會之後，前來參加晚宴。他是黑人爵士樂手，擁有自己的五重奏樂團，前幾天才抵達日本。他的琴藝承襲奧斯卡．彼得森（註）流派，其原創曲曾紅極一時，在社會上頗具名氣。橘市郎自從在紐約與他結識以來，兩人一直維持友好關係，橘市郎對此也引以為傲。不過，在今晚的賓客中，除了橘夫婦以外，認識剛薩雷斯的只有明石妙子一人。

「還有誰會來？」多摩志津江露骨地表現出餓得發慌的模樣。

九點過十分了。

惠美正想說「人數到齊了」，沒想到門鈴在此刻響起，免除她失言的窘態。「是須田伉儷。他們來了。」

惠美走到玄關開門。

是向井夫人和近間辰雄。

「晚安，派對開始了嗎？」向井夫人扯開大嗓門，毫不客氣地問道。

十二月十五日　第五十八回

不久，須田夫婦也抵達了，客人雖已到齊，卻多出了四個人。服務生元木忙著追加餐具，並調整擺放位置。橘市郎從客廳搬來茶几椅。

「來，請各位移駕到餐廳。」元木低聲說準備好了，於是橘惠美以熱情的語氣說道，盡可能表現出歡迎的態度。

客廳與餐廳相連，科恩．剛薩雷斯為了避開人群，先到走廊上，再走進餐廳，結果腳趾頭踢到地板的段差，整個人跌進餐廳。「好痛——，好痛、好痛喔！」

「哎呀，對不起。」惠美聽到科恩．剛薩雷斯做作的哀嚎聲，以更誇張的大嗓門嚴肅地道歉。「對不起，對不起，那裡很快就會裝上照明了。」

門鈴響起，多摩志津江走到玄關，替忙碌的惠美應門。門口站著一個看起來有點像黑道大哥的美男子，身穿燕尾服。志津江被對方憂鬱溫潤的眼神迷住了，忍不住朝他一笑。

「哎呀，請問是哪位呀？」

「我是水電行的。」

註　奧斯卡．彼得森（Oscar Peterson，一九二五～二〇〇七），加拿大爵士鋼琴大師。

志津江沒發現高松手上提的工具箱和日光燈管。當他走進餐廳時，眾人也以為他是新客人。

「你也來得太慢了吧？那是什麼打扮啊？」

惠美這麼抱怨，完全忘了是自己交代對方的。客人得知高松是水電工，紛紛低聲竊笑了起來。

「他根本是現場最帥的男人嘛。」明石妙子對向井夫人呢喃，以下巴指著正在修理插座的高松。

待座位決定，賓客都坐妥之後，惠美把濱田從廚房帶出來，向眾人介紹。「這位是今晚為我們掌廚的濱田大廚。他是『畢斯特洛』總店的主廚喔。」

濱田回應眾人的掌聲，由於擔心料理，正想盡早返回廚房，沒想到近間辰雄卻叫住他，找碴似地問東問西。「這個時段，總店那邊怎麼辦？」

「都交給副廚了。這個時段的客人比較少。」

「哦？以前客人都很多耶。」

「最近，大家流行舉辦這樣的家庭派對，不知不覺，這個時段我們幾乎都到客人的府上做外燴。」

元木和另一名服務生替客人倒紅酒、送前菜，氣氛熱鬧了起來。但是，當證券行職員劍持被介紹給舵安社長認識時，原本備受女士吹捧的舵安社長突然火冒三丈了起來，他表示以前曾因劍持的公司吃過大虧，現場氣氛頓時降溫，變得緊張萬分。

十二月十六日　報紙停刊日

十二月十七日　第五十九回

「以前我在百貨公司的美術部門工作。」舵安社長開始回想，表情相當憤怒。「我負責的工作是直接與畫家及雕刻家交易，所以身上總是帶著巨額現金，而你們公司在百貨公司一樓，當時你們也知道這件事。」舵安社長瞪著坐在對面的劍持。「你們成天打電話遊說我：『把錢放在我們公司三個月就好，有一支股票一定會漲，穩賺不賠，絕對不會讓你吃虧。』因為你們死纏爛打，我終於動搖，把錢交給你們。結果，那支股票隔天就暴跌，那是一支投機股，你們讓大企業客戶大批買入，自家公司也買了一堆，剩下的再丟給散戶。等到股票一漲，就和大企業說好一口氣賣掉，只顧著自己賺錢。我嚥不下這口氣，直接到你們公司申訴，負責人沒出來，倒是來了一個課長說：『舵安先生，股票本來就有漲有跌，這是常識吧？如果您硬要這麼說，我們也得向百貨公司報告才行。』我反倒被你們威脅，因為這件事，我辭掉了百貨公司的工作。」

「太過分了。」劍持以困惑的表情辯解說，「如果是現在，絕對不可能發生這種事。」

「唉，因為辭了百貨公司的工作，社長才會有今天的成就啊！」

橘市郎拼命安撫，卻無法平息舵安社長的怒意。「我只是碰巧成功了，那些失敗的人怎麼辦？」他用力敲打桌子，碰撞餐具發出聲響。

明石妙子換了座位，劍持則移到聰子的隔壁。

一道湯品上桌。眾人拘束地肩挨著肩，縮著背喝湯，氣氛還是一樣僵。

「我的下一檔連續劇，就是以百貨公司為舞台呢。」

兒玉雪野唐突地說道，眾人以掃興的聲音，發出「咦」或「哦」等等語意不明的應和聲。

門鈴響了。坐在主人席的市郎看到對面的惠美渾身一顫，正要起身，於是以眼神示意她坐下，自己站了起來。

開門一看，曾根豐年帶著瀨川夫人、尾上夫人及西田夫人站在門口，露出戲謔的笑容。市郎認為這是個緊要關頭，為了顯示自己的肚量，大聲表示歡迎。

新客人發出興奮的叫聲，魚貫走進餐廳。曾根殿後，被那個段差絆到，跌了一跤，大聲嚷叫：「好痛——好痛，痛死我啦！」

「趕快把日光燈裝上去！」惠美走到高松旁邊，歇斯底里地尖叫。「那裡還沒弄好嗎？」

「好了好了，這邊已經修好了。我馬上把燈管裝上去。」

十二月十八日　第六十回

「客人又多了四個。」在廚房裡，元木緊張地向濱田耳語，連聲音都啞了。

濱田低吟了一聲，雙臂交抱。「被陷害啦！」

「咦？被誰？」

「被這些客人。他們都說好了，一大群跑來。因為厭惡這家人，故意來搞破壞。」畢斯特洛的主廚面無表情地看著元木，點了點頭。「這種情況，盡快出菜，早早撤退才是上策。不然，他們會開始提出一些不合理的要求，叫我們去買肉、叫店裡送來追加的料理，甚至叫我們用冰箱剩下的材料做菜。」

元木一臉蒼白。「總之，肉要怎麼處理？」

「先上一半，或許還會有人來。重點是，保溫盤的插座修好了嗎？」

「好像修好了。」

「喂，那個快點弄好！」濱田大聲吩咐廚師，他的手指在發抖。廚師正把海鮮裝進大盤裡。「馬上就要出菜了。」

廚師手忙腳亂地裝盤完畢，元木以雙手拖住大盤的邊緣，正要端去餐廳，卻又一臉蒼白地折了回來。

「怎麼了？」

「盤子沒辦法通過餐廳的門。」

「從走廊出去！」

「那邊的門更窄。」

濱田按著額頭，身子往後仰。「怎麼會這樣!?竟然在這個節骨眼……」他瞪著元木。「盤子搬進來的時候，尺寸為什麼沒量好？」

「呃，搬進來的時候，是擺直的。對不起！」

「會不會是因為你用雙手捧著才出不去？」濱田要求元木與另一名服務生站在餐廳門口的另一側掩護，讓他們從兩名廚子手中接過盤子。「輕聲搬，安靜地搬，別被客人發現了。」

那只盤子還是弄不出去。

「好，稍微傾斜一點試試看。」

廚子們把盤子擺斜，盤裡的湯汁瞬間流到地板上。

「住手！」一名廚子跑去拿抹布，元木急忙用剛才撩過頭髮的手把盤裡傾斜的料理撥回中央。

「那邊有窗戶。」一名廚子說道。

「我說你啊，把菜從窗戶端出去要幹什麼？」

「或許可以從餐廳的陽台接過去。」

濱田打開窗戶，望向陽台。窗戶離陽台的扶手約有一公尺的高度。

十二月十九日　第六十一回

由於新客人到來，主人便從客廳搬來太師椅。但是太師椅很占空間，原本狹窄的餐廳變得更擁擠了。曾根豐年連太師椅都沒得坐，被分配坐在彈琴用的一張旋轉椅，背部幾乎快碰到陽台的玻璃門，在須田夫人及向井夫人的龐然身軀包夾下，伸手還勉強碰得到剛送上來的前菜。不過，就連那些前菜也不夠分給新客人，服務生滿懷歉意地向西田夫人耳語，於是她叫嚷了起來，刺耳的聲音穿透了眾人在空腹喝酒後喧鬧的對話：

「哎呀，他說前菜沒有我的份耶！呵呵呵呵！」

惠美站了起來，走向臥室，市郎急忙追上她，跟了進去。

「喂，不是叫妳別生氣嗎？」

市郎反手關上房門說道，惠美氣憤地坐在床上瞪他。

「他們分明是故意的。我受不了啦！」

「應該不會有人來了。重要的是，妳是女主人，該擔心的是料理啊！」

此時，一陣玻璃碎裂聲傳來，向井夫人微弱的尖叫和笑聲接著響起。「哎呀，不小心打破了，呵呵呵！」

平時用餐很容易被食物噎住的郡司泰彥又激烈地嗆咳了起來。

「嘎——咳咳咳咳！」

「喔——呵呵呵呵！」

惠美站起來，雙拳緊握，渾身發抖。

「不……不要激動，好吧？別激動嘛！」

市郎急著想摟住惠美的肩，卻被惠美狠狠地甩開。

廚房遲遲不出菜，須田醫生猛灌紅酒，從黃昏起就喝個不停，此時已經醉醺醺了。其他客人熱中於聊天，只有他茫然地望著陽台，狐疑地盯著一名服務生走向陽台。不知為何，那名服務生正從陽台的扶手探出身子。

「他在幹嘛？該不會想自殺吧？」

他對左邊的明石妙子說道，然而對方正與舵安社長熱烈交談。直昇機飛過上空，隆隆聲響蓋住了賓客的談話聲，客人的對話好像在怒吼。

須田醫生看到服務生從陽台回來，手中端著大盤子，大感驚愕。他朝右邊正與近間辰雄交談的瀨川夫人身後低聲說：「哎呀呀，真是不得了，居然用直昇機送菜過來呢。」

十二月二十日　第六十二回

擺在餐桌正中央、保溫盤上的那道「地中海風味海鮮料理」，在空腹已久的眾賓客旺盛食慾的刺激下，短短三十八秒就見底了，根本不需要保溫盤。

「如果還想喝酒，要多少有多少。」

橘市郎介意出菜太慢，從酒櫃接二連三地取出酒瓶，勸眾人喝酒，於是大家醉得更厲害了。舵安社長說酒精濃度八十五度的伏特加很稀奇，連續灌了三杯，結果馬上覺得不舒服，趴倒在餐桌上。

牛排總算送來了。當客人快吃完每人不到一百公克的牛肉時，香奈和江坂春美帶著三名男性友人，從敞開的大門直闖餐廳。

「哎呀，阿姨。」香奈對年紀相仿的橘惠美撒嬌說，「我們好可憐，大家都很餓呢！」

「來了五個餓肚子的年輕人。」在短時間內變得憔悴不堪的惠美，走進廚房問濱田：「還有沒有肉？」

「還有一點，煎成五份好了。」

「能不能再做點什麼？」

「有沒有鯷魚、培根、萵苣和生菜？」

「有的有的。」

「如果有花生和法式油煎麵包片更好。」

「啊，在這裡。也有油煎麵包片。」惠美在廚房裡四處穿梭。

「我來做道凱撒沙拉吧。」

「那種東西吃得飽嗎？」

「本店特製的凱撒沙拉非常濃郁，就算當主菜也毫無問題。」

濱田誇張地極力說明，並打算做完這道餐點之後就拍拍屁股走人。

元木這些服務生趁還沒有新客人上門之際，放慢速度送上甜點和咖啡。香奈命令男性友人們把喝醉的舵安社長搬到客廳的沙發上，自己則厚臉皮地占據那個位置，把舵安社長的牛排吃個精光。

「亮了。」高松在走廊上的段差裝設日光燈，對路過的惠美說道。

「謝謝你。」惠美道謝。

「好像很辛苦呢。」高松擔心地望向惠美。「妳還好嗎？」

「嗚——」惠美胸口一緊，把臉埋在高松的燕尾服衣襟上，哭了一下，接著又抬起頭，撩起凌亂的頭髮。「我沒事，你也喝點酒再回去吧。」

十二月二十一日　第六十三回

「差不多該請科恩·剛薩雷斯為我們彈一曲了。各位，請移駕到客廳。」

晚餐已經上完了，橘市郎趁客人還沒要求追加料理的時機站起來宣布。科恩·剛薩雷斯事前已接受委託，笑容滿面地起身，前往客廳。客人把原本擺在客廳的座椅搬回去，有半數的人已經移到客廳，但是熱中談話的客人、還沒吃飯的客人，以及剛到的年輕人還留在餐廳，喧鬧聲和笑聲不斷，那氣氛實在不適合聆聽演奏。連移到客廳的客人也聊個不停。有人發現市郎細心準備了冰桶和南法氣泡礦泉水，便開始調起新飲料，發出「喀啦喀啦」的噪音。

在鋼琴旁邊，橘惠美和據說是科恩·剛薩雷斯樂迷的明石妙子並排坐好，早已擺出聆聽的姿勢，然而室內的喧鬧聲沒完沒了，科恩·剛薩雷斯正在猶豫要不要開始彈奏。惠美向科恩·剛薩雷斯送上歉疚的眼神，皺眉望向餐廳，正要起身時，背後的市郎急忙按住她的肩，用力鼓掌。然而只有少數四、五個人應和他。

餐廳送上肉類料理。年輕客人看到端出來的菜色，更大聲地嚷著：「還真小，這算什麼啊？」科恩．剛薩雷斯根本彈不下去，望著惠美和市郎苦笑，近間辰雄看不下去，上前規勸一番。接著端上來的是以巨大玻璃容器盛裝的凱撒沙拉，引發新的歡呼，把近間的聲音蓋了過去。不僅如此，連客廳裡的曾根豐年都叫道：「哦，又有新料理了嗎？」折回餐廳去了。

即使如此，科恩．剛薩雷斯還是沒放過稍微安靜的一瞬間，彈起他的原創曲〈*Oh! You Flatter Me*〉，眾人總算表現出聆聽的態度。然而也只有一瞬間，他們一發現那不是自己喜歡的音樂，又毫不客氣地恢復交談，餐廳裡的向井夫人甚至被曾根的笑話逗得大笑，「哈——哈哈哈！」惠美顯得更暴躁了。

進入第二首曲子——奧斯卡．彼得森的〈*Goodbye J.D.*〉之後，酒醉賓客的喧嘩聲、笑鬧聲變得更刺耳，多摩志津江硬是把默默喝酒的高松拖到鋼琴旁邊，隨著根本不是舞曲的音樂跳起舞。惠美擔心科恩．剛薩雷斯不知何時會動怒，焦慮得胃愈來愈痛了。

不久，科恩．剛薩雷斯彈奏完畢，西田夫人搖搖晃晃地拿著紅酒杯走到他身邊，用笨拙的英語說：「唉，我想唱〈*La Mer*〉耶！」

十二月二十二日　第六十四回

科恩．剛薩雷斯氣得臉色發紫，暴跳如雷地離去後，西田夫人似乎無法理解「那個黑人」為什麼生氣，還兀自嘻鬧不停。

稍早之前，剛開始演奏時，廚房送出最後一道凱撒沙拉，現場的賓客吵鬧得就像從戰場撤退的殘兵敗將。

「喏，演奏開始了。趁現在快走，快點收啊，快快快！」

在濱田的命令下，眾人臉色大變地收拾善後，當演奏結束，市郎到廚房拿冰塊時，那裡已經空無一人了。

惠美也走進來，驚訝地說：「哎呀，他們跑了。」

「這也難怪。」市郎嘆息道。

「我一下子老了好幾歲。」惠美憔悴地在椅子上坐下。「頭髮都白了。」

香奈走了進來。「阿姨，大家好像還很餓耶。」

「好好好。」惠美連生氣的力氣也沒有，死心地站起來，從冰箱取出事先買好的火腿、義大利香腸之類的食物。

市郎也開始從櫥櫃裡翻出核果、米果、鹹碗豆等零嘴，裝進盤子裡。

在客廳，幾十名客人隨著有線廣播的舞曲跳起舞。兒玉雪野和天藤望共舞，發出粗鄙的笑聲，江坂春美被近間辰雄帶到房間角落緊緊抱住，望著天花板陶醉不已，淫蕩地瞇起雙眼。志津江在舞池中央獨占了高松，強迫他做出類似交歡的動作。由於男客的人數不夠，市郎一回到客廳就被明石妙子抓住，要求跳貼面舞。狹小的空間裡充滿了嬌媚的叫聲及熱氣，亢奮感與猥褻氣息在混亂中逐漸升高，舵安社長卻視若無睹，一個人在沙發上熟睡打呼。

查理西丸帶著兩名與上次不一樣的高大辣妹過來了。其中一人穿著跟上次一樣的黑色超短迷你皮裙，另一人身穿針織杉。由於她們跳起極占空間的舞，室內變得更擁擠，體溫及汗水使得溫度不斷升高。

惠美想回臥室補妝，卻氣急敗壞地折了回來，把丈夫從明石妙子身邊拉開。「有人在臥室，還從裡面上鎖！」

「誰？誰不在這裡？」市郎掃視客廳。

「貴野原夫人不見了。」

「劍持也不見了。」市郎咬住下唇。「那些傢伙！」

門鈴又響了。市郎去應門。

高松繪里盛裝站在門口，她擔心丈夫這麼晚還沒回家，忍不住跑來了。

十二月二十三日　第六十五回

不久前，貴野原聰子向劍持使眼色，兩人一起溜去陽台，總算脫離那令人汗流浹背的悶熱空間，夜風一時之間讓人神清氣爽，但很快就感覺到涼意。得盡快把事情談清楚。

「如果沒辦法從其他管道借到錢，有個叫NET SIGMA的東西。」劍持似乎無法正視聰子，俯視著地面說道。「大家都稱它為網路高利貸。」

「高利貸……」聰子臉色一沉。「我不敢去那種地方。」

「不必親自跑一趟就能辦妥，它是專為不敢去的消費者開設的，所以才叫做網路高利貸。妳用自己的PFS就可以辦了。只要加入NET SIGMA，妳家裡有PFS，以及妳先生的職位等相關資料，對方都會知道，他們會認定妳具有足夠的社會信用。不需要保證契約書、領取書、印鑑登錄證明，錢當天就會匯入銀行。相反地，府上的房子已做為抵押一事對方也會知道，但妳只是借了一億。以妳的狀況，一家最多可以借到一百萬圓。」

「那就必須跟好幾家借才行呢！」

劍持瞥見聰子的表情不甚起勁，猶豫了一會兒才說：「那麼，乾脆向天藤先生借借看怎麼樣？由我來說會很奇怪，不過若是妳開口，不管怎樣他都會答應吧！」

「啊，天藤先生……」聰子嘆息。她也不是沒想過。當然，這麼一來，她就得犧牲自己的身體。

「我想妳應該明白，」劍持聽到聰子的嘆息，別具深意地重重點頭，不過表情顯得很苦惱。「總之，期限就在後天……，不，已經是明天了，明天下午三點。妳必須二選一……，不，做出一個決定。」

「這我知道，我會想辦法的。還有，呃，如果錢來不及湊齊……」聰子想要確定志津江之前說的，支支吾吾了起來。自己根本還沒決定跟這個醜男上床，就算問了又能怎樣？

「咦？」劍持露出有點驚訝的表情，似乎在思考。「要是來不及的話，那就糟啦！」

「是啊。」聰子這才深深了解到，除非自己決定，否則根本無法和任何人商量。

「那麼我們進去吧。夫人，妳一定覺得冷吧。」劍持依然對聰子畢恭畢敬。

十二月二十四日　第六十六回

室內一片狼藉。

天藤望與近間辰雄以及那兩名高大辣妹正在角落的靠墊上嬉鬧，惹得在場女士反感。她們正聊到要不要參加彈道旅客火箭的首航，據說這火箭能在三個小時以內從成田市郊飛到紐約市郊。喝醉的兒玉雪野正在跳舞，搖搖晃晃的她被扶到角落的太師椅，郡司泰彥正在照顧她。

須田香奈、江坂春美及她們的男友餓得受不了，跑到廚房翻箱倒櫃，卻發現冰箱裡空無一物，一時怒由心生。一名年輕人拿著軟管美乃滋回到客廳，朝著平台鋼琴的琴弦胡亂擠壓。另一人見狀，也拿起蕃茄醬加入戰局，一邊大笑，一邊擠壓醬汁，把白色琴鍵搞得一片鮮紅。在鋼琴底下調情的須田醫生和多摩志津江連忙爬了出來。

「住手，拜託你們住手，別這樣！」

惠美哭喊著想搶下美乃滋，年輕人叫著：「來喔，捉迷藏喔！」嘻鬧著逃跑，香奈和春美則在一旁起鬨。

實在太吵了，舵安社長終於被吵醒了，雖然不自覺睡了多久，不過感覺胯下發脹得難受，似乎睡了很長一段時間，下半身充滿精力與倦怠感。當他睡眼惺忪地望著天花板時，西田夫人走了過來，指著他的褲子嘲笑說：

「哎呀，社長，實在看不出你的年紀呢，這麼生龍活虎的。」

「哇哈哈哈，夫人，妳是說這個嗎？」舵安社長用手背拍了一下褲襠鼓脹的部位。「我把這傢伙稱作『清晨的加斯巴』，現在只要一醒來，這傢伙就會光臨哪！」法國文學系畢業的舵安社長說道，伸了伸懶腰。「啊——，餓了。」

查理西丸原本正與其他女士共舞，或彼此開玩笑，但他發現聰子從陽台回來後失魂落魄，在遠處擔憂地守望了她一陣子。聰子遠離女士們的談話圈，無精打采地坐在椅子上，查理西丸慢慢地走過去，對她耳語：

「太太，有什麼心事嗎？不管有什麼事，儘管找我商量。」

高松與繪里完全不理會周遭的狀況，彼此緊緊相擁，在客廳的舞池陶然地擺動身軀。不久，音樂中斷，兩人面面相覷，露出一副如坐針氈的模樣，草草地向惠美及市郎打過招呼後，便返回水電行裡面那個兩坪大的房間。

十二月二十五日　第六十七回

兒玉雪野搔抓著胸部，直嚷著呼吸困難，快受不了了。接下來告辭的，就是兒玉雪野和護送她回去的郡司泰彥。

凌晨三點了。

須田醫生雖然暫時酒醒，但又灌了好幾杯白蘭地，下半身幾乎癱瘓，在妻女的攙扶下回去了。

查理西丸吼叫：「這種東西怎麼填得飽肚子！」然後把裝核果的盤子掀翻，提議出去吃飯。於是，在舵安社長的建議下，幾乎所有人都決定前往一家同樣位於六本木、二十四小時營業的斯里蘭卡餐廳。一旦這麼決定，餓著肚子、早就想開溜的眾人幾乎無心向主人道別了。

客人離開後，橘家充滿了淒涼的氛圍，殘局根本無從收拾。人去樓空，室內顯得更冷清，有一種荒廢的感覺。與其說是一場失敗的派對，惠美更有一種深深的挫敗感，她坐在餐廳的椅子上哭了一會兒，市郎不知該怎麼開口安慰，便著手整理客廳，惠美哭過後也過來幫忙。

兩人撿完垃圾後，把掃除工作留到明天，雙雙便走進臥室，發現床上的床罩被掀開了。
惠美看到自己的床，發出尖叫聲，整個人縮到窗邊，嘴唇發白。
「怎麼了？」市郎問道。他擔憂神經過敏的妻子，決定不管發生什麼事，絕不能和妻子一樣驚慌。
「那那那……那個、那個……」
在床單中央，有兩坨約一公分見方的乳白色黏液，尚未乾燥，也沒被床單吸收。
「這是什麼啊？怎麼回事啊？」市郎目不轉睛地觀察液體。
「那……那是精液吧？」
「是蝙蝠的精液吧？」
「為什麼是蝙蝠？」
「聽說蝙蝠的精液和人類的很像。」這是市郎從小時候讀的《天方夜譚》所得到的知識。
「為什麼蝙蝠會在半夜裡出現？」
「是啊！」
這是誰的分泌物？這麼一想，市郎也覺得一陣噁心，不由得退到了窗邊。

「是誰的呢？」

「誰的啊？」

夫婦倆緊挨著，在遠處盯著床單。

十二月二十六日　第六十八回

貴野原征三出門上班後，聰子決定睡個回籠覺。這一天，聰子需要做出重大決定，不過睡回籠覺並不是拖延時間，若不先睡一下，剛從派對回來，腦袋不清楚，實在無法思考。但她睡不著，只在意丈夫臨走前說的一句話。

「這陣子妳好像沒什麼精神呢，怎麼了？」

征三平日對妻子漠不關心，此時卻像突然發現似地，明顯地表示驚訝，並擔心地問道。

「有嗎？」

聰子強顏歡笑。她不知道自己的笑容在丈夫眼裡是什麼樣子。

邊几上的電話響了，聰子在床上伸手接起。是多摩志津江打來的。

「大消息!股票開始大漲了!」志津江的聲音聽起來非常高興，好像花朵般綻放。

「之前的低迷已經到谷底了!撐過來啦!啊，太好了，一切都會沒事!」

「等一下!」聽子爬了起來，拿著話筒下樓，走到PFS前。

這段期間，志津江還在滔滔不絕。「妳知道怎麼做吧!把妳先生公司的股票全部拿去補差額。不然，之前的虧損就賺不回來了。就算被妳先生發現，只要讓他明白沒虧錢，他就不會生氣。或者可以趁他還沒發現之前買回來啊!」

聽子確認PFS螢幕上的股價變動，說:「妳說的好像沒錯。」

聽子認為志津江的建議是正確的。最重要的是，只要照著她的話去做，就不必再煩惱了。

聽子從丈夫的書房裡拿出一萬股的股票，當天送到劍持的公司。

但是隔天，股價又開始下跌。

志津江告訴她的上漲，只是小幅度回漲。若要舉例來說，那只是大陸通往海底時，途中遇到的大陸棚，而不是海底。通常不可能那麼快就抵達最底層，以常識判斷，連續上漲一年以後，一般股市都會低迷到兩倍的時間——兩年。當然，這只是常識，就算是股市專家，也不可能知道何時會觸底。聽子不僅完全沒有這些知識，連股市常識都沒有。可是，告訴她這件事的志津江又如何呢?聽子並不清楚。

後來，股票依然緩緩地持續下跌。想都不用想，證券公司遲早會要求融資追繳。

十二月二十七日　第六十九回

「真想不到，竟然還收到來自摩洛哥卡薩布蘭加市的信。」澱口拿起一封航空信說道。「是川嶋克正先生的提案。」

「哇哈哈哈……」櫟澤捧腹大笑。「你看到了嗎？這是這次的投書當中最了不起的提議。橫濱市綠區的柏淳一先生說：『時田浩作其實是一個大布偶，裡面裝的是別人。』。」

「包括寄到作者家的信，後來又收到了五十四封。也有很多名字在這裡登場——或是被虛構的人寄來了感想，表示很高興。」

「也有人很高興被反駁呢，真奇怪！還有，這是名古屋市北區的杉本明美女士寫的：『我家的文書處理機「文豪迷你5HC」可以把假名（註）置換成「筒井康隆」和「加斯巴」呢。』真的假的!?」櫟澤羨慕地說道，回望著書桌上那台「書院WD—650」的處理機。

「柏原市的粕井均先生寫了連載一次份的內容，還附上插畫，水準很高，幾乎可以直接刊登。」

櫟澤露出厭惡的表情說：「這怎麼可以！」

「還有，不少人要求櫟澤應該和筒井康隆、貴野原征三一樣，有個念大學的兒子。為什麼呢？他們說現在是年底，兒子應該回老家了。」

「我在家啊！」櫟澤的長男在隔壁的客廳出聲說道。

「偶爾也念一些褒獎的信吧。」櫟澤說，「兵庫縣高砂市的長尾和巳先生說：『很多投書都表示小說寫的很無趣、情節莫名其妙，不過我覺得精采極了，每天早上都期待翻開報紙，希望劇情能有破天荒的發展。』。」

溉口也念了起來。「橫濱市港南區的富田真珠子女士說：『太棒了！每天早上閱讀，總會有意外的發展。上次的電玩場面出現高等數學，我馬上想到，這下子作者又會收到一堆抨擊的來信，而且作者是明知這一點才寫的，如此多重的構造，讓我覺得有意思極了。』。」

「其實，之前也收到許多封這一類大力讚賞的來信。」櫟澤說，「不過，我對這些來信的讀者很抱歉，我還是將它們省略了。」

「有半數以上都是稱讚的信呢。」溉口也點點頭。

註　指片假名、平假名等日語的音節字母。

「因為我沒辦法區別這些信和書迷的來信。」櫟澤交抱著雙臂說，「還有，今後必須注意，有些人可能想登上連載，故意寫信罵人。」

「這次就有兩、三封疑似這樣的來信呢！」澱口不悅地說道。

「所以，我們今後就針對提議的信件處理吧。」櫟澤說道，轉向文書處理機。

「好，進入螺旋構造的第三圈囉。」

十二月二十八日　第七十回

在戰鬥方面，目前只有第四分隊在南方海岸與赤道人魚交戰，深江等人在森林裡待機，順便休息。他們目前藏身於參天的老巨木群中。深江在雅古普塔樹下和第三分隊的日野交談，此時並沒有戰鬥中那種謎樣的思考模式干擾，兩人得以平靜地交談。

「這傢伙到底是吃什麼維生的啊？」深江以下巴指指坐在日野肩上那個直徑十公分的圓錐形物體——矽利康尼。

日野抓到一隻矽利康尼，把它當成寵物帶著走。矽利康尼的身體是一層層矽酸聚合物，身上的各個部位都會滑動，總是晃個不停。「γ線。它直接吸收γ線補充能量。」

「原來如此，那就表示這個星球有大量的鈾囉？」深江不經意地掃視周圍說道。

「回到剛才的話題，」日野抬起濃眉下那雙思慮縝密的眼。「我們並不知道這是從哪裡獲得的知識——不，可以說是睿智吧，這好像不是輪迴（Samsara）帶來的。」

「那麼是什麼？」深江有些吃驚。「還有其他解釋嗎？」

「根據藏傳佛教的說法，有一個原空間、原時間，那裡面充滿了我們認為的『睿智』。」

「我們為什麼沒辦法到那裡？」

「會不會是因為我們被某種力場包圍？」

「力場啊……」深江又環顧四周。

一條人影以迅捷的動作穿越林間，日野也察覺了，迅速轉頭一看。

「是穗高啦。」深江苦笑。「誰讓那種女人加入游擊隊的啊？」

那名唯一的女隊員是第一分隊的新成員，體格強壯，是所謂的女超人。她有日本人的長相及日本名字，不知為何卻有一頭金髮，即使在寒冷的天氣裡也是半裸，下半身僅圍著獸皮遮掩。

「不打仗的時候，她也像那樣到處亂竄，說是自我訓練。」深江笑道，「好像完全不把男人放在眼裡。」

「隊員裡也沒有人把她當成女人看待啊。」日野說道，發現深江的表情瞬間閃現苦惱。咦？他喜歡穗高嗎？

由於穗高，深江聯想到另一名女子的容貌。對方並不像亞馬遜女戰士那麼勇猛，而是一個端莊美麗的女人。如果對方的倩影不是前世的記憶，那麼他們倆或許有一天會相遇吧。

十二月二十九日　第七十一回

最近，那名女子帶著某種憂愁的感情，掠過了深江的表層意識。雖然只有兩、三次，卻深深地留在深江的腦海中。那彷彿經歷了一場悲劇的憂愁臉龐，美得不屬於這個世界；從此以後，深江便對她萌生愛意，同時不知為何，竟有一種彷彿與她認識了幾十年的親近感。而她總會讓深江感應到的憂慮，現在也成了深江自己的憂慮。

「你這陣子好像沒什麼精神呢，怎麼了？」

日野還在說話，但深江已經聽不進去了。

沒錯。就連她所擁有的經驗，也隱約藏在我的意識深處，不是嗎？

她是誰？她在哪裡？

「怎麼了？」

日野訝異地問，深江反射性地搖頭否認。「不，我沒事。」

「南邊，山裡，好多，好多，食物。」石頭開口說話了。

「它說話了。」深江的興趣轉移到矽利康尼身上。「你教它講我們的語言嗎？」

「嗯，它藉著石頭磨擦的聲音說話。那邊應該有鈾礦山吧，我會找時間帶它去。別擔心，它一、兩年不吃東西也不會怎麼樣。」

此時，正在說話的日野，突然變成了戶部社長，貴野原征三忍不住「啊」的叫了一聲。

「哇哈哈哈哈！你在玩遊戲是吧？」

戶部社長的臉出現在視窗上，正在對他笑。

由於深江的第二分隊在攻守上並沒有進展，貴野原只是漫不經心地聽他們對話。峰隊長的作戰方式總是十分粗暴，最近深江感到愈來愈乏味了。

「社長，有事嗎？」貴野原紅著臉問道。

戶部社長感覺比實際年齡年輕有活力，開朗地大聲說：「大煥的社長和專務董事原本預定要來，後來又來電取消。我本來跟他們約好在『帕雷斯比』吃中飯，已經預約了，你要不要去？」

「我隨時奉陪。」貴野原說，「那，還有一個空缺怎麼辦？」

「找對馬怎麼樣？」

對馬是總務部長，這三個人聚在一起，八成聊的又是電玩遊戲了。

果然不出所料。三人聚集在大樓最頂樓的餐廳，戶部社長立刻提到游擊隊的近況。「不是加入一個叫穗高的怪女人嗎？那到底是什麼東西啊？」

十二月三十日　第七十二回

「她遲早會升為分隊長吧。」總務長對馬透過灰色玻璃牆眺望商業區及部分皇居說道。「一定是哪裡的幾個女主管聯合提議，要求在遊戲裡加入女隊員吧。」他一臉受不了地轉向戶部社長說，「軍隊裡有女人，這我不能接受，跟我的興趣不合。」對馬那雙大眼睛在濃眉底下骨碌碌地轉動，接著望向貴野原征三說：「話說回來，為什麼是那種亞馬遜女戰士呢？」

貴野原低聲竊笑：「那當然，如果是個溫柔美女，豈不是格格不入？」平常，他們坐的是包廂，即使在熱鬧的午餐時段，也不必在意周遭，可以盡情談論遊戲。偶爾也有公司員工到這家餐廳享用豪華午餐。

「以前有一部影集叫做《神力女超人》（註），」戶部社長以瀟灑的動作邊喝啤酒邊說，「那個女主角穿的就是豹皮呢！」

「與其說是穿，不如說是用披的吧！」對馬說完，不知為何「唔唔唔」地低吟了幾聲，接著突然沉默，好像想起了什麼。

湯送來了。

服務生離開包廂後，戶部社長問對馬：「你怎麼了？」

原本把臉伏在湯碗上方的對馬，抬起頭表情困窘地依序望著兩人說：「是關於石部智子。」

「哦！」戶部社長笑了。「又是因為玩遊戲被罵了嗎？」

「不是啦。我上次換位子，搬動辦公桌時，機器也跟著移動，戶部智子在公司裡四處奔波打理，這還不打緊啦……」他似乎難以啟齒。

「不打緊，那你要說什麼？」戶部社長興致勃勃地催促道。

註 《神力女超人》（Wonder Woman）是美國一部七〇年代的經典影集，改編自同名漫畫。

「她拿著起子之類的工具鑽進辦公桌底下，專心拆卸機器，就這樣仰躺著，還屈起雙膝，露出白色底褲，害得年輕男職員眼睛不曉得該往哪裡看。」

三個人沉默了一會兒，只顧著喝湯。

「這樣啊。她有在游泳嘛。」貴野原抬起頭說。「所以應該跟穿泳衣沒什麼兩樣吧？」

「可是啊，呃……」戶部社長皺眉，想了一下說，「泳衣跟……，呃，底褲……，呃，完全不同。」

「當然不同囉。」

「完全不同！」不知為何，對馬漲紅了臉斷言。

十二月三十一日　第七十三回

三人露出傷腦筋的表情，又沉默了。

小牛排及沙拉送來了。這三人維持著同樣的表情，開始享用牛排。

不久，戶部社長「嘻嘻嘻」地笑了起來，笑到連牙齦都露出來了。「那麼，對馬，你去提醒石部智子好了。」

「我嗎？」對馬總務部長露出一臉尿失禁的表情，與酷似西鄉隆盛（註）的豪氣長相完全不搭。「不可能！」他猛搖頭，嘴唇顫抖，放下刀叉之後，雙手按住胯下。「辦不到，請饒了我吧！」

貴野原征三忍不住竊笑，又立刻後悔地說了一聲「糟了」。戶部社長和對馬直盯著他。貴野原急忙恢復一臉正經，但已經太遲了。

「貴野原，聽說你跟石部智子一起去參加派對。你們很要好嘛！」社長說道。對馬跟著點頭表示同意說：「就是啊就是啊。」

「呃……」貴野原嗆到了，一邊咳嗽，一邊辯解。「是關於遊戲的那個……，我們的……，呃，也就是大家的集會……」

戶部社長緩緩地點頭，嘆了一口氣，彷彿在說知道了。「如果是以前，那點小事，誰都敢當面糾正。」

「就是啊！」對馬以詠嘆的語調回應，又拿起刀叉望向半空中。「二十年前我去美國，發現每家公司的主管都希望自己在部屬面前是個通情達理的好好先生，當時很驚訝。現在，我國也變成這樣了。」

「被部屬當成朋友看待，如果無法樂在其中，就不能勝任主管職；現在已經變成

註　西鄉隆盛（一八二八～一八七七），日本維新時期的政治家。

這種風潮了。」大家的話題總算離開石部智子，貴野原鬆了一口氣，也附和道。「說起來，目前的管理階級，已經沒有人只顧著埋頭苦幹了。主管不只會玩遊戲，要有特別嗜好的才受歡迎。」

「現在已經不是向錢看的時代了。」對馬嚴肅地點點頭。「這十年來，我們公司改變了多少啊！就算把十年前做過的荒唐事告訴那些年輕員工，有人一定不相信吧！」

三人對時代的變遷感嘆了一陣子，吃完水果後，就要起身時，戶部社長狠狠地瞥了貴野原一眼，以輕鬆的口吻說：「那，石部智子就交給你了。」

咦？我又沒答應？——貴野原往後一仰，事到如今，也沒辦法再重述剛才的辯解。無可奈何，只好露出充滿自信的笑容點點頭說：「沒問題，交給我吧！」

「搞不好你才一開口，就被她賞一巴掌呢。」社長又說出不吉利的話，還嘻嘻嘻地笑了。

平成四年（一九九二）一月一日　第七十四回

戶部社長在櫃檯簽帳時，貴野原征三走到電梯旁的自動販賣機，正想買菸。由於身上沒有零錢，只好掏出皮夾到櫃檯換錢。

皮夾裡只有四張萬圓大鈔。

貴野原習慣隨身攜帶十萬圓現金，說起來，這只是聽從聰子的意見罷了。每天早上，聰子都會替他補足差額。不過，從兩、三天前起，聰子就不再替他放鈔票了。這麼說來，他昨天拿出皮夾時也覺得奇怪，但很快就忘了。萬一需要支付較大金額，發現手邊的現鈔不足時，只要使用信用卡簽帳就行了，所以他也未對聰子生氣。反而是聰子最近疏忽了許多日常瑣事，那心不在焉的模樣令他在意。

不過一回到辦公室，這些擔心也立刻被拋到了腦後。

目前迫切的難題是提醒石部智子春光外洩一事。對於貴野原來說，這個問題比起現在與其他公司進行的棘手交涉還要煩悶。

貴野原相當了解戶部社長剛才狠狠一瞪，卻故意用輕鬆語氣下令的言外之意——

「如果你死都不肯，那也不必勉強。」

不不不，這怎麼成。我會處理，我會處理。貴野原握拳抵著額頭，這一路走來，自己不就是達成了社長的期待，才贏得社長對自己的信賴嗎？

把石部智子叫進來好了。

不行不行，那樣不行，又不是有事要吩咐，這也不是什麼大問題。最好是表現得若無其事，忽然想到再告訴她，路過時順便提醒她一聲是最好的，不過應該沒那個機會。話說回來，也不能在走廊上埋伏，又不是告白，而且自己也不習慣做這種事。要是突然跑到她面前，慌張地說什麼底褲，她會做何感想？

一月二日　報紙停刊日

一月三日　第七十五回

還是只能去祕書課吧。

貴野原征三嘆了一口氣。與其擔心石部智子不在座位上，他更擔心還有許多同事在現場。

像上次那樣，期待她留下來加班，一下班就過去找她嗎？不，現在過去看看吧。午休時間還沒結束，祕書課應該不會有太多人，如果只有她一個人，那就賺到了。如果她不在，再另外找時間好了。

該怎麼開口，最好別想太多，貴野原邊想邊前往祕書課。要是想太多，會像念台詞很不自然，還是視狀況臨機應變。

貴野原憑著一股衝勁到了祕書課，才驚覺這下糟了。可能是下午的上班時段快開始了，幾乎所有人都坐在辦公桌前，包括石部智子在內，好幾個人正在看他，事到如今也不能掉頭就走。

唯一慶幸的是，石部智子的座位與其他人的辦公桌有些距離。貴野原硬是擠出笑容走近她。

「嗨。」

「常務，有事嗎？」

石部智子一如往常，翻著眼抬起視線，瞪視著貴野原。或許是以為貴野原又為了電玩的事來煩她吧，所以保持警戒。貴野原搖搖頭表示沒什麼事，望著她旁邊切割成六個畫面的螢幕。智子把臉轉向螢幕。

「常務，有事嗎？」她按著按鍵，依序確定六個畫面的聲音後，又問了一遍。言下之意是貴野原站在那裡，讓她無法專心吧。

貴野原有些慌了手腳。「呃，妳正在調動配置吧？」

「是的。」

智子好像還很緊張，真糟糕——貴野原心想。「呃，那妳會去搬機器吧！」

「是的。不過差不多都弄好了。」

咦？差不多都弄好了？貴野原鬆了一口氣。那麼，也不必特意提醒了吧！要說嗎？還是不說？貴野原煩惱著，視線在智子的辦公桌上游移。

機器旁邊擺著一本《夢幻游擊隊》第六集。

「咦？」貴野原忍不住叫了一聲。「那不是第六集嗎？什麼時候出的？」

「不，這還沒出。」智子拿起那本B6（12.5×17.6cm）的書，交給貴野原。

一月四日　第七十六回

「這本書，妳到底在哪裡……」貴野原征三忙碌地翻閱起《夢幻游擊隊》第六集，這麼問道。

石部智子心想，要是把自己去過中心的事講出來，一定會被追問到底，忍不住有些支吾了起來。不過，貴野原已經沉迷於書中，好像連剛才問了什麼都忘了。

貴野原在書中找到花村隊長發病的章節，連忙瀏覽，由於太驚訝了，一時之間忘了自己對石部智子提出的問題。

為什麼？中心所提出的線索，與自己的西班牙戰史知識根據相同，這一點可以理解，即便是極為瑣碎的細節都與自己所了解的相同。不過如果出典一樣，這也沒什麼不可思議。可是，為什麼我輸入正確【判斷】的個人感情和記憶，在書本裡都變成了深江的心理描寫呢？

「那些星座與在地球上看到的有點不一樣，是不是原本就對觀星者的潛意識造成病態的影響呢？」

這一段應該是我的感想——屬於我自己的感想啊，而且是我年輕時候的感想。在輸入【判斷】時，我想起在報紙上看到以前尊敬的一位老師竟然猥褻女童的新聞，令我大感驚愕、失望。就連這種事，也都一字不漏地記載在書上。到底是怎麼回事？

石部智子暫時把注意力移回畫面，繼續工作。她回頭一看，發現貴野原還站在原地，睜圓了眼，幾乎是屏住呼吸，沉迷在黃色封面的書中世界。

渾然忘我了。他真的很喜歡夢幻游擊隊呢——智子看著對方那副德性，忍不住低聲竊笑。

咦？貴野原睜大了眼，就這麼望向智子。智子以為他那困惑的眼神是因為被嘲笑而難為情。

「那本書，常務就拿去吧。送你囉！」

「咦？」貴野原露出發自內心的笑容，轉向智子問：「真的可以嗎？」

貴野原因興奮而泛紅的臉頰上露出天真無邪的表情。智子心想，真是個大孩子。

「請收下吧。」

「這樣啊，不好意思，謝謝妳，謝謝妳啊。」

貴野原說著說著，仍盯著封面、翻閱內容，又看看書背。他一邊重複這些動作，一邊走出祕書課，完全忘了自己來幹什麼。石部智子竊笑著目送貴野原離去，又回到工作上。

一月五日　第七十七回

「多數討厭ＳＦ的讀者投書都銷聲匿跡了耶！」澱口不可思議地說，「為什麼呢？」

「因為派對場面很有趣吧。」櫟澤一臉苦澀地說，「也就是說，討厭ＳＦ的讀者全都是一些當劇情順應民意時，就默不吭聲，只會享受故事的人。」

「這個結論會不會太草率了點？」澱口介意著背後的大多數讀者，往身後看了一眼，急忙反駁說，「後來即使進入ＳＦ劇情，也沒收到抱怨信，是不是可以解釋為讀者開始了解櫟澤先生的意圖呢？」

「信件這種東西是有時差的。」櫟澤疑神疑鬼地望著澱口。「反正，抱怨信並不是提議。他們好像還不了解，如果不提出建議，故事就不會朝自己喜歡的方向發展。」

「這次的來信有不錯的提案……」澱口大聲說道，拿起一只航空信封。「我想是這位住在加拿大多倫多的西本秀先生的來信。」

「哦，那個人是第二次來信呢。」櫟澤的心情好轉，興高采烈地把思路轉向今後的劇情發展。「他對於遊戲的統籌中心並非龐大的權力組織，提出很高的評價。換句話說，控制遊戲的系統是『不確定的、fuzzy（模糊不清的）的、偶然的』，所以他提議，徹底貫徹這一點，包括投書、網路留言，讓分歧的故事收攏在一起怎麼樣？」櫟澤低聲呻吟，露出尋找靈感的表情。「原來如此，他認為投書和網路意見就到這個層級為止啊！」

「投書的數量有增無減呢。」櫟澤思考的時候，澱口沉默了一陣子，喝了咖啡之後開口：「後來又收到五十四封來信。福岡大學的立林良一先生寄來一本學會雜誌，上面刊了他的後設小說論。」

「在此致謝。」

「有兩、三封咒罵信，但是經過調查，不是匿名就是假地址。」

「不必理會。讓虛構的人名出現在這個層級也沒意義。」

「咦？」澱口伸長了脖子望向庭院。「好像下雪了。」

「真的！下雪了下雪了！」櫟澤天真無邪地歡呼了一陣子，又回到小說裡。

「呃，不過，貴野原他們的世界從那之後又過了一個月，已經四月份了。」他閉上眼睛。「貴野原家的庭院櫻花盛開。在面向庭院的那個房間裡，貴野原聰子又一臉蒼白地坐在PFS前。」

一月六日　第七十八回

聽子把丈夫公司的股票拿去補差額之後，又面臨兩次危機。第一次的危機很快就來了。不過由於遊戲公司的阿謬茲股上漲，那時候只需要補足相當於八百萬的差額就沒事了。聽子下定決心，用PFS連接到NET SIGMA。她看著螢幕上顯示的網路高利貸公司一覽表，一家接一家申請融資。

申請的第一家公司，在螢幕上應對的貸款負責人是個文弱書生型的年輕人，聽子放下心來。她認為這家公司有這麼善良的年輕員工，絕不可能與黑道掛鉤。對方表示要調查一下，暫時中斷連線，十分鐘後又出現在畫面上。

聽子老實告訴對方需要八百萬現金，但對方歉疚地表示「非常遺憾」，並告知融資上限是一百萬，同時第一期的利息會從借款中直接扣除，他建議聽子：「您可以向別家貸款。」

由於聽子已經從劍持那裡聽到上限大概是一百萬，所以一開始就打算同時向幾家公司借錢。高利貸公司的融資業務窗口不是溫和的中年紳士，就是運動型的陽光青年，聽子放了心，不到半天時間就從八家公司分別借到了一百萬，又從另外兩家公司也各借了一百萬。因為她需要生活費，而且丈夫曾提醒過她一次，皮夾裡的現鈔不夠，讓她冷汗直淌。為了不讓丈夫發現家中的經濟危機，她必須隨時補充現鈔才行。

但是，在她向第十一家公司申請融資時，貸款額度被砍到五十萬了。聽子體會到網路世界的發達迅捷，她的所有資訊已傳遍了各家公司。於是在向那家公司貸款之後，便不再借錢了。

目前市場和企業都處於貧血狀態，沒有人知道景氣何時會復甦。股市的低迷，使得企業調度資金的管道被切斷，獲利率降低，股權資本也觸底了。平均股價持續低迷，股市一片不景氣。

昨天，聽子又面臨了新的危機。劍持告訴她三天後需追繳兩千萬的差額，讓她幾乎覺悟自己的投資將化為泡影。可是，唯有阿謬茲股仍然小幅度持續上漲，它是唯一的希望。聽子覺得只要它撐得下去，其他股票遲早也會上漲，一切都會恢復原狀。劍持的口氣雖然有些曖昧，但他的意見與聽子類似。

今天，劍持又出現在聽子面前的ＰＦＳ畫面中，他是來確認聽子的決定的。

一月七日　第七十九回

「或許是我多管閒事。」劍持搓揉著胸口說道。「其實，我和天藤老師談過這件事了。」

「呃，什麼事……？」聽子問道，感覺到寒意竄上手臂。當然，這件事根本不用多問，哪怕拖延一秒鐘都好，她想盡可能延後與天藤望上床的決定，才這麼問道。

「我問過天藤老師是否願意貸款兩千萬給貴野原夫人。由於天藤老師與敝公司沒有交易，所以我是以電話詢問，天藤老師回答：要借也行！」

「要借也行……」聽子茫茫然地重複。

「呃，所以說……」劍持不知如何啟齒，顯得十分焦躁。「妳明白吧？就是那回事。」

就算不明講也知道，但是若不說清楚，就無法下定決心啊。聽子怨恨地望著不了解女人心的劍持，只好自己說：「你是要我委身給天藤先生？」

「我不知道該怎麼說啊！」劍持又露出那種痛切的表情。「夫人不了解嗎？不得不對妳說這種話，最痛苦的人是我啊，是我。讓夫人遇到這種事，我……我實在難以承受。」

聽子發現螢幕上的劍持，眼角滲出淚水。這麼說，原來這個人也喜歡著我囉？可是，以目前的迫切情況，這件事一點都不值得驚訝。

如果是那個花花公子天藤，應該不會真心愛上自己，糾纏不休吧，如果只是一夜情，是不是該拜託劍持居中斡旋呢？昨晚，聽子已經煩惱到這個階段了。

「我明白了。」聽子別開視線。「請你助我一臂之力，麻煩你安排了。」

聽子雖然沒看見，但她呢喃這段話的一瞬間，劍持渾身猛然一震。聽子別開視線的側臉，讓劍持看到了身處絕境的女子所展現的淒美。

「是嗎？呃……」過了一會兒，劍持重振心情，努力恢復公事公辦的口吻，以顫抖的聲音說：「那麼，我立刻和天藤先生商量見面的時間和地點。」

螢幕暗了下來。

聽子站起來，恍神地在家裡走來走去。心想，原來內心空洞的形容是真有其事啊！她就這樣在屋子裡晃了許久，唯獨沒進去丈夫的書房。

一月八日　第八十回

連續幾晚參加派對的疲勞不斷地累積加重，聰子決定今晚待在家裡。

雖說兩千萬只是借款，聰子卻覺得是天藤望對自己的肉體開出了兩千萬的價碼。她只能靠著這麼想來維持尊嚴，並忘掉內疚和迫在明日的屈辱，雖然不合理，但勉強讓它變成可能。

即使如此，丈夫返家後，聰子還是害怕正視他的眼睛。幸虧征三好像有什麼心事，聰子難得親手做的菜也沒能挑起食欲，感覺他食不知味。

「你怎麼了？」聰子想到自己，突然對丈夫消沉的模樣感到不安，出聲問道。「好像不太高興？」

「哦，對不起。」征三明快地回答。

聰子羨慕他的明快反應。「怎麼了？」

征三從餐桌彼端盯著聰子說：「遊戲最近變得很無聊，好像有年輕人加入，戰鬥方式變得野蠻、庸俗。那些新玩家不管遇到什麼狀況，都會拿出一堆既有的ＳＦ情節來【應對】；對於老玩家的知識和思考模式，投以類似謾罵的【反對】，全是一群無可救藥的ＳＦ狂。所以，劇情本身也變成了ＳＦ冒險片或奇幻片，無聊透頂。什麼『征伐討厭的大魔王』嘛，無聊。」

征三不屑地說著，喝了一大口啤酒，將一片牛排塞進嘴裡。聽子偷瞄了丈夫一眼，幸好丈夫的煩惱僅止於此，她彷彿放下了內心重擔。

征三明知聽子對遊戲完全沒興趣，卻仍然抱怨個不停。「我們玩味戰史、確認史實，對方就叫囂著『別講那麼多大道理啦，讓遊戲變得好玩一點啊』、『啊——有這麼多聰明人，根本不必操心了』，甚至還有『喔——真噁——心』這類接近謾罵的意見，讓人很不愉快。中心對於這些人並沒有採取任何對策，真是令人匪夷所思。」

征三發了一頓牢騷，吃過飯以後，還是躲進書房玩遊戲。他也一如往常叮嚀聽子準備消夜。

隔天早上，等征三出門上班以後，聽子透過ＰＦＳ聯絡上劍持。對方在螢幕上歉疚萬分地低著頭。「夫人，其實天藤老師去了北九州市，大後天才會回來。」

一月九日　第八十一回

一瞬間，聰子很憤怒，她覺得自己痛苦做出的重大決定，劍持和天藤望卻完全不當一回事。劍持看到她的表情，往後退縮。

「啊，對……對不起。」

在憤怒中，羞恥感消失了，豁出去的心情，反而讓聰子坐穩了。

「劍持先生，」聰子恢復了冷靜。「能不能請你等天藤先生回來再提呢？」她語帶弦外之音，柔聲說道。

劍持卻不像個專業人士，以強烈否定的表情搖搖頭說：「夫……夫人，要是可以的話，我就不會這樣了……」

一方面也是遲鈍吧，顯然劍持一開始就認定聰子不可能把他視為那種對象。聰子為了讓他明瞭，拋了一個嬌滴滴的媚眼說：「請用你的聯合控股先替我墊一下差額嘛！」

「啊！妳是從哪裡……？」劍持睜圓了一雙小眼睛。

「如果你肯幫忙，我什麼事都答應你。」聰子別開視線。只要劍持還記得他們昨天的對話，應該明白聰子的意思。

「夫人……」劍持的聲音沙啞了。

聰子回望著螢幕，畫面上的劍持連忙伸手敲了好幾次鍵盤，好像在調低音量，深怕聰子的聲音被鄰座的同事聽見。劍持在發抖。

他抬起頭。「夫……夫人願意和我……」

「任何事，」聰子說，「任憑你擺布。」

「啊！」劍持露出哭喪的表情說：「真的嗎？可是，要我做那種事……，呃，我了解夫人的苦衷，但是……，啊，可是對我來說，夫人是……」他開始語無倫次。「當然，我從以前就對夫人……，可是……，難為妳下了這樣的決心……，像我……這麼醜……，所以呃……」他冷汗直流。「我竟然能與夫人這麼美麗的佳人……，夫人對我來說簡直就是遙不可及的夢，好像做夢一樣。這是真的嗎？妳真的願意委身給我這種……怪物……，啊，我懷疑真的可以嗎？真的有這麼美好的事嗎？呃，那個……，該說抱歉還是……」劍持似乎正按著自己的胯下。「我一直很喜歡夫人、愛著夫人……，呃，純粹的心情，所以……，不不不，當然是……有這種感情要好得多……，這真是無上的……」

一月十日 第八十二回

劍持三點以前都得待在公司，聰子和他約好四點見面，地點就在劍持已辦妥住房手續的新宿某高樓飯店一樓大廳。不過，更早之前，聰子必須在家裡等候這個污濁的時刻到來。她出門了，一個人前往日本橋的百貨公司。如果是平常，她都會約多摩志津江一起去。

聰子有一種豁出去的心情。她很生氣，但不知道自己在氣什麼。她開始覺得一旦墮落，只要重複做同樣的事，往後的融資追繳總有辦法解決。不過在那之前，股價應該會開始上漲，最後就會大漲。非這樣不可。既然為它進行了痛苦不堪的儀式，那就非這樣不可。

把它當成一種儀式好了。聰子在百貨公司的美容部燙了頭髮，塗了指甲油，她開始覺得自己像個妓女，卻也覺得無所謂。她在一家英國香氛店「FLORIS」買了沐浴凝膠、淡香水和香水禮盒，順便買了價值八萬圓的化妝品組合，好在家裡也可以全身美容。白天的妓女需要墨鏡，於是她買了一支十萬圓的時尚墨鏡，再花二十五萬圓買下GUCCI的手提包。接著又花了六萬五千圓買了兩雙想了很久、始終下不了手的五吋高跟鞋及俏麗娃娃鞋。我什麼都能買，什麼都買得起，我可是付出了巨大的代價。是啊，股票會像一開始那樣，不斷地上漲。那種男人，這樣的我為什麼要跟那種男人……

聰子像個遊魂似地在商場裡閒逛，經過同樣的地方好幾次，不停地繞圈子。她想起了丈夫。為了搭配家裡的餐具，她買了兩支紅色威尼斯紅酒杯，二十五萬圓，再花八十萬圓買了成套義大利金手鐲和耳環。購物全用信用卡支付，商品直接寄到家裡。她想起夏天快到了，得買新衣才行。她看到卡爾·拉格斐（註）設計的白色七分袖套裝，花了四十五萬買下。此外，又買了五套夏季上衣，總共花了兩百萬。她已經搞不清楚自己在做什麼了。最後是紅寶石戒指。聰子認為自己應該有資格戴上它。紅寶石戒指要價三百萬，但聰子心想無所謂，她應該能夠維持匹配它的美貌，就連比自己醜的女人，都有一堆這樣的首飾呢。

下午四點迫近了。

一月十一日　第八十三回

貴野原聰子看到劍持已經在大廳等候，以有些高壓的語氣間不容髮地說：「請把鑰匙給我。我先去房間等。」

聰子不願意讓任何人看見她與劍持這種男人一起進入房間，即使是素不相識的陌生人也一樣。劍持照著她的話做。一看到聰子立刻跳起來的他，引起旁人狐疑的眼光，看來聰子真的沒辦法與他在飯店裡同進同出。

「請你兩、三分鐘以後再過來。」聰子低聲說道，便匆匆往電梯間走去。

劍持大手筆地訂了一間豪華套房。他不可能經常遇上這種韻事，所以訂了豪華房間，可能是想留下美好的回憶。但是對於聰子來說，不管在什麼樣的房間裡辦事，對象是劍持的厭惡感還是不變。

劍持馬上就來敲門了。他的額頭布滿了汗水，缺了門牙的笑容平常是那樣地討喜，但是聰子一想到接下來要與他發生關係，那張興奮得又哭又笑的臉孔只讓聰子覺得醜陋。

他們在臥室前的客廳沙發上坐著，就這樣面對面坐了一會兒。兩人都不習慣這檔

註　卡爾．拉格斐（Karl Lagerfeld，一九三八～），於一九八六年開始擔任香奈兒首席設計師。

事，只是一臉茫然。劍持泡了茶勸聽子喝，結果他自己好像很渴，頻頻喝個不停。聽子發現時間徒然流逝，自己得主動下指示才行。

「沒時間了。」聽子說，「我必須比我先生早回家。」

「是啊，是……是啊。」劍持急忙起身，但是不曉得該怎麼辦，慌張了一下。

「那麼，呃……呃，妳要先洗澡嗎？」

聽子希望辦完事之後再洗。不過，可能連這點時間都沒有吧。「不能就這個樣子嗎？」聽子毅然決然地說道。

「當……當然可以。」劍持點頭哈腰，搓著雙手說：「那……，呃，請到那邊的房間。」

他不洗澡就糟了——聽子心想，慌了起來。「我會先把衣服脫掉。」聽子站在床邊，瞪著對面的劍持說：「請你先去沖一下。」

「啊、是啊！好……好的，好的……」劍持興奮得幾乎快哭出來了，好像控制不了情緒。

他急忙衝進浴室，卻「砰」地一聲，狠狠地撞上門邊的牆壁。

一月十二日　第八十四回

「『等一下！』——這是來自杉並區德富亨先生的投書。」澱口念著明信片，向上翻眼盯著櫟澤。「『聰子好像要拋棄貞操了。之前的早報小說也出現過這種情節，一大早讀到人妻獻身的劇情，就連單身的我都坐立難安，上班前或上班途中的老公們更是沒辦法冷靜。』這是他的意見。」

「咦？為什麼？」櫟澤睜圓了眼。「什麼叫坐立難安？怎樣坐立難安？是懷疑自己的老婆嗎？怎麼可能？上班途中是指尖峰時段的電車上吧？要是在那種地方發情，豈不是不得了!?還有什麼『就連單身的我』，這也令人費解。說起來，根本沒有『早報小說』這種類型小說啊。所謂的小說，就是要讓讀者覺得坐立難安啊！」

澱口拿起下一封信說：「塩尻市的小林弘明先生表示：『我身邊也有像貴野原聰子這種類型的女人，所以我對她很感興趣，希望守護她到最後。請別讓她成為下流男子的犧牲品。我心目中的貴野原聰子，與我曾經迷戀的女性很像，請別破壞她的形象。』還有，高砂市的長尾和巳先生說：『美豔的聰子竟然要跟股市操盤員上床！』——啊，在證券公司上班的各位，對不起。這完全是讀者的意見喔。『請千萬避免這樣的劇情發展。』。」

「可是，他們已經在飯店房間，都要脫衣服了耶。這教我怎麼辦嘛？」櫟澤驚慌失措地說，「這種事要早點講啊！」

「讓聰子趁劍持在洗澡時逃走怎麼樣？」

「什麼逃走，這是聰子主動約的耶！這麼一來，我為了讓聰子下定決心，之前不斷逼迫她的橋段全都白費了。這樣很傷腦筋耶，也得考慮故事的整合性啊！」

「可是，」澱口難以啟齒地說，「另外也收到許多匿名或顯然是假名的類似投書意見。」

櫟澤似乎打從心底覺得不可思議，盯著澱口說：「你也反對聰子外遇嗎？」

「不，不是我，」澱口苦笑著搖搖頭。「而是報紙的讀者對於外遇情節非常排斥。這是很久以前的事了，在晚報的連載，當女主角終於紅杏出牆時，從下午四點開始，報社的電話就響個不停，最後完全被反對意見塞爆了。」

「哎呀，這到底該怎麼辦才好？嗚嗚嗚……」櫟澤說道，一臉虛脫的表情，轉向文書處理機。

一月十三日　第八十五回

劍持撞上牆壁，撞得流鼻血，急忙跑進浴室，聰子慢慢地脫掉衣服，僅穿著內衣褲躺在床上。

高樓層窗戶的窗簾被拉開，逐漸日暮的天空飄著一朵白雲，好像一顆雲朵狀的氣球。窗外只有那朵雲。

現在還能逃——聰子並沒有這種想法，想都不用想，她很清楚就算逃走也沒意義。聰子注視著雲朵，試圖讓自己放空。

聰子想像自己回去以後，劍持會怎麼使用這間豪華套房？為了不浪費錢，劍持會留下來過夜嗎？然後與她的餘味淫靡地繾綣。她嚇得發抖，不敢再想。她覺得自己這麼討厭劍持，實在很自私。她希望有人救她出去，那麼誰會來救她？這麼一想，她也想不到任何人，能救她的人，竟然又是劍持。在現實世界，劍持是唯一能把她救出困境的人。

劍持圍著浴巾出來了，聰子仍然望著天空。劍持走近床邊，看到聰子一身淺米色的內衣，嚥下了口水，響亮的吞嚥聲連聰子也聽得一清二楚。

劍持以快哭出來的聲音說：「呃，夫人，該怎麼說才好？我從以前就一直……，對不起……，讓妳這樣……我會把它當成一生的回憶，所以……」

「請不要再說了。」聽子瞪著雲朵，倦怠地說：「我想早點回去。」

「是。」劍持坦率地點點頭，閉上了嘴。

劍持興奮到了極點，房裡只剩下他那激烈的喘息聲。他發出類似笛聲般的「呼咿——呼咿——」聲，即將進行理所當然的任務。首先，他取下腰際的浴巾，露出貍貓陶像般的肥肚腩及不相稱的四肢，那醜陋的體態就像插了四支火柴棒的水煮蛋，然而聽子視而不見。接著，劍持跪坐在聽子腳邊，渾身僵硬地發抖。出於客氣，他沒有脫下聽子那緊貼著上半身的胸罩，僅以顫抖的指尖取下最後的薄衣。劍持想擁抱聽子，卻又畏縮不前，雙手撐在她的身體兩側以支撐自己，不敢讓自己的身體觸碰到聽子。由於情緒激動，他的胃部突然翻攪，連帶著呼吸變得腥臭不已。劍持以泫然欲泣的表情不停地喘息，難過地「呼」了一聲，接著在聽子的私處左側射精了。

一月十四日　第八十六回

「啊——這樣還是算外遇啦！」溷口在餐廳讀完櫟澤列印出來的原稿，噴出嘴裡的咖啡液，在眼前形成一團褐色霧氣。他瞪大了眼對櫟澤說：「劍持只是碰巧早洩，聰子還是失去了貞操啊！」

「可是除此之外，那種場面沒有其他具體的解決方式啊！」櫟澤不悅地說道。「算是體外射精，應該沒問題了吧！可惡！你看，都是你在那裡做一些不必要的牽制，情節反而變得更情色了。」

「不，體外射精有時候也是會懷孕的。」美也夫人從溷口手中搶過稿子，邊讀邊說道。她一讀完就大叫：「啊，老公！這得趕快洗掉才行啊！」

「喔，對啊。好！」櫟澤被夫人的叫聲嚇得站起來，在原地轉了幾下，又坐回椅子上。「真蠢，我站起來幹嘛？」

「我說的是聰子的心理，她顯然有外遇的念頭，接下來該怎麼發展，劍持會採取什麼行動？」溷口擔心地問道。「只要他想，還是可以挑戰第二次。一般來說，男人只要幾十分鐘就能重振雄風了。」

「沒時間了。所以我才會安排聽子說『我必須比我先生早回家』啊！」

「就算是劍持自己的疏失，難道他就這樣接受了嗎？他肯協助聽子暫時度過融資追繳的危機嗎？」

「當然會了。要是他不幫忙，聽子就破產了。換言之，劍持也失去了再次挑戰的機會。」

「那麼，呃……，接下來還有聽子和天藤望的床戲吧？」澱口一臉憂慮地說道。

「又會接到一堆抗議的投書和電話了。」

「如果讀者不接受外遇的情節，那就別老是寫信或來電抱怨，借聽子兩千萬怎麼樣？」櫟澤憤憤不平地說道，「連這點骨氣也沒有，寫什麼抱怨信？打什麼抗議電話？」

澱口和美也夫人以一種看瘋子的眼神望著鬼叫的櫟澤。

「別這麼激動嘛！也不能期待真有那種怪人出現。」澱口安撫著說道，然後把話題轉向今後的劇情發展。「那麼，聽子與天藤望的床戲緊接著要登場了嗎？」

「是啊！」櫟澤瞪著澱口。「喔喔，我知道了，你是怕情色部分描寫得愈來愈煽情是吧？別擔心，我可是維持了自己的美學水準。」

一月十五日　第八十七回

天藤望住的大樓位於高輪，他的住處在五樓的角落，從窗戶望出去只看得到飯店後面的牆壁。聰子被請入房間後，首先聞到裡面的腐臭味，或許是老人的酸味吧。聽說天藤望在八年前離婚後就過著獨居生活，由於乏人提醒，他也沒注意到自己的體味充塞了室內吧。

天藤以老練的態度熱情歡迎聰子，還打算請聰子喝紅酒，然而聰子完全沒興致。天藤似乎想好好享受上床前的過程，聰子拒絕喝酒，讓他很失望。

屋內完全看不到書架或擺放文具的書桌、古董等文化人士應有的家具及雜貨，或許天藤不是文化人，這個房間彷彿是為了跟女人上床設計的。聰子發現了這一點，驚覺自己只不過是天藤望的第幾十隻獵物罷了，不管屋內的擺設再豪華，也掩飾不了這裡的荒廢感。

情況似乎異於平常，天藤沒辦法和微醺的對手進行類似前戲的嬉鬧，或以情色話題來炒熱氣氛，只能生硬地聊著兩人共同朋友的八卦消息。聰子也因為處於借錢的立場，無法像催促劍持那樣對待他，只能耐著性子應和。此刻是下午兩點，顯然時間還非常充裕。

由於聽子始終不肯軟化嚴肅的態度，天藤似乎放棄營造無謂的氣氛了。漫無邊際的閒聊最後以那些人對聽子的評語作結，天藤說：

「一想到接下來要跟傳說中的美女結合，就覺得很不可思議。人生真是難以預料啊！」天藤做出一廂情願的結論後，以下巴指指寢室的方向。「那麼，我們去那邊的房間吧。」

然而，當他一看到聽子的裸體，原本老練的態度突然一變，他被懾住了，感到畏縮，甚至無法正視聽子。他臉色一沉，眼神也黯淡了下來。他一邊脫衣服，一邊頻頻呢喃：「好美啊……」

「這將是我今生的回憶……」

「上帝啊……」

天藤的口氣不像在對聽子訴說，而是在自言自語。聽子彷彿看到了天藤從未顯露的一面，也覺得他好像被劍持附身了。事實上，天藤後來也發出響亮的吞嚥聲，就連撫摸聽子的時候也十分客氣。

他一摸到聽子，就以拼老命的動作緊緊抱住她。然而，那副德性看起來更像是孩子死命抱住母親的模樣。

一月十六日　第八十八回

不應該是這樣——天藤望的呢喃裡開始攙雜著這樣的焦躁。

「難得的」、「今生的」、「怎麼會這樣」、「回憶」、「最後的」、「都到了這種地步」、「啊——」。

對於天藤這個情場老手來說，這種狀況確實出乎意料之外。聽子看著披頭散髮、汗流浹背的天藤，開始覺得不忍心。咋舌、嘆息、呻吟。是年齡的關係嗎？還是疲勞？或是其他理由？聽子不知道。

天藤以額頭抵著聽子的腹部，低聲說了一句「不行」，便啜泣起來。他哭了好一會兒，接著站起來，消失在浴室裡。

「天藤先生？」

天藤遲遲沒回來，聽子不知道他究竟有什麼意圖，於是先穿上內衣，一邊叫喚他，一邊走近浴室。裡面並沒有回應，她打開門一看，只見天藤在浴缸前面，身軀垂直拉長，一條紅領帶懸掛在浴簾滑軌上，緊繫著天藤的脖頸。由於天藤已脫肛，糞便幾乎沿著浴缸邊緣滑落。聽子頓時雙膝無力，蹲了下去。接著，她慢慢抬起頭看著天藤。天藤的表情扭曲，一雙眼睛直盯著聰子，牙齦外露。聰子想爬回臥室，手腳卻不聽使喚；她想穿上衣服，渾身卻頻頻打顫，無法隨心所欲。

聰子進出這棟大廈時，應該沒被別人看到。她只能這樣安慰自己。回家後，她檢查隨身物品，確定沒有任何東西遺留在那裡，然後要自己放心。她讀了隔天的早報，才知道天藤打從一開始就打算將他們的性行為當作是今生最後的回憶，然後自盡。當時的驚恐心情已平復，聰子只感到強烈的憤怒，天藤一開始就打算騙她、玩弄她，把她當成「今生最後的回憶」，將她吃乾抹淨之後，再啟程到另一個世界。而他在途中突然陽萎，可說是聰子唯一的救贖。

天藤望破產了。四年前，他培育的優秀設計師接二連三自立門戶，從那時候起，他的設計美感就遭到質疑，再加上景氣蕭條，分店的商品甚至面臨賣不出去的窘境。他的負債高達十二億。

還有一件事聰子並不知情。在天藤望的臥室角落有一只旅行箱，裡面裝了兩千萬現金。也因為這樣，警察一開始並沒想到他自殺的原因是破產。而破產這件事曝光以後，也沒有人知道天藤望打算怎麼使用那兩千萬。

一月十七日　第八十九回

「可是這樣一來，以劇情發展來說，不管聰子有沒有外遇，結果不是都一樣嗎？」澱口有點不滿地說道。

櫟澤則是一臉神清氣爽、總算過了關的表情。「是啊，最後聰子將會血本無歸。不過，一下子破產，與為了錢不惜外遇，這兩者還是有很大的差別。聰子不只是為了錢，她也怕被丈夫發現，失去丈夫的愛。」

「外遇場面結束了，但還是不斷收到反對的投書。宮崎縣北諸縣郡的吉村公次先生說：『看最近的發展，聰子好像會被有錢人蹂躪，希望別演變成那種局面。這種只要有錢就可以任意玩弄女人的劇情，教人恨得牙癢癢。』有的讀者還擔心投書太晚寄，特地用傳真呢。」澱口又翻眼瞪著櫟澤說道。

「唔，你又用那種眼神看我，別這樣啦！事到如今也無可挽回啦。網路上那些喜歡SF的讀者倒是因為討厭派對場面，連帶也討厭起聰子來，吵著要她吃點苦頭，讓她墮落呢！」

「因為有時差，投書比網路不利。你能不能特別優待一下呢？」

「咦？什麼意思？」

「這類小說的劇情，或許能讓時間倒流吧！」

櫟澤探身向前說：「你的意思是要我重寫嗎？讀者會接受嗎？」

「讓讀者選擇自己喜歡的。總之，如果能把『聰子其實沒有外遇念頭』的選項放進去，讀者會很感激的。」

「你是官僚啊!?」櫟澤說道。不久，他笑著轉向文書處理機。「破壞直線性的克羅諾斯時間(註)，也挺有意思的。呵呵呵，既不是回想也不是時光旅行，而是絕對時間的倒流。玩一次也不錯吧！」櫟澤喃喃自語，開始敲打鍵盤。於是，聰子叫出了PFS彼端的劍持。

「或許是我多管閒事。」劍持雙手搓揉著肚子說，「其實，我和天藤老師談過這件事了。」

「哎呀，你怎麼可以這樣!?」聰子目光凌厲地責備劍持，「我絲毫沒有那個意思，你怎麼這麼失禮！」

「呃，不，我想夫人應該沒那個意思，可是又想說……，啊、呃，恕我失禮了！」劍持慌了手腳，急忙切斷通訊。

過了兩天，聰子還是無計可施，只能茫然地坐視巨額財產逐漸流失。

一月十八日 第九十回

反重力炸彈爆炸、白熱光線交錯、雷射槍發射指向性光束，岩塊頓時被蒸發，負熱熵（entropy）瞬間凍結了那群嘍囉。玄爺岳籠罩在火焰、煙霧、轟然聲響與叫囂聲中，這場非現實戰爭已經持續了好幾天，現在仍舊進行著。

深江機械性地擊斃接連出現的妖魔鬼怪等荒誕無稽的小嘍囉，一陣虛無感襲來。這些毫無戰術可言的魯莽行動究竟是怎麼回事？只有武器的性能大幅度提升。例如，深江所持的特波槍，槍把部分採用非穿透性多重複合矽製成，內部可產生原子反應爐的高熱能，透過槍身前端的熱光柵重組為指向性光束，它目前的溫度已達到攝氏十萬度這種荒謬的高溫，幸好能用握把調節射擊距離。若非如此，這把槍會把目標物後方的所有物體燃燒殆盡。

信天翁始祖突然從頭頂上襲擊，深江以剩餘的高熱瞬間將牠摧毀，與平野對望了一眼，又露出苦笑。我們到底在幹什麼？兩人的眼神像是在確認這個被禁止提出的疑問，與他們同一戰線的隊員也難掩困惑的表情，看來似乎只有女隊員穗高異常活躍，其實她也只是以半裸姿態漫無目的地跑來跑去罷了。從她一邊吃著火烤釘書雞——這

註　克羅諾斯（Chronos）為希臘的時間之神，克羅諾斯指的是客觀時間，與凱羅斯（Kairos）時間（主觀時間）相對。

種鳥的鳥喙尖端呈釘書機狀，一邊四處奔跑的模樣看來，顯然厭倦了這場戰鬥。

看在深江眼裡，在玄爺岳頂峰奮戰的大魔王似乎也隱約察覺這是一場愚蠢的戰爭。牠抬著約有常人百倍大的龐然身軀在山上東奔西跑，有時候踩到一記反重力炸彈，像顆橡皮球似地高高彈起，有時候身上被針槍射中三千根鎢矽針，像隻刺蝟似地，痛得做出連續跳躍的滑稽動作。深江看到牠那副德性，忍不住感到疑惑，這個蓄有可笑鬍鬚的大魔王一定很不愉快，這麼賣力到底是要表演給誰看，有時候還會逗得敵我雙方捧腹大笑，這是出於牠的搞笑精神嗎？反過來想，好像只有這個大魔王了解自己存在的意義。

魔王是個大胃王、貪杯之徒，喜歡處女和童男——令人懷疑這個龐然大物該怎麼去疼愛他們，但是與牠相比，那些傢伙究竟算什麼？深江懷著不愉快的心情，望著爬上懸崖中段、逼近魔王的第四分隊士兵們。

一月十九日　第九十一回

第四分隊的士兵們。他們最近變得愈來愈野蠻，不肯花腦筋思考或擬定戰略過程，而是以貧瘠的想像力否定戰爭本身的高度遊戲感，憑著膚淺的情緒叫囂謾罵，一心只想沉醉在破壞力更快、更多的快感中。因為他們，整個游擊隊開始被殺伐及頹廢的氛圍支配。

深江內心再次湧現一個根本性的問題：「我們到底是什麼？我們在這裡做的一切有什麼意義？」

貴野原征三只是漫不經心地望著遊戲畫面，他不了解深江的疑問，只能從深江的表情感受到這場戰鬥太過於空洞，深江等人似乎變得了無生氣。

自從貴野原讀了單行本《夢幻游擊隊》第六集以後，懷疑自己的思考模式和感情被中心吸收，就有點害怕上線了。不過理由不止如此，每當下了某些【判斷】或輸入【應對】方法，就會遭到疑似年輕玩家謾罵、諷刺與批判的【反對】，這令他感到厭倦萬分。為何非得在原本該好好享受的遊戲裡遭到這樣的謾罵，讓心情變得這麼不愉快？貴野原的憤怒已升高到近乎不可思議的地步。或許是因為他深愛這款遊戲，無法就這樣突然拋下它，因而感到莫名的憤怒。

由於遊戲進展得太糟糕，貴野原氣憤之餘，曾經打電話到中心，要求他們處理。他按照書上版權頁的電話號碼打去，接聽的顯然是電腦合成女聲。

「請留下您的大名、職業與問題。」

貴野原嚇了一跳，先掛斷電話，再一項項列出對中心的要求，重新撥打。

他以為這就像電話留言，對方會在稍後來電回應，沒想到當他念完那些內容之後，語音竟然開始答覆，又讓他嚇了一大跳。

「敝中心收到了許多相同的意見，不過這款遊戲並非專為特定人士製作，任何人皆可參加，並以任何方式參與，因此十分抱歉，敝中心無法答應您的請求。」

貴野原很失望，同時深切感受到中心的冷漠以及對於遊戲管理的漠視。

一月二十日　第九十二回

午休時間一到，江坂春美立刻與各金融公司客戶的電腦連線，不久便出現在石部智子的電腦螢幕上。她們很久沒見面了。自從須田家的派對後，春美又有好幾次邀請智子參加類似的派對，但智子已學乖，全都婉拒了。最近兩人沒再聯絡。

春美喜孜孜的。「我們可以參加彈道旅客火箭的首航耶。」

「咦？妳要去坐那個嗎？」智子大吃一驚。

一九八六年，雷根總統在演講中提到的極超音速客機「新東方快車」這個構想終於實現，四天後就要舉行首航了。智子也知道這則新聞。

智子驚訝地說：「妳居然弄得到票！」

「這個嘛，」春美哼哼地笑了。「其實是政府官員、業界的大人物受邀，可是他們怕死，幾乎所有人都謝絕了。然後尾上夫人——喏，她不是有去參加派對嗎？她先生是官員，替我們弄到很多張票。」

「哇，好好喔！」石部智子打從心底羨慕江坂春美。這是歷史性的首航，而且舉行過多次試飛，智子並不擔心春美的安危。

「所以想問妳要不要一起去？」春美一本正經地點點頭問道。「聽說票多了一張。喏，妳在派對上見過的那個設計師天藤望不是自殺了嗎？他本來也要去的。」

「咦？我嗎？」智子身子往後仰，目不轉睛地盯著春美。「可是我還有工作，而且妳銀行那邊怎麼辦？虧妳還能請假。」

「我就知道妳會這麼說。」春美搖搖頭，似乎有點嘲笑熱中工作的智子。「如果想回來，三天就能回來啦。不過幾乎所有人——喏，就是那時候參加派對的那些人——包括我在內，大家都想留在美國，不過是各自行動。舵安社長要買畫、明石妙子小姐則是處理時裝的工作，香奈跟她家人會去觀賞百老匯音樂劇、近間先生到耶魯大學找朋友，順便在學生派對上物色對象。」要是沒人阻止，她一定會把所有人的行程統統講出來。

「我不去。」智子清楚地拒絕之後，改變話題。「那個姓天藤的名設計師，是不是在派對上批評我們服裝的那個人？」

「是啊，那個人破產，上吊自殺了。」

一月二十一日　第九十三回

「這我知道。」

幾個星期前，智子就在報上讀過這則新聞了。現在回想起來，當時她站在平台鋼琴旁邊，身後有兩個人正在談論貴野原夫人，其中一人就是天藤望。智子問春美：「我們公司貴野原常務的夫人也會去嗎？」

「哦！」春美露出冷笑。「她現在才沒那個閒工夫參加活動呢。我從多摩夫人那裡聽說了，貴野原夫人好像玩股票虧慘了。妳不知道嗎？」

「不知道。」

智子心想，傳聞可能誇大了吧。昨天碰到貴野原常務時，他的態度和平常沒什麼兩樣。智子並沒有向春美打聽更進一步的消息，她沒興趣打探上司的隱私。

「要去的人還有郡司先生、多摩夫人、瀨川夫人、向井夫人、西田夫人、團先生和曾根先生。」

智子打斷了春美，她擔心對方的工作。「那妳銀行的工作怎麼辦？」

「如果銀行要我辭職，那也無所謂。」春美幾乎很高傲地說道。「要是沒有這點骨氣，自己想做的豈不是都不能做了？我現在還在跟上司交涉。」

春美似乎早就料到智子會拒絕，沒再固執地邀約。

「還有，我想查理西丸也會去。多摩夫人應該正在邀請他。」江坂春美說完後，便從螢幕上消失了。

同一時刻，貴野原聰子在家裡面對著ＰＦＳ畫面。

ＰＦＳ是什麼？作者已經在連載的第十三回和第十八回說明過了。不過，後來一直有讀者來信詢問，所以作者在這裡再說明一次。這是金融機關和證券公司等機構與客戶家庭連繫的電腦，現在也有類似的工具。不過這個時代它被稱為投資組合財務系統（Portfolio Financial System），可以透過電腦螢幕與負責人交談。現在畫面上不斷地顯示文字，是聰子透過ＰＦＳ借款的各家網路高利貸公司送來的利息催繳訊息。

「繳納期限到今天為止。馬利翁金融。」

「繳納期限到今天為止。平成軟體商事。」

「繳納期限到今天為止。塔馬桑金融公司。」

聽子嘆息，把那些文字刪除。第一次的利息，十一家公司總計三十一萬五千圓。以往，就算臨時需要這個金額，她也絕對湊得出來，但是她現在已經沒有錢了。

一月二十一日 第九十四回

之前也有讀者來信詢問：「難道沒有親戚可以借錢給聽子嗎？」聽子過去就曾向那些能借她錢的親戚借了三、五十萬，全都是用「不小心買了太貴的東西，拜託別告訴我先生」的理由借到的。如果再借下去，他們可能會向她丈夫告狀。而借來的那些錢，也因為日常開銷、兒子的生活費以及隨時補充征三皮夾裡的十萬圓等等，全部花光了。

此外，讀者也提議將聽子買的寶石賣掉。但是從聽子的言行舉止，我們可以想像她的成長過程及目前的生活環境，推測她完全沒有買賣珠寶的才能。確實，即使在現在，碰上景氣蕭條的時候，有些珠寶店為了服務顧客，也會收購已售出的珠寶。不過，在這個故事的時代，並沒有特別提到這些店鋪，所以我們判斷聽子根本不曉得有這種店，也沒想到去當鋪典當珠寶。

所以，聽子現在能做的，只有等待丈夫的薪水匯入銀行帳戶。不過，那也是兩個月以後的事了。

聽子並沒有努力湊錢支付網路高利貸利息的最大原因，在於她認定那只是利息，對方應該會寬限一陣子。換言之，她根本就沒把高利貸放在眼裡。簽約後，契約書很快就寄到家裡，那上頭小小的鉛字密密麻麻地印滿了詳細條款，但是聽子認為那跟家電使用說明書沒什麼兩樣，根本沒有細讀，所以她完全不知道只要有一次沒在期限內付清利息，將被視為違約，必須立刻償清所有債務，而公司認定本人沒有償清債務的能力或意願時，將直接向連帶保證人；也就是聽子的丈夫征三索討。

期限過去了。

聽子料想得到，從明天起，那些放高利貸的催討將宛如暴風雨般席捲而來。她認為頂多只是催繳利息，不過一想到要面對PFS，向十一家公司的每位負責人一一辯解，不免覺得心情很沉重，所以征三上班後，她也出門了。聽子去看了一場電影，孤零零地在百貨公司裡遊蕩，直到傍晚才回家。征三回來之前，家裡的電話響了好幾次，但她都沒接。

聽子瑟縮著身子，害怕得不得了。然而，丈夫到現在都還沒發現家中經濟已然瓦解，這真是令她驚嘆。而她覺得就是因為如此，自己才會一再地陷入困境，她也怨恨丈夫只顧著玩遊戲，什麼事都不管。可是，她就是沒有勇氣向丈夫坦白。

一月二十三日　第九十五回

「有人寄來這樣的委託耶。」吉田拿著列印出來的委託書，交給老大杉原。

杉原在沙發上撐起龐然身軀，接下那份委託書，以一雙大眼讀了起來。

這裡是某大企業大樓地下室的某間辦公室，現場還有三個男人，他們被稱為企業流氓，目前已經脫離黑道組織，雖然還不是正式員工，卻以一身深色西裝佯裝成企業裡的一分子。

「這個歐巴桑在搞什麼鬼啊？」杉原以輕蔑的語氣提出疑問，把委託書遞給後面的鍋倉。「她懂不懂什麼是高利貸啊？耍人嗎？」

「肯定什麼都不懂吧。」吉田已失去興趣，又轉向電腦，面無表情地盯著螢幕。

吉田是知名的麻省理工學院ＭＩＴ畢業生，受企業流氓以高薪僱用，是一名優秀的電腦駭客。企業流氓經常僱用這種人，別說是徵信社的電腦，就連警察和日本央行的電腦都能輕鬆入侵，竊取資料。

「她向十家各借了一百萬，另一家借了五十萬哪。」鍋倉說道。即使一身深色西裝，也掩飾不了他那陰沉的眼神，誰都看得出那絕對不是正常人的眼神。「哈哈，我看是落跑了吧！」

這個部門叫做「債權對策室」，與網路高利貸聯盟簽約，主要工作是向個人債務人催討債款。除此以外，他們也承接企業組織裡各種見不得人的工作，有時候也接受殺人委託。

這些人原本是關西系統的黑道分子，由於警方取締得愈來愈嚴格，再加上當地居民積極進行抗議活動，幾乎所有黑道組織都解散了，不管是幫派還是個人都無法繼續生存，於是他們只好來到東京。在這個時代，光是外表稍微可疑，在路上都會遭到警察盤問。這些企業流氓，有不少人因為備受壓迫，變得激進或過激；在這裡，幾乎每個人都顯得麻木不仁，完全不把殺人當一回事。

「是金剛商事的常務夫人哪。」杉原興趣缺缺地說，「用PFS嚇一嚇她，馬上就解決了吧。」

「不不不，你看上面寫的，她最近都沒在使用PFS耶。」鍋倉仔細讀過委託書之後說，「好像也不接電話，所以才會委託我們啊！」

「讓PFS自動監視。」杉原命令吉田。「歐巴桑一連線，馬上叫鍋倉上線嚇嚇她。辦得到嗎？」

吉田苦笑。「小意思。」

一月二十四日　第九十六回

「還要等到歐巴桑連線喔？」坐在角落椅子上的若林站了起來。「直接上門嚇嚇她怎麼樣!?」

若林才二十三歲，年紀輕輕卻十足流氓風格。兩相對照之下，與他同齡的岸，依然是一副小混混模樣，感覺不太可靠。

杉原瞪著講話不用敬語、沒把他這個老大放在眼裡的若林問：「那你要去嗎？」

「別讓這傢伙去。」鍋倉以不屑的口吻說，「他動不動就動手動腳。」

債務人多半會大吵大鬧，認定高利貸公司的催討行為形同威脅、恐嚇，因而討債也需要技巧。

坐在若林旁邊的岸覺得很有趣，縱聲笑了起來。

「喂！」杉原想到一件事，叮嚀吉田。「那個程式什麼的，不會變成恐嚇的證據吧！」

「知道啦。」吉田顯得有些厭煩，好像在說「平常不都這樣做嗎」，「我會植入病毒，事後再刪除的。」

「還有，歐吉桑那邊……」鍋倉又望向委託書。「歐吉桑好像完全不曉得歐巴桑借錢的事。有必要告訴他吧！」

「我也這麼覺得。」杉原點點頭。「喂，吉田。你能在金剛商事的電腦動同樣的手腳嗎？」

「可以啊！」吉田得意地笑說，「啊，既然要幹，乾脆讓鍋倉兄在公司裡所有電腦的螢幕上破口大罵怎麼樣？這麼一來，全公司都知道這個歐吉桑老婆借錢的事，歐吉桑也沒辦法再幹下去了。反正欠的債也只能用退休金付，沒差啦！」

「有意思。」杉原笑道。「這些紀錄事後也會刪除吧！」

「最近電腦病毒肆虐，金剛商事的系統管理員好像會定期執行檢查程式，不過我會弄新的病毒。」

「不只是退休金，他們還有房子啊。」鍋倉說，「他們家的房價約有十億圓，他老婆拿去銀行抵押，只借了一億。」

「沒有重複抵押嗎？」杉原意外地瞪大了眼。「這不是瞧不起我們嗎？」

「我覺得歐巴桑應該是瞞著歐吉桑借錢的。」鍋倉說道。

「這個歐巴桑真蠢哪。」岸大聲說，「去買物換現就好啦！」

所謂的買物換現，就是以信用卡購買相當於債務金額的商品，再把商品交給俗稱「換現者」的高利貸業者抵債。

「白痴啊！幹那種事的債務人和唆使的債權人，雙方都會吃上詐欺官司啊，你給我記清楚！」杉原罵道。

一月二十五日　第九十七回

「新角色登場了耶！企業流氓。我覺得這些人還蠻有趣的，不過……」澱口面露複雜的表情。

「嗯？怎麼了？」櫟澤問道。

「有讀者來信說登場人物太多了。」

「這個問題啊……」櫟澤點點頭，拿起一捆已分類的投書。「很久以前就有讀者來信這麼表示了，不過那是少數，所以我一直置之不理，沒想到愈積愈多。茅崎市的西洋子女士是最早提到這點的讀者，她說：『如果是單行本，讀者還可以翻到前面重讀，不過報紙可不能這麼做，統統拿去回收了。』我就是不希望讀者讀得這麼漫不經心，才會增加角色耶！」

「不得不收攏故事裡的角色，這是報紙連載小說的限制吧。和歌山縣伊都郡的田中隆積先生說：『上流階級的社交場面深深吸引讀者，作者的筆力教人佩服。』然而他也表示：『不過有名有姓的登場人物實在太多了。』。」

「本莊市的三浦陽子女士說：『在潑水女之後，請別再增加登場人物了』。鎌倉市的內海恭子女士則表示：『八十六歲的家母也在拜讀貴連載，她會問我這個人是誰？我卻答不出來。我不要求像《源氏物語》（註）的關係圖那麼詳細，不過希望作者能刊登之前出場過的人物介紹。』嗚嗚……」

「還有橫濱市神奈川區的朝藤直哉先生、藤枝市的清水宣秀先生以及其他五封來信。」

「報紙連載小說的主要人物最好只有少數幾個，這點常識我還有。」櫟澤的臉色一沉。「可是，我想打破連載小說的制約。最重要的是，我想擴大故事格局，希望讀

註　日本平安中期的長篇小說代表，紫式部著，約成書於十一世紀初。以光源氏為主角，描寫當時貴族的華麗生活，登場人物眾多且關係複雜。

者和作者一起用戒慎恐懼的心情面對小說，才會特別在派對場面增加人物。」

「故事在一開始，比起ＳＦ劇情，讀者更想看家庭劇，所以您才開始寫起派對場面啊！」

「不，我之前也寫過類似家庭劇的橋段，可是一和ＳＦ場面連結，格局就會變得太小。雖然派對場面是長篇小說的濫觴，也是慣用伎倆，我還是寫了，還讓十四、五個人登場。因為這些人物會自己動起來，擴大小說的世界。」

「網路上喜歡ＳＦ的讀者，也表示很討厭派對場面呢。」澱口窺看櫟澤的表情。

「那麼該怎麼辦？這和ＰＦＳ的第二次說明可不一樣，總不能用掉一次連載，只刊登人物介紹吧！」

「廢話。」櫟澤憤然說道。「雖然只是少數，但投書的讀者大部分會很熱心地剪貼連載，那樣等於糟蹋了他們的一番苦心。」

一月二十六日　第九十八回

全長六十公尺的機體被鈦合金覆蓋，表面銀光閃閃，下腹部膨脹，從側面看起來就像一隻懷孕的巨鳥。這是因為內藏兩台以氫漿為燃料的超音速燃燒衝壓引擎。

樂隊在停機坪演奏進行曲，在可俯瞰停機坪的休息室大廳裡依稀可聞。大廳有三面玻璃牆，空間足以容納兩百五十名乘客，裡面除了沙發、太師椅，角落還有商店及飲料吧。

「西田夫人還沒到呢。」尾上夫人難掩急躁地說，「團先生也沒來。」

「西田夫人老是慢吞吞的。」須田夫人也皺眉說，「她會不會把這當成是新幹線啊？」

「該不會等到那傢伙動起來以後才趕過來吧？」曾根豐年以下巴指指客機笑道。

「然後大吵大鬧要它停下來。」

瀨川夫人似乎不認為這是開玩笑，她好像很驚訝，緩緩地說：「什麼動起來？它會從尾端那兩根管子噴出像煙火般的火焰，咻一下子就飛走吧！」

在稍遠處的沙發，明石妙子問多摩志津江：「妳問過貴野原夫人了嗎？」

「怎麼可能？」志津江邪惡地笑說，「要是真的約她，那才真的是挖苦呢。」她還低聲竊笑。「我以前就很討厭那個女人了，她現在不是連派對都沒法子參加了嗎？現在我才敢說，她會破產都是我一手策畫的，是我讓她虧損好幾億的。想一想還真是大快人心哪！」

「妳這個人真恐怖。」明石妙子不悅地觀察志津江。「我一直以為妳們倆是好朋友。」

在飲料吧那邊，郡司泰彥、近間辰雄及查理西丸三人正站著喝咖啡。近間談到死去的天藤望，查理西丸覺得很無聊，手肘撐在吧台上，慢慢地轉動身體，環顧整個大廳。大廳已客滿，人們的交談聲在高高的天花板嗡嗡回響。查理看到團朋博以那一貫的邋遢姿勢從大廳的自動門走了進來。

「大叔趕來了。」

查理低語，但郡司沒聽見。

團朋博一看到那三個人，認出了中間的郡司，他好像發現獵物般拱起背，走了過去，眼神相當怪異。查理很快就想起這個人總是對老婆的公開情夫做出種種惡行。

一月二十七日　第九十九回

但是，就在查理西丸不確定團朋博是否又想那麼做的時候，團迅速走近郡司泰彥身後，顯然是想開玩笑，他掄起右拳使盡全力擊向郡司的背部。

「郡兄，危險！」查理把郡司往近間辰雄那邊推去。團的右拳劃過空中，打中了查理的鼻子。

「幹什麼!?」查理回毆團。

團又撲了上來，兩人在地板上扭打。

當郡司、近間及趕來的曾根把兩人拉開時，查理已經流鼻血了，而且血流如注。須田醫生診斷他的鼻梁被打斷了，團身上的西裝被查理的鼻血染紅，他卻還在傻笑。

查理在須田醫生的陪同下，前往新機場的醫院治療，他不得不放棄這次的航行。

「各位搭機的旅客，請坐上接駁巴士。」

廣播響起之後，西田夫人總算到了，須田醫生也從醫院回來了，一行人混在其他乘客當中，由舵安社長帶頭，從大廳走到室外，坐上接駁巴士。

樂隊又開始演奏進行曲。受邀的政府官員、企業人士及媒體攝影師等等，在看台上望著巴士逐漸駛近機體。

巴士繞到機體後方，從後面看去，機體相當寬廣，後面有一個小三角翼及垂直尾翼。成田新機場設有連接機體的登機門，乘客可直接登機。因為這次是首航，為了讓乘客們也能欣賞到機體，所以啟用了接駁巴士。接駁巴士抵達機體下方，被貨櫃用的升降機運至機體內部。

裡面的座位十分狹窄，而且沒有窗戶，是一個密閉空間，被兩台引擎及氫漿貯存槽包圍。如果乘客患有幽閉恐懼症，一定會臉色蒼白，失聲尖叫著逃出去。但是諸位讀者熟悉的這群輕浮的派對常客，當然不會為了這點小事卻步，他們興奮地嬉鬧著，找到各自的座位坐下，也不仔細聆聽空服員的說明和叮嚀，不過還是照著座位前方小型視訊電話的畫面指示，繫上了安全帶。在飛行過程中，乘客將被固定在座位上，也不能上廁所。萬一有事，必須透過電話聯繫，隨後具有宇宙飛行員資格的空服員便會前來為乘客服務，諸如喝飲料、吃藥、小解等大小事情。

不久，視訊電話的畫面上出現了「十分鐘後即將起飛」的字樣。

一月二十八日　第一百回

江坂春美坐在三人座位靠走道的位子，向井夫人坐在擁擠的靠牆座位，近間辰雄坐在中間。春美旁邊就是走道，感覺比較寬闊。

「哇！我們坐在一起，還真巧呢。」春美笑嘻嘻地對近間說，「我有東西要送你呢！」

「咦？是什麼？」近間對春美一直有些顧忌，紅著臉問道。

「你還記得銀行總經理岡先生的別墅嗎？」

「記得啊。」近間低下了頭。

岡總經理的別墅位於日光，久未使用，已荒廢了好一陣子。春美得知後，向岡總經理撒嬌，借了別墅鑰匙，利用連假和當時的情夫近間辰雄去住了一晚，打趣地說那是「愛的一夜」。

「上次我又一個人去了。」

「真的嗎？」聽見「一個人」三個字，近間露出冷笑，一臉懷疑。

「真的啦，人家想一個人靜一靜嘛。」

「真難得。」

「結果我不經意打開床頭櫃的抽屜，你猜裡面有什麼？」

春美別具深意的語氣讓近間有點心驚，他搖了搖頭。

「保、險、套。喏，那時候你剛從非洲回來，不是擔心自己染了什麼病，還特地戴了套子嗎？」

「有……有這回事嗎？」

「你戴了套子才做的呀。可是我跟你說不用操心，結果你就拿掉了。」

「原來放在抽屜裡啊。」近間低著頭呢喃。「我都忘了。」

「我們當時還那麼相愛呢。」春美彷彿在凌虐近間，露出甜膩的笑容。「你猜那保險套變成什麼樣子？長滿了綠黴，足足有一公分長呢。」嘿嘿嘿——春美發出嘲弄般的笑聲。「你不覺得這是一種象徵嗎？那些綠黴長得太壯觀了，我忍不住把它捏起來，裝進項鍊盒裡帶了回來。我想把它送給你做紀念。」

「我……我才不要！」近間扭動身體說道。

春美大剌剌地說著，完全沒有壓低音量，向井夫人在一旁聽了，一臉受不了。

過了十分鐘，起飛時間到了。

外觀渾圓的機頭內部是操控室，只有兩扇小窗，六名駕駛員只能透過ＣＣＤ（註１）鏡頭看到外面。包括起飛降落在內，全都是電腦自動操控。

機體前腹的空氣吸入口打開，輔助渦輪開始壓縮空氣，燃燒已液化的氫漿。

一月二十九日　第一〇一回

在看台觀眾的守望下，新東方快車號的排氣管噴出熊熊燃燒的氣體，猛烈加速，拉出白煙幾乎在一瞬間就飛走了。「噢噢！」驚嘆聲此起彼落。「這場表演只有這麼短嗎？」驚嘆中也混雜了不滿的噓聲。

飛機加速到3G，一口氣超越了音速。

空氣吸入孔的形狀改變了。這是為了減少輔助渦輪的吸入量，好將氧氣送入超音速燃燒衝壓引擎。為了控制不穩定的氣流，這個吸入孔就像電影《異形》（註2）中那隻怪物的嘴中嘴，形狀變得很複雜。

飛機爬升到三．五馬赫、高度四萬公尺的高空，推進力切換成超音速燃燒衝壓引擎。

速度超過了六馬赫。

如果再快，流入的氣流就過快，將難以控制。

吸入口關閉了。

這時候，衝壓引擎將切換成衝壓火箭引擎，一如「彈道旅客火箭」之名，機體往更高的高度加速前進。因此，必須發動火箭搭載的液態氧氣化裝置，以燃燒氫氣來取代空氣。

這個步驟慢了一拍。

餘熱裝置的控制程式出錯了，點燃火箭引擎的動作僅慢了一拍，卻成了致命的導

註1　CCD為charge coupled device的縮寫，即電荷耦合裝置。

註2　《*Alien*》，一九七九年的科幻電影。

火線。

吸入口緊急開啟，六馬赫的氣流把機體衝得傾斜。這個衝擊使得氫漿的氣體產生器運作不良，搭載的氫氣和氧氣漏出了燃燒室，瞬間起火。此時，地面上的飛航管制員只聽到駕駛員一瞬間的慘叫。

機內的加壓裝置被吹走了。

作者並不清楚人在瞬間減壓中是怎麼死的，人會在一秒內失去意識，但是要描寫那一秒的心理狀態，實在很困難。人體的體液將在二十秒內沸騰，然後死亡。

但是在那之前，飛機已經爆炸了——就在開始減壓的五秒之內。

環繞著貯存槽的客艙被炸碎，兩百四十七名乘客也粉身碎骨，被炸飛的機頭部分很快地跟著爆炸。

在地面上，追蹤雷達的光點「波」地消失了。

機體化成碎片，在超過北太平洋直徑五十公里處的海域，化成一股無法回收的塵煙散去。

一月三十日　第一〇二回

「啊，把大家都殺光了。」澱口讀完櫟澤的原稿，又噴出口中的咖啡液，在空中形成一股褐色霧氣。「怎麼會這樣啊！」

「又來了，好髒喔。」美也夫人板起臉，起身去拿抹布。

剛考完畢業考返家的獨子英吉也在餐桌旁喝咖啡。

「這麼一來，那場派對究竟算什麼？」澱口以悲傷的眼神望著櫟澤。「只不過讀者投書說登場人物太多，就把派對上的角色殺掉一半，這樣的劇情也太歇斯底里了。那些角色明明很有趣的。」

「是很可憐，不過也只能這麼做了。」櫟澤開始說明，「在今年收到的賀年卡中，讀過這些連載的人都表示『派對場面很有趣』。主要是作家、編輯、新聞記者、大學教職員等等。意外的是，沒有一個人說SF場面有趣，所以我真的很遺憾。」

「為什麼……」澱口怨恨地看著櫟澤。

「賀年卡又不是投書，不是多數讀者的意見。不過，投書中幾乎沒有任何提案與那些派對成員有關，而網路讀者倒不如說是厭惡這些角色的。一開始，我為了刺激那些討厭ＳＦ的讀者，想說在朝日新聞刊登本格ＳＦ或許會造成話題，所以才寫了ＳＦ場面；然而網路讀者——尤其是那些ＳＦ狂熱分子，卻執著於ＳＦ場面。我把討厭ＳＦ的讀者投書公開以後，呼籲他們挺身而出，這也助長了他們，讓他們提出多不勝數的創意，要求我該怎麼寫。就是ＳＦ了！不就只有ＳＦ嗎？有些狂熱分子，因為自己提出的陳腐點子不被採用就生氣了，真是始料未及。我把格局做大，寫出各種場面，本來打算看投書內容，讓劇情隨意發展。然而，家庭劇我寫到一半就中斷了，依照米蘭．昆德拉（註１）的說法『以往的小說太順從於統一情節的定律，小說並非自行車競賽，應該是一場端出各種菜色的饗宴』，寫起派對場景。可是，那些ＳＦ狂看不到ＳＦ劇情，開始不耐煩，我才寫了十幾回派對場面他們就受不了，還留言咒罵作者。不過那些人只是少數，上百名讀者都很明理，最後那些ＳＦ狂連那些人都開始挑剔了。有些人想引起注意，本來默不吭聲，卻抓準時機，沒頭沒腦地留下罵人的留言，就是一個暱稱『ＭＬ』的傢伙。」

一月三十一日 第一〇三回

「請等一下。」澱口制止櫟澤。「有人因為投書被公開而出糗，但是在網路上抗議的讀者卻不必登出真名，這樣不是很不公平嗎？」

「這樣啊。」櫟澤仰望天花板。「我的立場本來就比較傾向於SF，所以忍不住站在他們這一邊了，不過仔細想想，這也是讀者的一種參與，應該一視同仁啊！」

「就是啊！」

「好吧。這個人叫做泉卓也。」櫟澤說，「這個人很荒謬。要知道，閱讀小說就像在『腦袋裡拍電影』，最近大部分的小說以這種方式閱讀就夠了；但是他開始吹毛求疵，表示這麼閱讀時，發覺派對場面一點真實感都沒有，登場人物幾乎沒有活動，腦袋裡只浮現出廉價的布景。可能是為了先發制人，他舉例說：『《文學部唯野教授》（註2）中的酒吧場景描寫得連店裡的沙發材質都感覺得到，真……真是荒唐！那只是因為你自己常去那種酒吧，才想像得出來，你根本沒有半點想像力為派對場景增添血肉！』自從這篇發言以後，此人幾乎每天都寫下長篇大論，然而他根本不明白，人們對於不合胃口的小說，本來就會批評，還誤以為這是他自己天生的批判力。資深

註1　米蘭・昆德拉（Milan Kundera，一九二九～），捷克裔法國作家，曾六次獲得諾貝爾文學獎提名。

註2　這是筒井康隆於一九九〇年出版的作品。

網友玉井和宏——暱稱『塔馬桑』，指出一天三張稿子的份量、僅出現幾次的派對場面只不過是長篇小說的開頭，並提醒他注意長篇整體的長度。結果這個人看到有人回應，欣喜若狂，又開始罵個不停，說什麼職業作家的本領，不就是要靠著一天三張稿子的內容讓讀者滿意嗎？什麼托爾斯泰和杜斯妥也夫斯基一開始的派對場面也長得不得了，卻一點也不會讓讀者覺得無趣。這也是過去的同人誌共同評論會中，避免讓對方反駁所常用的說法。什麼『讓我看看你的本領、讓我看看你的本領』，我是藝人嗎？你才是，多運用讀者的本領——想像力和創造力吧！」櫟澤對美也夫人說：「我說的對不對？要不然，根本就是妳說的娛樂奴才、享樂乞丐！」

「是……是啊。」美也夫人點點頭應道，櫟澤暴跳如雷的模樣讓她有些吃不消。

「給我更好吃、更合胃口、更刺激的……，根本就是隻只會吱吱叫的小鳥。我是不曉得他說的是杜斯妥也夫斯基的哪本作品，不過托爾斯泰，是那本著名的《戰爭與和平》一開頭的派對場面吧？他肯定沒讀過俄國文學，這番話顯然是憑電影的印象說的。」

二月一日 第一〇四回

「這麼說來，您對派對場面自有一番見解呢！」

澱口奉承地說道，櫟澤得意洋洋地點點頭。

「沒錯。《戰爭與和平》以『公爵，您意下如何？』這句話起頭的派對場面，換算成稿紙約七十頁，雖然不到『長得要命』的程度，但如果在報上連載，需要二十三天。這段期間，約有十五個角色登場，包括拿破崙在內，有十五個人出現在對話中。你覺得現在的讀者能耐著性子讀下去嗎？一天三張稿紙的報紙連載，能搞出什麼自然主義、寫實主義的細膩描寫？這些古典緊緊束縛了讀者的想像力，不留絲毫餘地，你不覺得唯有跳脫這樣的古典手法，才是現代的作家與讀者嗎？

順帶一提，小說雖然是以故事世界外——亦即現實的意識系統為模型，但是除此以外，任何小說都會引用、納入過去的文學作品——誇張一點，就是整個文學傳統，這叫做參照架構。不過，就這部小說的派對場面來說，因為我前前後後只參加過四次現實世界的家庭派對，不得不以過去的特定文學作品做為參照架構。這個派對場面從原本的脈絡抽離，並非意圖重新生產，而是置於新的脈絡中。

我所說的文學作品不是《戰爭與和平》，而是左拉（註）的《娜娜》（Nana）。這是一部以接近自然觀察手法描寫社會的實驗小說，比《戰爭與和平》的派對場面更寫實。《戰爭與和平》中只有幾個重要人物的談話，這是自然主義寫實主義的缺點，雖然簡明扼要，但是以派對來說，總顯得不自然。因為現實世界的派對絕對不是那個樣子。

然而，在《娜娜》第三章的派對場面中，換算成報紙連載約二十天份的場景，約有二十名人物登場，話題中提到的重要人物，包括俾斯麥在內，約有十五人，在第四章的派對場面中，包括『神祕老紳士』等還沒有名字的重要人物在內，不與上一章重複的新角色有二十幾名，而不重要的無名角色更出現了約有三十名。」

溷口眨眨眼。「這些角色，每一個都有描寫嗎？」

二月二日　第一〇五回

「有些人沒有描寫和說明。」櫟澤說，「有些人物只出現在那個場面的對話中，後來也是突然登場。總之，那樣的狀況與我們實際參加派對的狀況極為類似，這也等於是讓讀者處於一種緊張狀態，強迫他們去認識未知的人物。當然，我不能在這次的連載小說中做出那麼偏激的處理，所以人物經過整理，橋段也與整體故事有關，並有後續發展。而且盡可能精簡，其程度在派對場面不會顯得不自然。即使如此，對於一心只期望SF場面的某些人來說，這只不過是繞遠路罷了。『ML』——也就是泉卓也，開始挑撥那些質疑派對場面並提出不滿的人，說他們『竟然頂撞作者，真有骨氣』，使得他們愈來愈得意忘形，吵得更厲害了。」

「可是，您為什麼不在網路上把這些事告訴那個人呢？」澱口問道，櫟澤一臉死心地搖搖頭。「那得從頭教起，而且我也沒有義務替他上課。那個『塔馬桑』提醒他對角色注入感情，他也只是更反抗，說什麼『這種狀況不能投入感情』，根本聽不進去。無法投入情緒，是因為他自己無法替登場人物增添血肉，根本只想不勞而獲嘛！」

「好啦好啦，不必對門外漢這麼生氣嘛！」美也夫人受不了丈夫生氣的模樣，這麼安撫道。然而櫟澤卻裝作沒聽見，還是繼續說下去。

「所以，當劇情有了進展，出現對立或搞笑時，他竟然狂妄地直呼作家的名字，寫道『哈哈哈，總算像樣一點了』，卻還是不忘謾罵，寫下一堆咒罵留言，還丟下一

註　左拉（Émile Zola，一八四〇～一九〇二），法國作家，自然主義文學代表作家。

句『想必作者那又圓又肥、像Humpty Dumpty（註1）的臉頰正不愉快地抽動著吧』，如此毫無分寸，真是的。」

「真過分。」澱口皺眉說道。

「殺了他！」美也夫人說道。

「另一方面，此人也怕引起反感，便低聲下氣地呼籲：『請各位理解，若身為筒井迷，當然必須這麼說：「大師，這真是名作啊！」把作家捧上天，默默地忍耐，直到故事變得有趣為止。可是，我實在沒辦法對作家這麼寬容耶！』言下之意，是在煽動眾人一起咒罵。『塔馬桑』出來反駁：『有不有趣，是靠什麼判斷的？』他便回答，如果是盧奇諾．維斯康堤（註2）的電影《豹》（*Gattopardo, IL*），『就算派對場面持續五十分鐘以上，大家還是會看下去的。』這……這傢伙是不是腦筋有問題啊？他以為那種場面可以切成一天演三分鐘嗎？」櫟澤拍打餐桌怒道。

二月三日　第一〇六回

「網路上的氛圍後來變得很難發表負面言論，這個『ML』——泉卓也，自己下了結論，斷定這是一部爛作品，然後就消失了。」
「網路的通訊紀錄已經結集成冊了呢。」澱口說道。「那個人發表的文章也被收錄了嗎？」
「不，只有剛開始的一部分，沒辦法收錄那麼多。」櫟澤恨得咬牙切齒地說，「不過他拒絕轉載，逃走了。他會消失，也是怕自己的發言被收錄進去吧。最後還撂話，『小說的前景令人憂心』、『真不知道這裡是書迷的大本營還是什麼』，卑……卑鄙也該有個限度！後來，他知道自己的發言沒被收錄，便放了心。直到第二次的派對場面一開始，他又冒出來了，像之前那樣開始大肆批評。不過，這次很快就遭到反擊，草草撤退，後來再也沒出現了。真是的，這傢伙只想靠罵人來引起注意。派對成員死了那麼多人，他是罪孽最深重的惡人之一。」
「這麼說，還有其他惡人囉？」澱口笑著閱讀網路通訊的列印稿，似乎發現了什麼，將其中一張遞給櫟澤。「請看這張。此人竟然還是領獎學金的學生呢。他是這麼自稱的。」
「我沒看到這個！」櫟澤讀完之後，又猛拍桌子。「糟了！我竟然對一個學生連續反駁了三次！」
「有什麼辦法？」原本默默聆聽的英吉說，「這種學生很常見啊。他們碰到知名

註1　Humpty Dumpty，蛋頭，《愛麗絲夢遊仙境》的角色。
註2　盧奇諾．維斯康堤（Luchino Visconti，一九〇六～一九七六），義大利電影導演。

作家，還會故意走過去，當著作家的面毫不客氣地說：『你的作品最近寫得一點也不有趣。』事後再向朋友吹噓：『我駁倒那個作家了。』。」

櫟澤動也不動地看著兒子。「你該不會做那種事吧？」

英吉笑了。「我才沒那麼蠢呢。」

「可是櫟澤先生，如果英吉做了那種事，您會怎麼做？」澱口笑著問道。

「我會揪住他的耳朵，把他拖到對方家裡，叫他在玄關下跪。」櫟澤氣憤地說道，嘆了一口氣。「雖說網路的特色就是沒有長幼之別，但是那些人也被這種傢伙煽動了。煽動者不止這個人，還有一名社會人士，也不過才二十幾歲，暱稱叫『岡P』，本名是岡安誠史。這傢伙相當得意忘形，也是SF狂之一，老是提出一堆用過的點子，當故事一偏離SF劇情，他就開始耍賴，也不理解我們在這裡議論的內容，從我們第一次登場，就罵個不停。」

二月四日　第一〇七回

「唉呦，何必理會那種人呢？」

美也夫人受不了似地說道，然而櫟澤的憤怒無法平息。

「不，說是二十幾歲，應該也快三十了吧，我還得向那些很容易受到煽動的人解釋清楚。這個『岡P』；也就是岡安誠史，他把類似作者的登場人物在故事中進行評論的部分當做一個單純的發想，與陳腐的單口相聲混為一談，從第十五回連載就說『這種東西早就有好多人寫過了』，下結論說『不行了，這場連載完全失敗』。他直呼作者的名字說：『喂，很無聊喔，你不要太過分了，這種內容就像乾掉的茶渣嘛。你到底要不要寫有趣的故事啊？』甚至還說：『說穿了作家根本贏不了我們一般人嘛！』『作家根本沒什麼了不起嘛！』『我們比你先進多了，你不會不甘心嗎？如果沒感覺，那就沒救了。別寫啦別寫啦。啊，真窩囊！』真是口無遮攔，這些話促使剛才提到的泉卓也登場了。」

「殺了他！」美也夫人說道。

「泉卓也一出現，最高興的也是這個人。『ML先生，請你再多說一點。最近的連載真的讓人覺得無聊死了。』。」

「其他人對於這種無禮的發言都沒有任何表示嗎？」澱口深感不可思議地說道。

「眾人深知，要是責備他們，攻擊的矛頭會指向自己，所以只能低調委婉地反駁。由於大部分讀者都很正向，頗能享受第十五回的劇情，就直接討論起故事架構了。大部分成員都是知性的穩健派呢！結果這個厭惡理論的ＳＦ狂不高興了，對於作者熟知文學理論似乎也感到不悅，他氣得反駁說：『無聊的作品就是無聊。這是主觀、主觀！有什麼不好？』『你們說的都是從作者和評論家那裡現學現賣的！』『作品是用感覺的，不需要思考。』『知識和知性不一樣。』我說啊，這叫做反知性主義，根本就是愚蠢。於是，他氣憤地宣告：『我不支持你了，你少了一個書迷啦！』但是我一說：『劇情將回歸ＳＦ。』他又有點高興地說：『你人還不錯，希望你多多加油喔！』然後表示自己也立志成為作家，馬上跟我裝熟。這種人想當作家，我一定會全力阻止的。不是基於憤怒，而是害怕。你看看現在的出版界，搞不好連這種人也能成為作家呢。」

英吉對於櫟澤無止境的怒意感到厭倦，便起身走到客廳看電視去了。

二月五日　第一〇八回

可是，澱口是責任編輯，沒辦法開溜，他只能無奈地低頭聆聽，覺得好像挨罵的是自己。

「這個『岡P』的劣行還是在於挑釁其他讀者。」櫟澤持續生氣中。「他表示，『我來問問你們這些自稱是書迷的人』，『拍馬屁會讓整部連載成功嗎？只要你們讀他的作品，這樣作品就算成功嗎？蠢——蛋，這叫做自我滿足。這種蠢蛋最近很少見了，沒想到竟然還有。』也因為這樣，其他讀者就愈來愈難寫下自己對於派對場面的感想了。」

「那個人最後也逃了嗎？」澱口幾乎是以沉痛的表情問道。

「這傢伙還在，而且相當得意忘形，雖然現在無法繼續發表負面言論，卻還是嘴硬地表示：『我是不會反省的。』對於這部小說，他也批評說：『之前很無聊，不過最近還滿有趣的，但算不上傑作，我不覺得有什麼了不起。』他的語感（註）遲鈍，可能對於自己說出來的話，也沒什麼感覺吧。可是，他好像從最近的連載內容隱約察覺我生氣了，出於自我防衛地表示，『對於年輕人的狂妄，應該睜一隻眼閉一隻眼』。」

「唉，話說回來，」澱口抬頭挺胸，故作開朗狀，試圖轉換櫟澤的心情說，「一百多名讀者當中，也只有兩個那種人嘛！」

「不不不，還有很多。」櫟澤的怒火又燃起，並朝四面八方延燒。他繼續吐出怨恨的話語，「有一個SF狂，暱稱是『BANYUU』，本名叫清水伴雄。這傢伙在第

註　進行語言活動時，對於時間場合、彼此的關係、話中的邏輯及內容所做的判斷及感覺。

一次派對場面結束時，突然罵說：『國王沒穿衣服！』據說，此人是手塚治虫（註）迷，之前也沒提過什麼建議，卻對一開始只出現一下子的游擊隊投注過多的感情，自己則編寫〈夢幻游擊隊的現在〉，不斷地要求故事回到SF場面，讓游擊隊登場。不過，那也只是一些幼稚的搞笑手法，像是安排作者出現在游擊隊面前，做出『派對場面就要結束囉！』之類的宣布。由於他的提議未被採納，他便遷怒其他讀者，嘲諷說：『這世上有那麼多聰明人，不是很累嗎？』。」

「應該是個年輕人吧。」美也夫人嘆息，安撫地說道。

「不，他的女兒都很大了。當我知道這個人的上班地點，真的驚訝得說不出話。要是一般的出版社，那種人早就被開除了吧。姑且不論，這個人的發言，像是『國王沒穿衣服』、『這世上有那麼多聰明人』等等，影響了一些讀者，使得他們也質疑起派對場面，甚至全盤否定。」

二月六日　第一〇九回

「您身為作者，在孤立無援的情況下，竟然還能一直忍耐呢。」澱口了解櫟澤暴躁易怒的個性，不由得有些佩服他。

「因為這些人實在太笨了，那位『塔馬桑』也忍不住動怒說：『我快失去理智了。』原本一直不吭聲的我，心想萬一塔馬桑氣走就糟了，於是演了一齣戲。我暫時提出敗北宣言，低聲下氣地承認『我的確沒穿衣服』，緊接著反擊。這個『BANYUU』一看到敗北宣言，喜不自勝地說：『我把作者搞垮了！』還興奮無比地表示：『連兜襠布都沒裹嗎？既然機會難得，那就來出本寫真集吧！』『落入地獄之前，還一身光溜溜的！』可是馬上被我反擊，他氣得半死，好像無論如何都希望我慘敗，不斷地煽動其他讀者『別被騙了』，『作者的洩氣話才是真心話』。然後，自己又不願意讓網路上的留言收錄到書裡，表示若有時間編輯那種東西，『倒不如專注在工作上，努力把目前這部無聊透頂的連載弄得有趣一點吧』。」

「那，他覺得自己寫的東西被出版很丟臉囉？」

美也夫人又以安撫的口吻說道，櫟澤用力搖搖頭。

「他只在意上班時間使用電話上網而已。為了保身，後來稍微收斂了一些，可是還是不斷地挖苦，模仿第三十五回開頭，石部智子的獨白說『早知道就不寫那種派對了』、『嗚——嗯嗯嗯』，低級到了極點。接下來，他還是老樣子，諷刺說：『我被游擊隊槍殺或因為馬上風而退場，然後筒井康隆帶著花束登場，參加我的告別式——

註 手塚治虫（一九二八～一九八九），日本漫畫家，利用電影手法將漫畫表現方式提升至藝術境界，奠定戰後日本漫畫的形式。有《原子小金剛》、《怪醫黑傑克》等諸多名著。過世後被尊稱為「漫畫之神」。

如果劇情這樣發展，我一定會拍手喝采。』。」

「殺了他！」美也夫人說道。

「時田浩作和他還沒登場的妻子，是我從其他連載的作品請來特別客串的，而對他們投注最多感情的也是這個人。儘管我在小說中寫道，時田浩作並不關心『夢幻游擊隊』的遊戲進展，他卻動不動就嚷著要時田登場。進入第二次的派對場面後，我宣告會進行四次猜謎，讓大家猜猜看接下來登場的訪客是誰，他便說：『看樣子至少有連續四天的派對場面哪。』蠢蠢蠢蠢蛋！短短四天，怎麼可能寫得完派對場面！更過分的是，我都還沒出題，他就說：『明天的訪客是時田浩作的妻子。』他的腦袋裡根本就沒有整部作品。蠢到這種地步，早就不是SF狂了，根本是SF幼稚鬼嘛！」

二月七日　第一一〇回

「既然對還沒登場的人物投注這麼深的感情，那麼第二次的派對場面算是大家熟悉的派對成員再次現身的伏線發展，對於那些反覆搞笑的橋段，這次總能樂在其中了吧？」

「不，這個叫『BANYUU』的人，除了SF場面，對其他情節根本不感興趣，完全沉迷於自己扭曲的情感中。所以，當他看到第二次的派對場面，也毫不客氣地批評說：『為什麼派對中的登場人物存在感這麼薄弱呢？』報紙停刊日那一天，他便寫道：『今早的連載小說是睽違許久的SF，真有趣呢。登場人物充滿了無限動感。』企圖挑起作家的怒意，又說派對場面之後的劇情變得死氣沉沉。這……這個蠢蛋心裡只有SF！沒有人像他這樣，一直以來只會不斷地抱怨：『給我SF！給我SF！』這和一次性的投書不同，他這樣子反覆叫囂，我都快失去耐性了，沒有把握故事會不會草草結束。於是我暗示：『連載可能會提前結束喔。』結果，他顯得最慌張，雖然嘴裡說：『反正又是作者在作戲吧。』卻提出許多點子，當派對場面傳出直昇機的運轉聲時，他就說：『這是來自游擊隊的訊息嗎？』『是時田浩作還是櫟澤吧！』他沒發現自己提早鬧場，還裝出一副達觀的模樣說：『我已經進入悟道的境界了。』他討厭派對，所以不喜歡聽子。儘管我說不是這樣，他卻堅稱聽子不可能打破層級的壁壘，只有貴野原和智子才辦得到。當小說寫到石部智子露出白色底褲的橋段時，他就說：『這個發展可能轉變為契機，衝破層級四與層級五的厚牆。』。」

櫟澤說著說著，與澱口面面相覷，忍不住笑了出來。

「為什麼？為什麼沒人關注所有登場人物的平衡感呢？」

瀫口問道，櫟澤又搖搖頭說：「他這麼一攪和，大家都被影響，變得討厭聰子。只有幾個人注意到格局的擴張。就連這個人，也是在自省造成作者的焦慮之後才發現的。」

「可是，都沒人制止他嗎？」

「別說是制止了，就連他在『嗚——嗯嗯嗯』的留言以後，大家還笑說：『看來BANYUU先生真的很討厭派對呢。』其實，關於這些網友語感遲鈍，我在第二次評論中也介紹過增田浩行先生寄來的信，是針對『山桃』——本名當山日出夫的那段發言。」

二月八日　第一一一回

「我記得『山桃』的發言是『你只是沒能力寫出吸引主婦的電玩小說罷了』。」

瀫口翻著老舊的影印紙本說道。

「這位增田先生讀了這一段之後表示『我實在沒辦法默不吭聲』，於是再度投書。『我一想到這裡也有這樣遲鈍的人，雖然事不關己，卻非常生氣。』『我在某家電腦公司上班，工作上與網路有些接觸，也曾經在網路上遇過不愉快的事。有時候，有些網友會滿不在乎地使用一些在現實生活中一定會吵起來的措詞，有些人更過分，以充滿諷刺的語氣寫下一堆惡意的中傷，最後再以「我的措詞激烈了一點，不過並沒有惡意」做為遁辭。這種人竟然沒被揍，我覺得很不可思議，話說回來，想揍也找不到人啦。』接著，他研究那些網友為何會使用那類話語。可是根據我的經驗，在網路上語感遲鈍的人，在現實生活中也會變得愈來愈遲鈍。剛才的『BANYUU』也是，要是有人提醒他留言太過分，他就會以現實的對話回應：『我是以我的方式在聲援。』『國王沒穿衣服』和『嗚——嗯嗯嗯』這算哪門子聲援啊？別瞧不起人了！」怒火再度燃起，櫟澤仗著自己在虛構世界裡無所不能，以手刀把桌子劈成兩半。

「好啦好啦。」澱口制止他。「櫟澤先生也以自己的方式揭露他們了，這不就得了？重點是，您剛才說的『山桃』先生怎麼了？」

「那個名叫當山日出夫的和尚再也沒有出現在討論區。」櫟澤氣呼呼地說，「不過，他還是像個幽靈般在網路上遊逛，上次出現在BAR社群，還是老樣子，竟然對我說教，說什麼該如何加入網路社群，什麼網路上的往來是袒程相見。混蛋！作家本來就是赤裸裸的。明明是個和尚，卻這樣走火入魔，根本是病入膏肓了。」

「再加上這個人，不正常的也只有四個呀。」美也夫人厭倦了丈夫的反應，慢吞吞地修理桌子。

「不止這些！」櫟澤本來已無力地癱在椅子上，聞言又跳了起來。「有個『凡亭』，本名叫井上宏之的傢伙，現在雖然已經換了暱稱，像隻三歲大的聖伯納犬乖乖贖罪，不過這傢伙以前是個四處胡鬧的累犯，還會闖進其他討論區，給大家添麻煩，引起民怨，他的網路ID都快被沒收了，竟然還跑到我們的社群丟原子彈！」

二月九日　第一百一十一回

「原子彈！」澱口吃驚地說。「怎麼丟啊？」

「也就是……」櫟澤欲說明，卻不知從何講起，語氣變得不耐煩。「輸入JBOMB．換行即可丟擲原子彈。其他人也會亂來，只要稍微不順利，就直呼作者的名字，罵作者是『蠢蛋』。有的像老人容易發脾氣，或是像病人那樣愛鬧彆扭，對別人說的每句話糾纏不休。還有人自以為知識水準高，唯我獨尊，老是挑剔別人的留言。這場辯論戰開始之後，那些被反駁的低水準傢伙們，甚至叫我盡量反駁。我怎麼可能持續增加無聊的長篇留言？另外，有些人連連載小說都沒讀就跑進討論區。不過，這些傢伙只是碰巧沒訂這家報紙，平常好像讀過我的作品，所以我不會很生氣，倒是其他讀者的反應教我無法理解。平常愛搞笑的資深網友『惹人厭大魔王』——本名叫早川玄，他及另外一、兩位網友委婉地規勸說『這樣對作者很失禮』，其他人卻齊聲合唱：『歡迎光臨！』『可以用任何形式參與討論』、『什麼意見都能寫』——他們只是想增加無關的留言，完全沒考慮到我的難處。當我們在網路忘年會上，以高等語言遊戲進行派對時，有些笨蛋就裝出一副資深網友的姿態，忘了自己的語感麻痺，還批評說：『這種遊戲在網路上根本不稀奇，哪裡算得上是高等語言遊戲？』為了網友的名譽，我必須聲明，參與者的語感都是第一流的，其中不乏專業人士。換言之，此人是在自取其辱，自己竟然沒發現。可是啊……」櫟澤湊近瀫口說，「其實，這邊的網路社群還算有品，另外還有PC-VAN、NIFTY等等網路社群，也開闢了討論區討論這部連載小說。我們社群的兩名中堅網友前去打招呼，卻被罵得狗血淋頭，落荒而逃。我請他們調出討論紀錄，看完之後我大吃一驚。那種用詞教人不忍卒睹，完全是鼓勵唾罵。其中，罵得最凶的是一個暱稱『H』的人，還有一個叫『havoc』的，盛讚『H』的謾罵留言。我讀了『H』對我的嘲諷謾罵，覺得很不舒服。我知道此人在某部分S族群中相當出名，我甚至知道他的職業。」

櫟澤露出痛苦的表情，瀫口則眼睛發亮，露出探問的神情。「這樣啊，那位

『H』的真實身分是……？」

二月十日　第一一三回

「我不能講。」

「咦？為什麼？」

「我參加的網路社群是以真名參加，其實這是很少見的。大部分的網路社群原則上都是匿名參與，而且那個討論區的moderator；也就是管理員，是以合法的方式將討論紀錄交給我的。就是這一份。」櫟澤將列印的紙本亮給澱口看。「說出『H』的真名，不但侵犯其他社群的制度，也很失禮。」

「那麼，別提那種人不就得了。」美也夫人擔心丈夫再度動怒，這麼說道。

「啊，好過分！這根本是含血噴人！」澱口打斷美也夫人說道。「一名成員給《為殘像上口紅》（註）很高的評價，『H』反對他的說法，然後直呼作家的名字說：『那傢伙真是老糊塗，那種形式的語言實驗，早就有人做過了。他身邊都沒有人提醒他嗎？』可是，也不寫出是誰做過這樣的實驗，真是太無禮了。」

櫟澤搖搖頭，從澱口手中拿回紙本。「這還算小意思，像這個就很過分了。『喂，阿呆，你下次參加SF大會時，記得別把你那醜老婆和笨小孩帶來啊！不然會被年輕的SF迷嘲笑啊。哈哈哈哈哈……』。」

「殺了他！」美也夫人用手刀把桌子劈成兩半。

澱口露出難以置信的眼神。「這種狂妄無禮的發言，難道都沒被警告嗎？」

「管理員警告過，他就以『這是幽默啦幽默』來閃避，要是對方被罵到動怒，他就說：『等你長大再來吧！』。」

「這個『H』到底是什麼人？」澱口幾乎是一臉驚愕地問道。

「他是專門出版SF及漫畫的出版社員工，以前曾經對某位冷硬派SF作家做出近乎觸法的非禮行為。此人本身是無所謂，因為不管在哪個網路社群，一定會有這樣的人，而且無法驅離。我認為網路通訊之所以被稱為不成熟的媒體，就是因為有這樣的少數分子存在。只要有一個這樣的人，其他網友都會受到影響，全體的語感都會遲鈍，留言也會變得偏激。其實在我們的社群，也有人無法忍受這種偏激的氣氛，直呼『悶死人了』，然後留下一篇沒有意義的長篇大論便離開了。甚至還有人不斷地寫下刺激讀者潛意識、具有分裂意味的驚悚文章，終於失去理智，最後還住院了。不過，此人的情況是因為失業和親人過世等其他原因造成的。」

註　《残像に口紅を》，為作者筒井康隆於一九八九年出版的作品。

二月十一日 第二一四回

「唉，出現這種人，對於作家來說，反倒是一種光榮，不是嗎？」

「哪裡光榮了？」聽到澱口的安慰，櫟澤苦澀地搖搖頭。「這根本是天大的麻煩。有人要我當心網路世界裡有一些很可怕的人物，我已經做好了某種程度的心理準備，只是沒想到竟然這麼可怕。我要藉這個機會呼籲其他作家，如果只是參加網路社群倒無妨，但是千萬不可模仿我現在的行為。一般作家其實都是很懦弱的，總是質疑自己的才能，要是在那種地方遭遇我現在的處境，一定會喪失信心，沒辦法再提筆了。就像你也知道的，當某作家有創作在報紙連載時，報社就算收到批判性的投書，也不能交給本人，這是常識。要是作家寫不下去，連載開天窗，那可就糟了。作家也有各式各樣的類型，有的只要受到眾人吹捧就自我膨脹，但遭到一點批判就瞬間崩潰，有的纖細敏感、喜用語言中傷他人並引以為傲。不管哪一種，同樣都對語言敏感。即使參加網路社群，作家也不可能刻意讓自己的語感變得遲鈍，這不但無助於作家的自我鍛鍊，還會帶來反效果。在我的社群裡，有三、四名職業作家以ＲＯＭ（註）的方式加入；也就是只讀不留言。不過被某些網友發現了，便直接點名，失禮地叫罵：『誰誰誰快給我滾出來啊！』當然沒有人出面回應，這是很明智的作法，除非是不惜拖累自己身價都要回罵的傻瓜，我真的很想禁止所有作家——特別是年輕作家加入網路社群。」

澱口從稍早之前就呵呵笑了，他頻頻窺看櫟澤的臉色，偏著頭說：「我說啊，櫟澤先生，您好像很生氣，不過我聽了您剛才說的，總覺得您認為這也可以應用在作品裡，一邊舔嘴一邊看著這些辱罵。唉，我開始有這種感覺了。記得您以前說過，默默承受眾人的辱罵，也是一種文學活動。您之所以能夠一直忍受，會不會是希望那些辱罵變得更嚴重一點呢？」

櫟澤好像不懂澱口的意思，茫然地看著他好一會兒，不久便搖搖頭。「你說的應該是筒井康隆吧！我只是氣得半死。」然後又一陣狂怒襲上心頭，彷彿想證明自己有多憤怒似地，他發出咆哮，利用在虛構世界無所不能的優勢，抓起一旁沒有金魚的魚缸，「喀喀喀」地把它咬碎了。

二月十二日　報紙停刊日

註　Read Only Member的縮寫。

二月十三日　第一一五回

「說起來，要求更多有趣人物登場的不就是你們這些人嗎？」不管怎樣，櫟澤總會把憤怒的矛頭指向那群派對上的常客。「你們覺得這些人物不有趣，就立刻改口說：『把他們都殺了怎麼樣？』這是怎麼回事？你們從一開始就沒資格進入虛構世界嘛！」

又回到了原點——美也夫人和澱口絕望地面面相覷。

「哈哈哈哈哈，爸，你看我找到什麼？」英吉拿著棒球手套從客廳裡走出來。

「喔！」櫟澤一瞬間大感興趣，但很快地搖搖頭。「你說什麼啊？澱口還在這裡耶！」

「要不要玩丟接球？」

「澱口先生覺得很尷尬呢。」英吉低聲笑道。「老爸已經氣了十幾天，賺了那麼多篇幅也夠了吧！得分一些稿費給那些被老爸罵的人呀。」

「胡說八道。」櫟澤苦笑。「我還沒說夠呢！」

「那我去那個網路社群，提議為死掉的登場人物舉辦一場聯合葬禮好了。這樣總可以了吧！」

「哈哈哈，聯合葬禮嗎？」櫟澤笑了。「是啊，得幫他們辦場葬禮才行呢。」

「喏，我們來玩丟接球吧，老爸。」

「好，來見識一下我的下墜曲球吧！」

「下墜曲球，真教人懷念呢！」澱口笑道，接著望向在庭院裡玩起丟接球的櫟澤和英吉。

「他滿腦子只有小說，個性暴躁易怒。您看看這張桌子，已經不能用了。」儘管美也夫人自己也劈裂過桌子，還是以下巴指指斷成兩截的餐桌說道。「明明還有許多煩惱……」

「哦？還有什麼煩惱嗎？」澱口意外地望向美也夫人問道。

「澱口先生，您願意聽嗎？」美也夫人以詠嘆調的語氣說了起來。「車站前的商店街不是有一家大型書店嗎？隔壁有家雜貨店「kanemitsu」，土地和建物都是我娘家的，不過由於市政府要拓寬道路，發生了許多問題。起初，承租商倒閉了，把權利轉讓給黑道。那些人就和不動產業者、律師及市議員聯合串通，準備從我娘家敲詐八千萬的遷移費。」

澱口以前是報社記者，當時政府正在實施反黑道介入民事專案，他還跑過社會線。聞言，眼神銳利地一閃。「那位市議員叫什麼名字？」他掏出記事本問道。

二月十四日　第二一六回

一醒來就聽見雨聲。深江從床上爬起來，床板上連塊床墊也沒有，睡了一晚，腰痠背痛得要命。從缺了玻璃的窗戶望出去，不知名的廢棄住宅區正下著黝黑的大雨。

「這雨真討厭！」

深江從二樓走到樓下餐廳，對著正在煮咖啡的穗高說道。穗高的眼神陰沉，默默無語。深江在堅固的舊餐桌旁坐下，穗高默默地端來咖啡。她身上沒有絲毫女人味，反倒有一股動物的騷味。

平野也起床了。「你們知道今天早上西邊的天空發亮嗎？」

「不知道。」深江訝異地望向平野。「那不是戰火嗎？」

在遙遠西方的玄爺岳，第四分隊還在與那個『惹人厭大魔王』廝殺著。第四分隊的隊員不肯聽從峰隊長的指示，擅自採取激烈行動，深江等人受不了，暫時回到後方陣地的廢棄住宅區休息。倘若繼續與他們共同行動，隊內恐怕會引起紛爭，他們與峰隊長商量之後，做了這個決定。

「好像不是戰火，也不是打雷。」平野問穗高。「妳看到了嗎？」

「看到了。」

喔！她說話了！——深江很訝異。

午後，一輛小型裝甲越野車踉蹌地駛進住宅區，是第四分隊的座車，車上載著一名全身燒傷、瀕臨死亡的隊員。

深江和平野接獲通報，奔入大雨中，衝進另一棟屋子探視這名傷患。瀕死的年輕人是第四分隊最理智的穩健派，他回答平野的問題。

「過激派說：『不行了，這場戰鬥完全失敗了。』。」

「為什麼失敗？」

「他們表示不有趣。」他激烈地喘息。

深江自覺，不知為何，持續進行有趣的戰鬥儼然成為他們的使命。同時，他也氣第四分隊的隊員，心想，不就是你們自己把戰鬥弄得很無聊嗎？

瀕死的士兵說：「不管我再怎麼苦勸，他們還是無理取鬧地說：『不有趣就是不有趣。這是主觀、主觀！有什麼不對？』最後終於說『悶死人了』，嚷著要把這場無聊透頂的戰爭做個了結，胡亂投下了原子彈。」

「這是自殺行為啊！」深江呻吟。「這麼一來，豈不是敵我雙方都毀滅了嗎？」

二月十五日　第二一七回

「都毀滅了。」士兵以沙啞的聲音說，「水，請給我水。」

如果現在給他水喝，他會立刻斷氣。深江要他再等一等，繼續追問：「大魔王也被消滅了嗎？」

「大魔王不愧是怪物，並沒有死。那個橡皮球般的身體長滿了水泡，冒著煙，從高速公路往北方逃走了。」

深江和平野當然不打算追殺。

幾分鐘後，年輕士兵斷氣了。

在雨中，住在住宅區各處的士兵，三三兩兩地走到這棟房子前院聚集。

「總之，得向總部報告一聲才行。」平野說道。

通訊器材放在這棟房子裡的某間書房，由日野負責管理。他還是老樣子，肩上站著一隻矽利康尼，呼叫總部。

「連不上。」不久，他回望深江和平野，一臉蒼白地說，「只聽到一些怪聲。」深江坐在通訊器材前。

來自遠方的聲音猶如幽靈般詭異，時而尖銳、時而低沉、時而充滿挑釁，時而怨恨。

「把你的醜老婆和笨小孩帶來啊」、「我才不會反省咧」、「就是啊就是啊，根本不用反省嘛」、「那又圓又肥的臉一定不愉快地扭曲著」、「嗚——嘿嘿嘿」、「默默忍耐到故事變得有趣為止。但我實在無法容忍到這種地步哪」、「蠢蛋、蠢蛋」、「喂，很無聊喔，你不要太過分了，根本就像乾掉的茶渣嘛」、「我不支持你了。啊，你少了一個書迷啦」、「根本沒什麼了不起嘛，我們比你先進多了」、「憑感覺，不需要思考」、「對於年輕人的狂妄，應該睜一隻眼閉一隻眼」、「連兜襠布都沒裹嗎？」「這才不是道理呢——」、「國王沒穿衣服」、「一身光溜溜的，快掉進地獄」、「哈哈哈」……

「這是什麼？」深江大叫。

「怎麼了？」日野擔心地問。「有人占領了總部嗎？」

「應該不是。」深江一邊呼叫本隊，一邊說道。「好像不是這個世界的聲音。」

本隊也沒有回應。既然聯絡不上，那麼他們現在不算是游擊隊了。深江茫然地站起來，慢吞吞地走到玄關前的空地，日野和平野跟了上去，他們自然把深江視為隊長。前院裡的所有人紛紛注視著深江。

深江以沉痛的語氣說：「我們被孤立了。」

二月十六日　第一一八回

「喏，要不要去哪裡吃午飯？」

在舵安社長的告別式結束之後，中井惠市對貴野原征三和宇佐見衛說道。

這三個人都五十幾歲了。人一到接近死亡的歲數，也習慣了葬禮，無論誰過世，都不會覺得意外，告別式一結束，哀悼死者的心情也煙消雲散了，特別是這三人與舵安社長的交情都不深。告別式從早上開始舉行，結束時已經過了中午。

「可是我們穿著一身黑色喪服，上餐廳會不會不方便？」宇佐見說，「要不要到我們公司呢？可以叫外送，點三份美味的『青蔥蕎麥麵』。」

「喔喔，青蔥蕎麥麵。」中井惠市瞇起眼。「這點子不錯。」

「而且好久不見，我也有話想跟兩位說。」

中井和貴野原聽到宇佐見這麼說，有些內疚地四處張望，忸怩不安。顯然宇佐見想聊的不是與橫死的舵安社長有關，而是「夢幻游擊隊」。宇佐見似乎也想避免在葬禮上談論遊戲，那樣有失禮數。

宇佐見任職的不動產公司是一棟五層樓建築，位於青山大道深處的一條路上，步行約五、六分鐘。三人在最頂樓的高級主管辦公室安頓下來以後，宇佐見命令恐怕是符合他胃口的美麗祕書，點了三份「青蔥蕎麥麵」，接著，三人的話題立刻轉移到「夢幻游擊隊」。

「那場原子彈爆炸到底是怎麼回事？」宇佐見很生氣。他向兩人抒發不滿，似乎想分散這股怒氣。

「我從許多玩家那裡聽到傳聞。」包打聽的中井悲傷地說，「一開始好像是有些年輕人，為了想了解這個讓社長和高級主管熱中的遊戲才加入的。不久，他們發現只要成為特定隊員的『影子』，就能影響隊員的行動。後來，到底是想法相近的人成了那些隊員的『影子』，還是幾個人講好集中成為第四分隊員的『影子』，這部分只能猜測了。」

中井惠市沉思，貴野原插嘴說：「第四分隊除了峰隊長，一開始就有許多莽撞的玩家，在我們這些人當中，似乎也沒有人成為他們的『影子』呢。」

「其實，我也是他們其中之一的『影子』。」宇佐見懊悔地拍膝說道。「我跟那些年輕人一樣，算是比較後期才加入的，我把感情投注在好像能照我意願行動的其中一名隊員。我覺得很丟臉，從來沒告訴過任何人。可惡！我覺得死掉的簡直就是我自己。」

二月十七日　第一一九回

「難道……」貴野原征三看著宇佐見衛說，「是開著裝甲越野車來報告的那個嗎？」

宇佐見點點頭。

「他是個男子漢哪。」中井惠市嘆息道。

宇佐見在不動產業界歷經過大風大浪，在舵安社長的葬禮也沒有掉淚，此時眼角卻滲出了淚水，令貴野原大吃一驚。看來他一定投入相當深厚的感情。

青蔥蕎麥麵送來了，三人開始用餐。

「可是，倖存的隊員也活不久了。」中井說，「每個人都淋了那麼多輻射雨。」

「以前，還有自我淨化功能哪。」宇佐見放下筷子說，「關於花村隊長，我問過某位玩家，他曾經是這位前任隊長的『影子』，他說有個無可救藥的年輕人最近才加入，成為花村隊長的『影子』。在【判斷】、【應對】、【反對】等等場面寫下荒誕的咒罵留言。他透過訊息內容調查對方的身分，發現那是一個SF及漫畫出版社的職員，姓細田，以前曾經對某位冷硬派SF作家做出近乎觸法的非禮行為，精神有點失常。如果再繼續放任花村隊長，今後的發展將一發不可收拾。於是，他找來其他認識的『影子』，讓花村隊長發病。當時，花村隊長的『影子』們想出極難的線索，好讓細田解不出來，促使花村隊長做出奇怪的舉動，再讓隊員發現隊長發病。想出正確答案的是深江；也就是深江的『影子』貴野原先生。」

「那麼，」貴野原顯得很驚訝。「中心連這些狀況也放任不管嗎？我一直以為那是中心設定的謎題呢！」

「中心啊，」中井又嘆了一口氣，停下筷子。「中心只做了一開始的設定，遊戲開始後，就完全不管了。當原子彈投下之後，好幾名玩家氣得想去中心抗議，卻一直找不到地址，費了好一番工夫才找到。然而中心的管理者竟然是曾經入圍諾貝爾醫學生理學獎而名噪一時的時田浩作及千葉敦子。只是，千葉女士已與時田結婚，改姓為時田了。總之，他們倆目前正傾力研發精神治療機，會設計電玩遊戲，只是為出版書籍賺取資金。而且，他們好像只是解讀記憶裝置裡的遊戲進程，再加入劇情修飾，並不理會遊戲裡發生了什麼事。如果被扔下原子彈，他們就直接文藝化。如果游擊隊全被殲滅，遊戲結束，他們也只是當成悲劇收場，再予以文藝化。」

二月十八日　第二二〇回

「後來，我也打了幾次電話到中心，卻只有電腦語音敷衍應答。」貴野原征三也吐露不滿的情緒。「可是……，啊……原來如此，這套遊戲是那麼厲害的人設計的啊！」縱使貴野原無法坦然接受，也無可奈何。

「即使對他們來說是副業，對我們來說卻是大事一樁，這等於被剝奪了日常生活的一部分啊。」宇佐見衛似乎也很不滿，替貴野原的心情辯解。「去中心的那些人，有沒有向時田先生表達這樣的心聲呢？」

「時田浩作先生針對自己目前進行的工作，發表了一堆令人無法理解的艱澀解說，結果那些人都落荒而逃了。」中井惠市說，露出一副死心的笑容。「那些人拼命要求製作新遊戲，但時田先生似乎沒那個意願。」

特地點了青蔥蕎麥麵卻食不知味，三人結束了一頓簡單的午餐。

「話説回來，這遊戲還真是不可思議呢。」宇佐見的語氣彷彿遊戲已經結束似的。

「這個遊戲讓我覺得我們的思考——不，不僅思考，連潛意識都被吸收了。」

「事實上就是如此。」貴野原斷定説，「關於這部分，時田先生是怎麼説明的？」

中井板起臉孔來低語。

「聽説他好像有對此加以説明，什麼東西和ＩＤ卡同步，卻讓人聽了一頭霧水。而且時田先生還説，比起當初就應用電玩遊戲原理的先進精神治療機，這項機能根本算不了什麼。」

「這是個足以留名電玩史的偉大遊戲啊！」宇佐見似乎已決定脱離遊戲，在抱怨過後，已無眷戀了。「今後，它一定會成為傳説，被稱為『夢幻遊戲』吧，算是真正的『夢幻游擊隊』啊！」

「我還想再玩一陣子。」貴野原説，「我想陪深江直到最後。」

「喏，得回公司啦。」中井拍膝站了起來。

貴野原看看手表。「我也是。」

「貴野原，我啊……」中井在車上説道。他與貴野原搭乘同一輛車，前往千代田區的商業區。

「我覺得那款遊戲與其說是遊戲，更像是改造我們意識的精神治療機。因為那款遊戲，我覺得我個性上的某個缺點被治好了。年輕玩家的歇斯底里反應，不就像是精神病患對醫師的反抗嗎？」

二月十九日　第一二一回

「白天打電話沒人接，晚上也沒人接，到底是怎樣啦？」杉原說，「該不會在半夜潛逃了吧？」

「不可能啦。」鍋倉抿嘴笑說，「堂堂金剛商事的常務，怎麼可能為了區區一千萬逃跑？」

「歐吉桑晚上應該在家啊。」杉原咬住雪茄。「我看是這樣吧，歐巴桑把電話鈴聲調到最小，抱著電話睡覺吧。」

「可能是吧。」鍋倉點點頭。「上次我白天過去，沒人在家，歐巴桑怕有人找上門，又怕電話響，好像白天都跑出去了。」

「晚上過去的話，跟毫不知情的歐吉桑吵起來也不好。」杉原從放在神龕底下的文件櫃取出高級肯特紙，在接待區的桌上攤開，用油性筆分別在三張紙上寫下又粗又黑的大字。

「錢還來！」

「不許逃！」

「小偷！」

「寫得怎麼樣啊？很有威嚇力吧！」杉原總是這麼吹噓，好掩飾自己笨拙的筆跡。事實上正因為字體笨拙，看起來反而更恐怖。

杉原對若林說：「喂，你去把這個貼在貴野原家的玄關還是大門上，總之盡量貼在路過的人看得到的地方。」

「是。」這是份無聊差事，若林似乎有點不服。「呃，室長，如果有人在家，我能不能去嚇嚇他們呢？」

「『呃』什麼！至少也說聲『啊』吧，混帳！」杉原吼道。「幾歲啦？講過多少次，你就是不肯改掉幼稚的語氣，是吧!?」

「就算知道有人在家，也只要貼紙就好。」鍋倉斬釘截鐵地交代若林。「你要上門的話，不可能只威脅兩句話就罷休吧！」

「嘿嘿嘿！」岸坐在角落的椅子上，像隻猴子般笑得亂顫。

「是，我去去就回。」若林鼓著腮幫子走出債權對策室。

「PFS和公司那邊都準備好了。」吉田說，「鍋倉兄兩邊都替我們熱情演出，做出來的效果很棒。要看看嗎？」

「這樣啊，那兩邊都秀出來吧。」

杉原笑道，鍋倉也露出與外表格格不入的害羞表情。

看完鍋倉破口大罵的兩種影像，杉原說：「好，幹得不錯！趕快把這個傳到公司那裡吧。這東西會出現在全公司的電腦上吧！」

「對，針對全公司的廣播。」吉田說，「那就上囉。」

二月二十日　第一二三回

江坂春美的告別式在下午兩點結束，由於沒有遺體，所以也沒有出棺。石部智子和春美並沒有共同的朋友，所以她獨自上過香之後，便離開了會場。此時，有人拍了拍她的肩。

「嗨。」

是查理西丸。他的鼻梁貼了一個叉字形的OK繃。

「哎呀！」

「春美曾邀過妳吧？真是撿回一條命哪。」查理笑道。

「我一開始就不想去，可是查理先生本來不是要去嗎？我從春美那裡聽說的。」

查理指指鼻梁上的OK繃說：「我人都到機場了，卻跟一個姓團的傢伙打架，鼻梁被打斷，所以不去了。」他以下巴指指會場出口的一群人。「我想那些人剛才一定在說我閒話，說我沒死真是損失。感覺好奇怪。」

這個討喜的人活了下來，智子忍不住替他高興，由衷地說：「你沒上飛機，真是太好了。」

「謝謝。」查理說道，以不太期待的模樣四下張望，好像在找誰。

不久，他爽快地說：「妳要回公司吧？我送妳去，離下一場告別式還有一點時間。」

「太好了，謝謝你。」

「我今天還要參加兩場。」查理坐在專屬司機駕駛的轎車後座上說，「光是奠儀，隨便就要上百萬耶。妳怎麼想？」

智子笑了。「總比死了好吧！」

「說的也是。」查理也笑了，有點茫然。「可惡。我竟然活了下來。」

「我們公司的常務夫人也沒去嗎？」

查理稍微想了一下。「嗯，她沒去。」

看到金剛商事的大樓了。

「唉，既然我們都僥倖活下來，今後也要常聯絡呀。」查理嘴上說著，也沒有特別約智子，儘管沒什麼好笑，他還是發出了空虛的笑聲。

智子還有這點洞察力，看得出一個男人為何會為了無聊小事大笑。她認為查理西丸一定有什麼煩惱。

「那麼，後會有期。」智子在玄關前下車說道。

「嗯，再會啦。」查理咧嘴一笑說道。

智子走進大廳。櫃檯的兩名女職員正瞠目結舌地看著櫃檯底下的通訊螢幕。她們看到智子，便站了起來。

「啊，石部姊！請看這個，不得了啦！」

二月二十一日　第一一三回

鍋倉的臉孔和叫罵聲透過金融機關的連線及社內網路系統的廣播機能，出現在金剛商事所有的電腦螢幕上。

戶部社長及對馬總務部長原本正顯示遊戲畫面的電腦、業務部員工正在使用業務通訊軟體的電腦、員工餐廳裡正在播放音樂節目的大型電腦螢幕，就連正有訪客的接待室裡的電腦螢幕，都冒出了一張大臉，眼神陰慘、長相凶惡的鍋倉出現了，正在破口大罵。

「喂！貴野原征三常務啊，你在聽嗎？如果不在的話，其他人等一下轉告他啊！你們那個貴野原常務的笨老婆啊，向網路高利貸借了超過一千萬，然後就不還啦，連個交代也沒有，只會東躲西藏，我們只好過來催討啦。喂，貴野原啊，你好歹也是個常務吧！到底知不知道你老婆跟人家借錢啊？如果不知情，你就是蠢蛋！如果知情，那你們就是蓄意不還，更無恥啦！當心我上門斷你的根！你到底有什麼打算啊？如果你老婆沒本事還錢，那你馬上辭職，拿退休金來還啊。喂，社長、其他主管有沒有在聽啊!?這根本是金剛商事之恥嘛。你們打算怎麼辦啊？你是要借錢給他、開除他還是給他退休金，趕快想出辦法啊！」

鍋倉的這段話充滿黑道口吻，而且用的是關西腔，一開始幾乎所有員工都聽不懂。大家紛紛愣住了，也沒有關掉螢幕，就這麼聽他破口大罵，聽著聽著，總算聽懂一些頻頻出現的單字，這才發現他罵的是貴野原常務。

石部智子回到公司時，鍋倉的謾罵已經持續了四、五分鐘。此時，員工才察覺不妥，正在四處關閉電源。智子立刻回到祕書課的ＯＡ機器管理室，關掉網路通訊閘。

鍋倉的臉孔從螢幕上消失了，顯然是外部的駭客入侵。這樣下去，業務將呈現停滯狀態，公司運作會受阻，智子立刻打開備用系統。接著，她試圖重播剛才那名怪異男子叫罵的影片，不過已經被刪除了。智子頓時感覺渾身血液逆流。這一定是新病毒，必須立刻檢查系統的感染程度，在那之前也必須設想今後的防禦方法。

二月二十一日　第二一四回

石部智子之所以判斷那是新病毒，是因為現有的掃毒軟體並沒有把它抓出來。換言之，這樣很難找出金剛商事所使用的大批電腦中，到底是哪一台？哪一個軟體中毒？似乎得花上一段時間，才能掌握情況。

祕書課裡議論紛紛，智子從同事的談論中得知那個怪人咒罵的內容，有點擔心貴野原征三。大部分的人深信這只是惡作劇，智子也覺得還輪不到自己擔心，不過她曾經聽說貴野原夫人玩股票虧了很多錢。智子走到常務室，站在走廊上豎耳傾聽，然而靜悄悄地什麼都聽不見，也沒有經常傳出的電玩遊戲噪音，屋裡十分安靜。

她敲敲門，沒有回應。

智子感到不安，她把門打開，看到還穿著喪服的貴野原，盯著桌上的電腦螢幕，茫然地癱在椅子上。

「常務！」

智子有股不祥的預感，厲聲叫喚。貴野原回過神來，以迷濛的眼神看著她。

「常務，你還好嗎？」智子走到貴野原旁邊，望向電腦螢幕。

電源關掉了，螢幕一片空白。

「我沒事。」貴野原虛脱地說道。

「你聽到那個人說的話了，是嗎？」

「聽到了。」貴野原憂鬱地說，「可能是哪裡搞錯了吧。」

貴野原似乎受到頗大的衝擊，不過好像很快就平靜下來。智子這麼判斷，稍微放了心，離開貴野原的辦公室。

貴野原慢吞吞地拿出皮夾查看。給舵安社長的奠儀是公司準備的，所以這是他今天第一次查看皮夾，裡面只有兩張萬圓大鈔。

石部智子一回到自己的座位上，就接到戶部社長的來電，要求她提出事故報告。智子還沒掌握到任何足以報告的狀況，她直接說明現況。貴野原和對馬也被叫去了社長室。

「那麼影響呢？」戶部問道。「果然還是什麼bug或病毒嗎？」

「是的。應該是中毒了。」智子的眼神泛著怒意，朝社長點點頭。

「對策呢？」

「既然對方向全公司廣播，可能還會做同樣的事，我會在廣播系統上設置陷阱。」智子答道。「我今晚會熬夜處理，明天早上以前把它弄好。」

二月二十三日　第一二五回

「那是關西幫的企業流氓。」石部智子一離開，戶部社長便說道。「唉，我們去那邊談吧。」

貴野原征三與總務部長對馬在接待區沙發與戶部面對面坐下。

「我想那些人可能搞錯了。為了慎重起見，我打電話給內子，」貴野原在戶部詢問之前先開口說，「但是內子不在。她說今天要去參加多摩志津江女士的告別式。」

「哦，多摩物產。」戶部似乎不喜歡逼問貴野原，於是改變話題說，「多摩夫人可是主管呢！」

話題轉移，對馬似乎也鬆了一口氣。「我都去對面大樓的須田醫院定期做健診，須田全家也都罹難了呢。」

話題中斷，三人沉默了好一會兒。

貴野原受不了了，於是開口說：「為了慎重起見，我看我還是去跟銀行確認一下好了。」

「唉，如果真的到了那麼嚴重的地步，你不可能不知道，我想應該沒事的。」戶部搔搔鼻頭說，「如果你想確認的話，就用那邊的電腦吧。」

「那麼，恕我失禮。」貴野原在社長的椅子上坐下，輸入自己的ＩＤ透過ＰＦＳ連線到交易銀行。

「那場空難要不要舉辦聯合葬禮？」戶部故意大聲問道。

「如果要辦，應該是由美國的ＮＯＥ總公司出面，不過罹難者有許多大人物及官夫人，聯合葬禮辦起來也很麻煩吧。」對馬也故意起勁地說道。「有兩名中東元首在機上，還有各國大使和他們的夫人，如果要辦，還得動用國家級的規格呢……」

對馬一邊說著，一邊介意地偷瞄貴野原，突然把話吞了回去，戶部也回過頭來。

貴野原盯著螢幕，又陷入一陣茫然。他的存款被提領一空，餘額只剩下四位數，定存也已解約，房子被拿去抵押。在貴野原征三的腦袋裡，幾乎快遺忘的蛛絲馬跡全部連結在一起，此刻變得鮮明無比。妻子最近顯得無精打采、煮的菜也偷工減料、妻子在穿著上的改變、家裡的家具雜貨增加了、妻子經常在夜間外出，以及最近晚上幾乎足不出戶，似乎在懼怕什麼。

「怎麼樣？」

戶部出聲，貴野原回過神來，看了看手表站起來。「真的很丟臉，不過我一直沒發現家裡出事了，我會仔細調查，明天再向您回報。內子應該回家了，今天請容我先告退。」

二月二十四日　第二二六回

南夫人三十七歲，育有兩名子女，體型肥胖，臉上總是掛著冷笑。她雙手提著裝滿食品的塑膠袋，正在回家途中，卻在貴野原家前面的馬路停下來。此時，她突然齜牙咧嘴地笑了，眼神閃閃發亮。南夫人一直很討厭相鄰四戶的貴野原家的權勢、豪奢，還有貴野原夫人的美豔及其放蕩的生活。此時，她露出猶如上天堂的表情，歡喜得發抖，盯著貼在玄關上的那三張紙。

「錢還來！」

「不許逃！」

「小偷！」

南夫人看著這些笨拙的筆跡，天馬行空地做出各種想像。她之所以一直停留在原地，是為了等待可以分享的對象。然而，第一個出現在她身邊的不是別人，正是屋主貴野原，讓她不由得退縮了。

貴野原征三站在門口，茫然地望著門上的那三張紙好一會兒，這也讓他發現妻子還沒回家。

南夫人面對屋主，發現這是個千載難逢的好機會，可以當面嘲笑貴野原，立刻擠出滿面笑容對他說：「哎呀呀，真是不得了呀！」

「可能有什麼地方搞錯了吧。」貴野原邊說，邊打開鐵格門，走進前院。

怎能讓他這麼簡單否認呢？絕對不行。南夫人扯開大嗓門，朝著貴野原的背影說：「哎呀，怎麼可能搞錯嘛！」

她想用鄰居都聽得見的音量述說貴野原太太豪遊的情形和高利貸等字詞，貴野原卻沒給她機會，撕下那三張紙之後，便走進了家門，南夫人只能不甘心地瞪著他。

紙被撕掉了。

「不過，我可是親眼看到了！」南夫人悻悻然地一邊走回家，一邊以厲鬼般的表情喃喃自語。

征三走進餐廳，把那三張紙排放在桌上，坐了下來。事到如今，就算正視事實又能怎樣？不就只是認清自己的遲鈍嗎？如果自己能夠發揮職場上洽商的觀察力，早就可以發現聰子被多摩物產的社長夫人志津江慫恿玩股票，也能推測出是劍持這名證券員在負責聰子的業務了。貴野原了解聰子的個性，對於她無法坦承虧損一事，也生不了氣，要怪就怪自己。

啊，妻子好像回來了。

「我回來了。老公，對不起，你回來了嗎？葬禮比較晚結束。」

帶著嘆息的撒嬌聲，這也是妻子最後的話語嗎？

二月二十五日　第二二七回

最後，聰子只參加了多摩志津江的葬禮。她與罹難者幾乎都有交情，然而可悲的是，她湊不出奠儀。就連志津江的葬禮，她都要把存款提領到只剩下四位數，再從丈夫的皮夾裡湊錢，才有辦法參加。

回家一看，征三已經回來了。聰子以為他只是比平常早一點，一邊走進餐廳，一邊為自己的晚歸道歉。結果，卻在餐桌前愣住了，嚇得心臟幾乎停止。桌上擺著三張討債人寫的威脅標語，而征三就坐在那前面。

「今天，地下錢莊跑來我們公司討債。」征三以慣常的口吻說，「我也查過銀行那邊，大概知道發生了什麼事，不過還是想聽妳說明一下。」

聰子眼眶泛淚，雙腿發軟，抱著椅背坐了下來。

不久，她便開始說明了。但是在征三聽來，那好像是快故障的空調所發出來的雜音，或許是他不願意聽。另一方面，也因為他一直在思考，這場災難與游擊隊的不幸結局有什麼關係嗎？往後，在我心中，哪一邊會留下較大的衝擊呢？

聽子差點把自己與劍持及天藤的性交易說出來。或許是出於一種自我懲罰，想要挑釁面不改色、默不作聲的征三，好激怒他，讓他懲罰自己。此外，也有一點責怪的心情，責怪整天沉迷於遊戲，完全不理她的征三。不管怎樣，這些話征三聽來，依然像是從空調彼端傳來、哼唱韓文歌的老太婆的詠嘆般。他只是隱約知道聽子好像有外遇，可是這不代表他沒受到打擊，反倒是因為打擊太大，他無法正面承受，所以心理上的防衛機制起了作用。

聽子說著說著，前後三次陷入極為短暫的昏厥狀態。第三次，她的額頭差點撞到桌面，但征三沒理會，只是茫然地盯著她。

聽子哭倒在桌上，征三好一會兒才慢慢地站起來。他覺得聽子在他面前哭成那樣，他根本無法思考，他也想不到任何細節或要點詢問聽子。

他走進書房。一進入書房，他立刻自覺進來並不是為了思考，而是想逃避。他像平常一樣，慢吞吞地打開電腦的電源，連上「夢幻游擊隊」中心。

明知自己目前的狀況不能參加遊戲，卻不自覺地插進了ＩＤ卡。

二月二十六日 第二二八回

隔天早上，貴野原征三再度從聰子口中問出虧損及目前急需的金額。征三和聰子都在各自的房間裡度過失眠的夜晚。催款單已寄達，聰子得知自己違約，必須付清網路高利貸的所有債務。包括這些錢，虧損金額大約三億四千萬。征三確認過這個數字，便出門上班了。

三億四千萬。怎麼！才這麼一點小數目嘛——征三不禁有這樣的感覺。他平常經手的金額是數十億、數百億，同時，十幾年來他從不過問家裡的生活開銷，所以對這個金額並沒有切身感受，始終不了解虧損究竟有多大。反之，征三最大的損失是讓全公司知道他太太向網路高利貸借錢。高級主管大概都知道了，情況嚴重到在主管會議中成為討論議題。

另一方面，聰子看著冷靜的丈夫一臉蒼白地出門，覺得恐怖極了。她不認為事情就這樣結束，卻也無法預測將會發生什麼，只能膽顫心驚地處理日常瑣事。唯一慶幸的是，她因為睡眠不足，甚至沒有力氣往壞處想。

貴野原一進辦公室，立刻到社長室向戶部報告。戶部社長似乎無法直視貴野原，望著窗外同情地問：「這些事你自己能處理嗎？」
「錢的話，應該可以。」貴野原說道。「剩下的就是我的去留問題了。」
「這件事晚點再說吧。」戶部不願意談。主管會議不是憑他一個人就能做主的。
貴野原回到自己的辦公室，打電話向銀行的岡總經理商量。岡與他約定，會替他想出最妥善的解決方法。貴野原接著打內線電話給對馬總務部長，向對方預支薪水。
中午剛過，鍋倉和岸一起來到金剛商事。
「聽好，不許動手啊！」鍋倉俯視著矮個子的岸，在玄關的玻璃門前再次叮囑說，「措詞也要禮貌一點啊！」
「知道啦。」岸還是一樣傻笑。「我又不是若林。」
臨時有客人拜訪社長和高級主管時，櫃檯都會先知會祕書課。此時，待在祕書課辦公室的員工，只剩連午休都在加班的石部智子。
「有客人想見貴野原常務，呃，就是昨天、昨天的那個……」
櫃檯小姐的聲音顯得很害怕，智子望著螢幕上顯示的櫃檯大廳畫面。昨天在櫃檯螢幕稍微瞄到的那名凶惡男子就在那裡。
智子氣得腦門血液上衝，說：「我去！」

二月二十七日　第二二九回

「祕書課的人會過來。」

櫃檯小姐抖聲說道，鍋倉點點頭。「喔，這樣啊。哼，誰都好啦！」

從一開始，他就不認為會見到貴野原征三。他盤算著只要讓貴野原在公司裡的立場惡化，對方應該會盡快還錢。

鍋倉和岸一起站在空蕩蕩的櫃檯前，偶爾惡狠狠地往旁邊一瞥，把兩名櫃檯小姐嚇得花容失色。當他們正在嚇人取樂時，電梯門打開，一個女人走了出來，怒氣沖沖地瞪著鍋倉和岸，鍋倉立刻察覺對方是祕書課的人，不過他滿心以為是男職員出來應對，所以有點驚訝。

「昨天的駭客就是你吧？」石部智子站在兩人面前，面露凶光地對鍋倉說，「害得我們業務中斷。你要怎麼賠償!?」

「唉、唉！」鍋倉很驚訝，對方竟然不怕他。他以諂媚的語氣安撫這個身高比自己高的女人說，「我們今天是來見貴野原常務的，可以替我們安排嗎？」

「你們還用病毒刪除紀錄！」智子氣得根本聽不進去。「要找出中毒的機器和軟體是很累人的，你打算怎麼彌補我？」

「我說大姊啊，」鍋倉決定稍微嚇唬一下對方。「妳只要替我們向貴野原轉告一聲就是了吧！妳不是祕書嗎？」

「我是管電腦的負責人。」

鍋倉心想這下子不妙。他繼續和女子爭辯，發現對方正在發抖。當他發現女子不是被嚇得發抖，而是氣得發抖時，更覺得不妙。要是這女人摑他一耳光，岸一定會動手，如果雙方扭打起來，情勢會對他們相當不利。鍋倉瞥向一旁的岸，岸正以一副垂涎欲滴的嘴臉，笑著仰望比自己高出二十公分的女子。或許正覺得這位大姊很帥吧。這個大白痴——鍋倉在心裡啐道。

鍋倉再次提到貴野原，智子扯開嗓門大叫：「那不是重點！」

這下子不行。鍋倉催促著傻笑的矮個岸說：「喂，我們下次再來吧。這位大姊好像氣瘋了，眼睛都發紅了。」

「呃……，我說大姊啊……」

岸擠出撒嬌般的聲音想說什麼——八成是想約對方——鍋倉拉著他，往玄關的玻璃門走去。

智子依然怒火中燒，朝著兩人的背影大吼：「下次再這樣試試看！」

二月二十八日　第一三〇回

從早上起，電話就響了好幾次，但是聽子不敢接。或許是兒子打來的，聽子只匯了房租過去，兒子的生活費也快用完了。

丈夫出門時曾說，會向公司預支目前急需的金額，再匯入銀行。聽子為了確認，下午連上了許久沒碰的ＰＦＳ。

突然間，螢幕上出現一名陌生男子的臉孔，瘦削的臉頰上有一道傷痕。他的眼神渙散、眼睛布滿血絲，先掃視了聽子周圍，突然一翻眼，瞪著聽子頭上開始吼叫：

「喂，貴野原家的歐巴桑！到底還要我們等多久才肯還錢啊！要是以為這樣就逃得了，那就等著吃苦頭吧！懂不懂啊這個醜八怪！雖然想叫妳去賣春抵債算了，可是妳都這把年紀了，也賣不了幾個錢啦！還不快去求妳老公付錢！再拖下去，乾脆把妳倒吊在東京鐵塔算了！」

對聽子來說，對方這番話有如異國語言，是自己所不了解的黑社會、甚至無法想像的下階層分子所使用的語言，根本無法理解。不過光是聽到就覺得很恐怖了。聽子一臉蒼白，匆匆站了起來，連電源都來不及關，便跑進丈夫的書房躲了起來。然而，即便她關上房門，依然聽得見對方的吼叫。男子那粗野至極、毫不客氣的說話聲在家中迴響。

聽子為了掩蓋男子不停歇的叫罵，打開了丈夫桌上的電腦。在這之前，她也曾懷著求救的心情啟動「夢幻游擊隊」，因而，手指頭自然而然地動了起來。懷念的主題曲響起，聽子不斷地敲打鍵盤，提高音量。即使如此，她還是聽得見那男人的叫罵，或許那聲音已深深印在她的腦海裡。聽子彷彿要向丈夫求救似地，也像是在呼叫電腦裡那群正在遼闊草原上休息的游擊隊似地，哭著拼命敲打鍵盤。

「救救我！救救我！」

征三的ＩＤ卡仍然插在電腦裡，已無心玩遊戲的他，早上忘了抽出來，就這樣出門上班了。

二月二十九日　第一三一回

「救救我！救救我！」

從昨天起，深江的腦海中就一直響起那個美麗女人的求救聲。

他站起來。他們才在南下幹線旁的草原上休息了一晚。三個分隊分別在三個地方紮營，深江把裝甲車開進草原過夜。許多隊員還在睡覺，深江等不及大家起床，便下了車。

天已經亮了。在幹道的數百公尺外，南北都有步哨站崗。草原的另一端，岩山的山腳下，隱約看得到穗高一如往常地半裸奔跑。

深江前往第三分隊的帳篷。他認為目前能商量的對象只有日野，不過也省了找人的工夫，日野正坐在帳篷前，曬太陽取暖，肩上並沒有坐著矽利康尼。

「那顆會講話的石頭呢？」

日野轉臉面向岩山。「那是一座鈾礦山。那傢伙察覺得到 γ 線，便叫我帶它去，所以我昨晚帶它過去了。它現在應該正在用自己的尖頭敲碎岩石，大口大口地享受鈾礦吧。」

深江在他身旁坐下。「有事找你商量。你曾經提過，有一個世界對我們來說，算是原空間、原時間，對吧！」

「是的。」

「你也說過，我們之所以沒辦法去那裡，是因為我們被某力場包圍。」

「沒錯。」

「能不能破壞那個力場，進入原世界呢？或者，你之前說藏傳佛教有許多類似量子力學的記述，那麼量子力學的多元宇宙構造，能不能以藏傳佛教的方法自由來去呢？」

「我從來沒想過呢。」日野說，「只是，深江兄是不是有什麼事必須這麼做？」

「是的。你能不能幫我想想？」

「據說西藏的譚崔行者（註1）透過訓練和修行，有時候能自在地往來時間與空間。」日野一邊思考，一邊說道。

喔，好久沒碰上這種情況了。——深江心想。腦海中充塞著競相冒出的知識，享受著思考時忘卻實際時間的延宕感。被深江質問而不得不回答的日野，感受應該更強烈吧。事實上，日野正注視著深江腦中龐雜的知識。

三月一日　第一三一回

「他們為了自由往來時間與空間，暫時製造一個叫做『居』的連續體。」日野繼續說道。「這個『居』，就是潛在性匯聚了各種力與格式塔（註2）的場，也可以說是大爆炸發生以前的宇宙。居的另一個意思就是譚崔。所以，有連續體直覺的人，稱為譚崔行者。」

「那麼，我們就沒辦法囉？」深江邊嘆息邊說，「我們既沒做過瑜珈修行，也沒受過喇嘛訓練，不可能製造出那個叫居的東西吧。」

突然間，日野彷彿被龐大的知識與卓絕的發想壓垮，腦袋一晃，身體往前傾。

「等一下！他們在某種儀式中，匯集一種叫普拉那（註3）的『氣』來進行跳躍。我們沒有這種力量，不過或許能用其他巨大能源取代。」

深江與日野彼此對望。不知為何，他們同時悟出相同的想法。

「鈾。」

兩人站了起來。

「要試試看那個儀式嗎？」

「嗯，先去那裡吧。」深江說，「去矽利康尼所在的位置。」

如今，來自總部的聯絡已斷絕，總部既然無法掌握游擊隊的行動，那麼游擊隊自由戰鬥應該是被允許的。深江這麼想，便回到裝甲車上，搖醒車上及附近的六名隊員。日野得到分隊長的許可，加入第二分隊。平野也醒了，走過來會合。

「現在，分隊將去救援某位陷入困境的美麗婦人。」深江向部下宣告。「不過那

註1 譚崔（Tantra）亦譯為「坦特羅」等等，為印度教中一支崇拜濕婆神性力的教派，認為真實幸福應為靈肉雙方。印度密教、藏傳密教中皆有譚崔思想存在。

註2 出於德語gestalt，意為形態，具有能動的整體之意。

註3 出於梵文prana，原本為呼吸、氣息之意，引申為生命力。

裡是異世界，需要某種儀式及莫大的能量才能進入。我們先朝那座鈾礦岩山前進。」

他指指背後的岩山說道。

「好像很有意思，帶我去吧！」平野說，「這裡就交給第三分隊吧。」

三月二日　第一三三回

由於對手是異世界的敵人，游擊隊完全搞不清楚哪一種武器最有效，於是各隊員分別攜帶多樣化的槍械。此外，日野表示「為了製造空間的原型，必須擊入稱為明點（註）的點」，所以隊員也都各帶了一、兩發從未使用過的半金屬包覆彈。

第二分隊——包括深江在內有七人，加上平野和日野，總共九名成員揹著重裝備，往岩山出發。穗高站在前方的山麓上，投以疑惑的眼神。行進的隊伍經過她旁邊，一名隊員把目的告訴她，穗高點點頭。

「我也去。」她跟了上來。

一行人爬上酸性火成岩山大約兩公里多，在山腹的斜坡遇到險石陡坡，中央突出一塊像是瀝青鈾的黑色礦石。矽利康尼正在底部挖洞，以頭頂的打火石尖端切開並鑿穿礦石，再從圓錐形軀體底部的孔攝取礦物質，讓石灰石與水合矽酸鹽產生反應，製造身體的矽成分。多餘的矽再排泄到同一個洞穴裡。

日野從洞裡抱起矽利康尼。

「在隨意的地點擊入明點，完全是為了體驗潛藏的力量與格式塔的力場。」日野說，「話雖如此，對於譚崔行者來說，明點是打在自體身上的。不過，從量子力學的觀點，我們必須利用這些鈾礦能源，破壞保護多元宇宙的原力屏障。」

十人遵照日野的指示，以礦石的岩頂為中心，排成半徑十公尺的圓陣。接著，全體隊員在槍口裝上半金屬包覆彈，腰際掛著一把山刀的穗高，也借了一把多機能槍械，站在明點周圍的放射狀圓陣中。

日正當中。

「我們需要激勵性的智慧。」日野讓矽利康尼坐在肩上，拿著槍叫道。「我們需要企圖衝破這世界以外的力量。深江兄，請你用力想像目的地。這樣會在連續體中產生異常亢奮的反應，然後會在周圍引起質變。」

深江閉上眼睛。那個未曾謀面的美麗女人，彷彿是自己前世的伴侶。她憂愁地發出求救訊息，那夾雜著甜美嘆息的求救聲，此刻已變成了迫切的恐懼與尖叫。深江依稀聽見日野正在下令，心想就是現在：

註 出於藏文thigle，英譯為drops，是一種能量所在之處。

「發射！」

已瞄準目標的十名成員同時扣下扳機，將明點射入中央的瀝青鈾礦礦頂。

三月三日　第一百三十四回

「喔喔喔，層級的壁壘終於崩壞了！」溷口讀著稿子，高興地搖頭晃腦，好像正在跳求偶舞的禽鳥。「好多讀者都等不及這一刻了，我讀過所有的投書，也想和讀者一起大叫：『太好了！』。」

「真是辛苦。」櫟澤露出虛脫無力和成就感攙半的複雜表情看著溷口高興的模樣說：「你們或許很高興，我可是卯足了全力，事到如今也沒什麼好樂的。」

「這樣啊，卯足了全力啊。」溷口詫異地窺看著櫟澤。「想必您敲打鍵盤的手指費了很大的力氣吧。」

「不是耗盡體力，而是關於破壞階層壁壘的技術。破壞壁壘需要某種能量，游擊隊那些人只需要打入明點，但我為了讓劇情發展到這裡，得控制『普拉那』啊。所以，我以螺旋『柯爾』高速旋轉明點，製造出『隆』的漩渦，把這股能量……」

「啊！那麼故事各章節依序出現的螺旋構造，就相當於這個吧？」溯口興奮地說，「我一直無法理解您說的螺旋構造第三圈、第四圈，原來就是您所說的『普拉那』啊！」

「是啊，不過別那麼激動。」溯澤似乎想起了什麼很討厭的事，望向一旁堆積如山的投書說，「要是讚美得太過火，又會有讀者來信說：『不要中斷故事，我們不想再看到解說，也不想聽你抱怨了。快點寫！』。」

「是啊！」溯口嘆息。「不管再怎麼重申，還是有人不願意理解這部小說讓讀者參與的意圖，還投書抗議。這次的劇情即將進入最高潮，反應會更激烈吧。」

「他們都是只顧著追求劇情的跳跳蟲！如果這是單行本，他們一定會跳過評論部分不看，完全不管作者真正的意圖，只想知道這是什麼故事，根本是一群沒大腦的傢伙！但是這是報紙連載，沒辦法跳著看，讓他們愈看愈煩躁，只好擺出讀者的高姿態，以命令語氣來信痛斥：『作者只要繼續寫故事就是了！』這些人只會狼吞虎嚥地吃掉每道菜上面的料，完全沒發現自己的無禮，根本是身體空空的倒立蒼蠅！」說著說著，櫟澤又怒上心頭，「咚」地敲打桌子。

「呃，所幸那些投書只占了一小部分。」溯口心想，要是讓他又開始長篇大論就不得了了，連忙安撫道。

「才不是呢！」櫟澤叫道。

三月四日　第一三五回

「又來了嗎？」美也夫人嚇了一跳，從廚房跑進餐廳。「老公，別再把桌子敲壞了，這可是Drexel Heritage的餐桌哪！」

「我認為，」櫟澤力持冷靜，慢慢地說，「這部連載小說的讀者大致上可以分成三類，大部分是讀得津津有味，但不會投書的讀者。另一方面，會投書的讀者多半都是老書迷，人數有限，頂多八百人吧。」

「沒那回事吧！」澱口插嘴說，「投書早就超過上千封了，大部分都是提議、感想和激勵。」

「不不不，有一部分顯然變成了常客。」櫟澤搖搖頭。「在這些人當中，有人為了搏版面，故意來信罵人。這沒什麼，這種人一看就知道了。最後呢，還是有少數讀者是真心寫信批評的。我們推測，這些人背後還有為數眾多的讀者，儘管覺得連載很無聊卻不吭聲。為什麼呢？看看這些內容極端類似、連筆跡都相仿的一百多封投書，幾乎都是匿名或冒名寄的。正是由於一開始以真名投書批評的讀者成為公開的箭靶，為了避免成為俎上肉，導致討厭這篇連載小說的讀者不敢用真名投書，甚至放棄了投書。所以呢，譴責這些不諒解的投書讀者，還是具有很大的意義。」

「才沒有什麼意義呢。」

美也夫人希望澱口附議，但澱口面露困惑，低下了頭，似乎想聽聽櫟澤的痛罵。

「這些完全不理解評論部分的讀者，對於第三十六回到四十二回的評論，不是略過不讀，就是根本不想聽。他們的國文程度只有小學、腦袋生蛆、算數只會二位數！不然不會到現在還用那張臭嘴抱怨『這是作家的私事！』『浪費紙張——』『作者不要露臉。』『評論太長——』『我們才不想被你這種人教育呢！』『什麼嘛，只不過是個寫小說的，神氣什麼!?』『就是啊就是啊，只要故事有趣就行了！』『我們才不想看什麼艱深的東西呢！』——這些人只會撲向美味的餌食，算是流於最低俗文化的井底蛙！這些臭抹布連做夢也難以想像『作者』是登場人物之一，評論也算是小說的一部分，只會大聲起鬨故事很無趣。那是因為你跳著閱讀，懂了嗎？這些遲鈍的死鯰魚！用偷窺狂的讀法讀小說，一輩子也體會不到小說的趣味。這些目光混濁、空有一堆舊常識、壓下去只會噴出藍汁的娛樂肥蟲！甘於放縱在這個連牙牙學語的幼兒都有發言權的世界，死不承認愚蠢的自己還停留在肛門期的性衝動！」

三月五日　第一三六回

櫟澤簡直是出口成髒，嚇壞了㵐口和美也夫人，兩人目瞪口呆地坐著。櫟澤愈說愈激動，氣得腦血管似乎隨時會爆裂。

「自己不做任何努力，只知道攝取那種咬碎後軟綿綿流進喉嚨的溫和小說和流行小說，還敢大放厥辭『請寫些正經的文學』。容我在這裡介紹一段葛楚德・史坦（註）女士的話就夠了。『新奇、新鮮的藝術必定令人不安。若是為了取悅於人而停止這種不安感，那部作品就完了。』怎麼樣!?嚇到了吧！你們這些河馬暴牙！連想都沒想到竟然有這種文學常識吧！看吧，你們這些軟趴趴、討人厭的傢伙！連這點常識都不懂，看看你們還胡說了什麼？『報費剛宣布調漲時，報社經營狀況不佳，以致只能請到稿費低廉的作家寫稿，所以是這種無藥可救的作家在寫連載，可是現在報費都已經調漲了，請換個好一點的作家吧。』什麼!?你敢對至今身價最昂貴的本大爺這麼無禮，不要命了嗎!?哦哦！這樣啊，這樣啊，你想讀『暖洋洋的、充滿喜悅的小說』是嗎？你想讀『適合刊登早報的清新小說』是嗎？你們想要不討厭、沒有苦味、充滿樂趣、不會令人不悅，說穿了就是讀過之後什麼也不剩的作品是嗎？是的，一點也沒錯，我們想要那種讀起來令人愉悅的小說，感覺就像在早晨與中年紳士輕柔做愛般。去照照鏡子吧這些糞袋！符合自己興趣的小說、此外什麼都不是的小說、不會傷害自己的小說、不會腐蝕自我的小說、教導日常處世智慧、死氣沉沉的小說、對人生有助益的小說、讓人墮落的小說——尋求這種東西的讀者不要擋在店門口妨礙作家！這些爛紫發光苔！你們這些人只要稍微遭到反擊，或看到一些批評，立刻橫眉豎目、鼻翼翕張地叫道：『哎喲，這是怎麼回事啊？怎麼會這樣啊？我們也有享受的權利啊！作家有義務娛樂讀者啊！讀者可是賞臉讀你的作品呢！施恩於你的作品呢！』哈哈哈哈哈，用老套抑制讀者反感、沾滿手垢的磨菇，你們這麼想吃嗎？替不懂得自我批判的人進行批判，是文學的任務。你們不去理解這個最重要的部分，只會抱怨這是『莫名其妙的小說』、『亂七八糟的小說』、『無藥可救的小說』，把責任推給作者，自己擺出老成的姿態，實際上腦袋空空。我借用一句畢卡索的話吧：『創作新事物時，由於過程實在太複雜，作品無論如何都會變得醜陋不堪。』怎麼樣？嚇到了吧！」

註　葛楚德・史坦（Gertrude Stein，一八七四～一九四六），美國詩人、小說家。

三月六日　第一三七回

「你們這些浸淫於媒體常識的讀者，一定沒想到這麼醜陋的作品竟然會登在報紙上吧？這些腐屍色的胡言亂語。喔喔，這樣啊，這樣啊，竟然被作家咒罵，你們這麼意外啊？這麼不甘心呀？一定很不甘心吧！就算不甘心又能怎樣？什麼？『事到如今，我想改訂其他報紙了』、『我不想繼續訂報了』。哈哈，亮出傳家寶刀了嗎？就算你們不訂報，報紙也會繼續出刊，不過這部小說的毒性會在你們這些讀到一半就放棄的膽小鬼身上繼續發揮作用，這種彷彿喝下浮出死魚眼的溫水的噁心感，會一直延續到你們死掉為止。相反地，小說會變成單行本、文庫本出版，收錄在全集。幾十年以後，至少會賣上五十萬本，這段期間，會錯意的投書內容會展現在無數人面前，子子孫孫都被嘲笑。明白了嗎？這些腦殘痴肥的螻蟻！連真名都不敢報上，只會站得遠遠地指著這裡，叫個不停的香港腳犬！」

「請……請不要再說下去了，求求您、求求您！」澱口一副快要哭出來的表情，伸手制止了失控的櫟澤。「重要的是，櫟澤先生……，不，櫟澤大師，請您也對過去一直熱心投書，給予建議、感想與鼓勵的讀者們說幾句話吧！」

「是啊，也不能忘了感謝呀。」美也夫人也急忙附和。

櫟澤回過神來。「喔喔，我都忘了。對啊！不只是投書的讀者，也得感謝網友呢。因為評論到這一回就結束了嘛。啊，諸位，各位讀者。」櫟澤站起來，轉身向熱心的讀者行禮。「與作者一體同心的各位，我對於大家之前的各種熱心提案，致上最大的敬意。那麼，故事已接近尾聲。由於各位的提案，故事的結局已經完成了。接下來即將邁入最高潮，請各位盡情享受吧。不過呢，劇情最高潮的靈感幾乎都是來自於各位讀者的啟發，對於作者來說，總覺得無法釋然。因此，最後將由我一個人來耍一下『文學』。所以呢，各位讀者提供建議的活動到此為止。當然，我還是歡迎各位繼續來信發表感想。呃，這樣可以嗎？」

櫟澤回頭，感覺好像不太滿足，但如果任意加油添醋，似乎又會想太多，萬一怒火復燃，那就不好了。以從不向人低頭的作家來說，櫟澤算是不錯了，澱口滿意地點點頭。「嗯，這樣就行了吧。」

三月七日　第一三八回

「只派他們過去真的沒關係嗎？」債權對策室裡，鍋倉皺眉問室長杉原。「若林不會動手嗎？」

「今天是星期六，如果委託書上寫的沒錯，歐吉桑會在家裡打電動吧。」他們派了若林和岸去貴野原家，不過杉原似乎還是有點擔心。「就算若林稍微動點粗，那個死愛面子的歐吉桑也不敢報警吧。若林那傢伙也要早點獨當一面哪！」

原來還有這層考量啊——鍋倉有點理解了。「原來如此。就算若林那小子動手，以致被警察抓進牢裡蹲上一陣子，搞不好也會變得聰明一點。」

「搞不好會變得更笨咧。」吉田盯著螢幕，回頭打趣地說道。

「不好啦！」若林和岸回來了。他們一邊開門一邊大叫。若林氣喘吁吁地報告：「貴野原那傢伙，竟然僱了突擊隊！」

「什麼突擊隊？」杉原眨眼問道。

「我們一到貴野原家，」岸說明，「感覺不太對勁，四下無人卻有騷動，很奇怪，我心頭一驚，叫這傢伙低下頭，結……結果我看到一個人站在前院。一開始我以為那是人型立牌，怎麼說呢，感覺那個人很單薄，而且沒有影子，沒想到那傢伙竟然動了！」

「你們在胡說八道什麼!?」鍋倉站起來喝止。「冷靜下來，好好說清楚！」

「院子裡有士兵。」若林說。「我們只看到一個，但是樹木和草叢裡面好像還有。」

「士兵？」杉原和鍋倉面面相覷。「你是說外國士兵嗎？長得怎麼樣？」

「是哥爾哥13（註）！」

「誰是哥爾哥13啊？咦，你說的是那個嗎？以前一部劇畫裡的哥爾哥13。現實世界真的有人長得那麼奇怪嗎？」

「這不可能是貴野原想出來的點子，室長。」鍋倉瞇起眼說，「既然有錢僱用突擊隊，卻不肯還債，豈不是對我們下戰帖嗎？我以前跟銀座聯合的企業流氓發生過一點糾紛，會不會是他們替金剛商事撐腰，想妨礙我們工作，企圖打擊我們？」

「金剛商事是悌信的關係企業，而悌信是網路高利貸的競爭對手。」吉田看著螢幕說，「悌信的企業流氓就是以前的銀座聯合。」

註　《哥爾哥13》（ゴルゴ13）是さいとうたかを的劇畫作品，主角「哥爾哥13」是一名技術高超的狙擊手。

三月八日　第一三九回

「混帳，竟敢瞧不起我們！」杉原額冒青筋，跳了起來。「好，既然如此，咱們就把那些突擊隊趕盡殺絕，順便趁亂燒了貴野原他家！咱們為了準備戰事，那時候可是買了一堆武器哪。喂，那些傢伙還在倉庫裡嗎？」

「是的。」鍋倉說。「那麼，要幹嗎？」

「要……要幹嗎？」岸興奮得發抖。

全員顯得十分激動，個個眼神閃現虹彩，喘息不止。

「怎能不幹呢？喂，你們給我做好心理準備哪。」杉原掃視眾人。「企業流氓的存在就是為了這時候，我們要回報上司讓我們吃閒飯的恩情哪。這時候若是不挺身而出，可是會被世人瞧不起的。」

他們也有面子要顧。不僅如此，萬一受到挑戰卻不戰而走，今後將會失去工作。

他們拿出沉眠在倉庫內的武器，各自武裝了起來。

「我也去。」吉田高興地說，「好久沒上前線了。」

之所以沒有人提出異議，是因為大家都知道吉田在美國攻讀ＭＩＴ時，素有生存遊戲之王的稱號，本身具有相當於實戰的經驗。至於他的射擊技術，曾經參加過奧林匹克現代五項，後來因為吸食大麻被捕，成了企業流氓。或許他就是期待這樣的機會，才故意犯罪的。

「反坦克火箭砲呢？」岸問道。

「別帶了。」吉田說。「在住宅區根本派不上用場，手榴彈也別帶。沒有實戰經驗的人用手榴彈，最後不是自相殘殺，就是自爆。」

全員穿上射擊背心，繫上S腰帶，腰間插上藍波刀，槍套裡分別插進PPK華瑟手槍、托卡列夫手槍、馬格南44手槍、貝瑞塔手槍等，手裡拿著M16或湯普森等小型自動手槍。若林興奮到了極點，嘴角流沫，岸則流出了鼻血。

在地下車庫的角落，停著一輛霧面車窗的廂型車。那是畫作交易興盛時期購入的車子，霧面玻璃則是為了避免收購的畫作曝光。五個人坐了進去，吉田開車，鍋倉坐在副駕駛座，杉原坐在後車座，若林和岸則躺在貨架上。

車子從都心駛上高速公路，前往世田谷區的高級住宅區。這裡是傳統住宅區，路面狹窄，雙向會車也不容易。貴野原家前面的東西向馬路邊皆有車子停放，他們開不進去，只好在南北向馬路的轉角停車。

三月九日　第一四〇回

教育圖書出版社社長藤川和社史編纂室的木頭一起搭乘公司車，改走一般道路，避開往都心方向高速公路的車潮。

各位讀者還記得木頭這號人物嗎？他在第九回的對話中出現過一次，連作者都忘了他的名字，趕快翻到前頁重讀。木頭的資歷不淺，當藤川的父親還是社長時，他就是公司裡的員工了，雖沒上過戰場打仗，也算是體驗過戰爭，對於戰史知之甚詳。所以，藤川玩遊戲時，經常仰仗這位老人的智慧。

木頭表示為了撰寫社史，無論如何都想看看公司創立的地點，所以藤川利用假日，憑著模糊的記憶，帶他到郊區的創社地點。藤川小時候經常造訪的大樓已不復存在，現址蓋了一棟單身公寓，木頭以鷹眼般的銳利眼神掃視四周，露出滿意的表情。

歸途中，藤川發現貴野原征三家就在甲州街道（註）一帶附近。他也知道貴野原假日時都會待在家裡玩電玩。

「高瀨，麻煩你在下個路口右轉好嗎？」藤川這麼命令司機後，轉而對木頭說：

「那個貴野原，我之前跟你提到過好幾次，他家就在附近，我們過去看看吧。我一直想把他介紹給木頭叔認識，他也對戰史很有興趣。不只是他，『夢幻游擊隊』的每位玩家都知道木頭叔喔。」

「這樣喔。」木頭似乎不太感興趣地應道。

木頭總是不苟言笑，似乎認為老人就要不苟言笑，那嚴肅的態度看起來有點裝模作樣，藤川覺得很有趣，很喜歡他這種彆扭的模樣。

他們把車子停在貴野原家前面東西向的馬路邊，交代司機等候三十分鐘，便走進貴野原家的前院。

貴野原征三在書房裡，此時無暇玩遊戲，正忙著整理證券、證書、存摺、報告書等等與家計有關的文件。與銀行的岡總經理商量時，這些東西必須備妥。聰子昨晚發高燒，體溫高達三十九度，門鈴響起時，她還躺在二樓的臥室動彈不得，所以征三前去應門。

「嗨，是我。」

「喔，真是稀客。」

「我們正好到附近，所以順道來打擾一下。我把之前跟你提過的木頭叔帶來了。」

註　甲州街道為日本江戶時代建立的五條主要幹道之一，以日本橋為起點，經過甲府，直至下諏訪。

「歡迎歡迎。」征三愉快地帶領藤川和木頭到客廳。再怎麼說，他也是大公司的高級主管，就算家計有困難也不會表現在臉上，反而將這兩人的來訪當成轉換心情的好時機。

三月十日　第一四一回

體型矮短肥胖的銀行總經理岡，披著一件開襟毛衣，腳上踩著運動鞋，牽著凡亭走出家門。凡亭是一隻三歲大的聖伯納犬。

岡就住在貴野原家附近，走路不到十分鐘。昨天，岡在銀行研究貴野原家的債務解決方法，整理了一些必備的文件。他為了讓貴野原征三盡早放心，一手拿著裝文件的銀行專用信封，另一手牽著凡亭，打算在蹓狗途中順道拜訪以前也去過幾次的貴野原家。

幾個月以來，這隻聖伯納犬表現得不同以往，過起了懺悔生活。在滿三歲以前，牠真的令人難以應付。儘管已經是成犬體型，卻依然是幼犬個性，成天搗亂，把家裡搞得天翻地覆，院子裡一片慘狀。牠咬破晾曬的衣物、把植木連根拔起，到處便溺，草皮都枯萎了。有客人來訪時，牠還會撲上去，弄髒對方的衣物。總之，牠的惡形惡狀把全家人搞得很頭痛，即使沒有惡意，但體型壯碩，力氣又大，隨時都會鬧出事情。牠只是把前腿攀在窗上，就會把玻璃壓碎；輕咬並以四肢抱住幼貓，想跟對方玩耍，結果一不小心就把對方壓死了。直到凡亭年滿三歲，性情突然變得很溫馴，整天昏睡度日。就算叫喚牠，牠也不會像以前那樣猛撲，而是慵懶地站起來，有點不好意思地走過來。岡心想，這傢伙要是變胖就糟了，因此盡可能帶牠出去散步。以前，凡亭散步時總是突然暴衝，把牽牠的人拖倒，現在已經不會發生這種情況了。

岡看到一輛車停在貴野原家前面，司機無所事事地在駕駛座抽菸。他心想，好像有訪客。凡亭的如廁習慣還是改不過來，岡認為要是把牠栓在大門的鐵欄杆上，一定會弄髒人家的玄關，所以他走進前院，左轉穿過杜鵑花叢，把凡亭綁在裡面的一棵柏樹根上。貴野原家的前院很大，通往玄關的石板路兩側有好幾層杜鵑花叢，右邊是枝葉繁茂的樅樹、橡樹和山毛櫸等等，左邊除了松柏以外，還種了華南錐等樹木。

前方又有一輛車子開進來了。

「咚」地一聲，是沙袋落地聲，同樣的聲音或輕或重地接連響起。岡蹲下來，回頭一望。他看到幾名男子躲在樹叢中，他們翻越西邊鄰家的矮牆而來，並未發現蹲在樹叢後面的岡。岡壓低身體，觀察對方的來頭。

一瞬間，長達數十分鐘的激烈槍戰爆發了。

三月十一日　第一四二回

查理西丸親自開車到貴野原家。

他不打算拜訪，只是不由自主地來了。很久以前，在某場派對結束後的黎明時分，他曾經開車送包括聰子在內的幾位女士回家，所以還記得貴野原家的地址。

前天，查理和聰子只是在多摩志津江的葬禮上遠遠地以眼神打招呼。聰子身上有一種氛圍，令人無法靠近。她極度憔悴、消沉。查理從彈道旅客火箭那些乘客口中聽說聰子買賣股票失利，但是不知道詳情。聰子是有夫之婦，查理明白不該貿然關心。可是，如果聰子隱瞞丈夫，被負債壓得喘不過氣來……

那樣的話，查理毛遂自薦，充當她商量的對象也無妨吧！查理想像自己與聰子商量債款的情景，忍不住陶醉其中。光是被她依賴，就會籠罩在至福的雲霧與光芒中吧。我嚮往的美麗佳人呀，我想助妳一臂之力啊！正因為聰子是有夫之婦，不是查理所能追求的對象，他的浪漫情懷更是無止境地膨脹，一股熱情幾乎快燃燒起來了。

如果裡面發生爭吵或有人上門討債，應該感覺得出來。查理內心的英雄主義反倒希望出現這種狀況，好讓他進去英雄救美。另一方面，他也很清楚，如果在貴野原家前面的路邊停著一輛奇怪車子，對方肯定會報警吧。他還懂得自我解嘲。就算這樣也好，我只想看看情況，只要能看到她平常的模樣，哪怕是一眼也算賺到了，搞不好還能跟她打招呼呢。不不不，別這麼貪心。

貴野原家前面已經停了一輛車，查理把車子停在後面，想確認對方是不是貴野原的訪客。車上的年輕司機叼著菸，探頭出來問查理要不要把車子移開，查理搖搖頭，接著觀察貴野原家。正當他望向窗戶緊閉、窗簾拉上的二樓時，一名看似鄰居的胖主婦狐疑地望向駕駛座的查理。查理以為對方的反應會像大部分的女人，看到他那身黑道風格的裝扮及容貌，嚇得急忙別開視線。沒想到婦人竟然露出滿面笑容，別具深意地回望著貴野原家。

就在這一瞬間，激烈的槍戰開始了。

三月十二日　第一四三回

深江擔心同伴自相殘殺，只把隊員安排在前院的東側。後院很寬廣，預料敵人會從後方的民宅翻牆入侵，所以他在那裡安排了四名隊員。深江等人躲在杜鵑花叢裡，平野爬上樅樹，藏在樹葉中。

日野說，就像譚崔行者遲早會從飛翔的原時間、原空間回來，他們也不知道能在這個世界停留多久，所以深江焦急萬分。快點出現！快點過來！我們必須在回去之前把敵人全部殲滅。

剛才他不小心站起來，被敵人的偵察兵發現了。不過，深江也看到他們的臉，如果接下來再出現同樣的壞人，深江絕對判斷得出來。剛才搭車前來的兩人，顯然沒有惡意。

深江聽到大型車在遠處的南北向馬路停下來的聲音，接著又有一輛車抵達，在前方的馬路停下來。

購物後返家的南夫人從後方窺看那輛車的車內，她看到黑道模樣的查理西丸，心想對方一定是前來討債的高利貸業者，臉上頓時綻放光芒。而且同時來了兩輛車，不知貴野原家裡正出現什麼樣有趣的場面。

就在南夫人回頭望向貴野原家的時候，遠處突然傳出槍聲，從南北向馬路上跳出兩名武裝男子，一邊奔跑，一邊朝矮牆彼端的前院東側掃射，他們踢開鐵欄杆門，蹲在門柱後面，朝裡面射個不停。

南夫人當場嚇得跌坐在地上，院子裡也開始應戰，子彈飛了過來，擊碎了車窗。南夫人把購物袋扔在馬路上，趴在兩輛車之間，想要爬著逃走，手腳卻使不上力，渾身不停地發抖，而且兩車之間的空隙狹窄，她的肥胖身軀能否通過也是個疑問。南夫人想像自己的巨臀被子彈「噗滋」射中的情景，就嚇得哀哀叫。她覺得很不舒服，渾身發冷，一陣作嘔，把剛才在商店街吃的肉包全都吐出來了。她渾身沾滿嘔吐物，好不容易蹲在查理的車子後面，子彈卻從她背後的圍牆呼嘯而過，讓她抖個不停，不斷地喃喃自語「會死……我會死……」。掏空的胃咕嚕咕嚕地叫著，腸子也在狂叫，這些聲音並沒有被槍聲掩蓋，不久，南夫人便狂拉猛瀉了。令人驚訝的是，即使她置身於這樣的極限狀態，臉上依然掛著喜孜孜的笑容。

三月十三日　第一四四回

談話實在熱絡不起來。

藤川以電玩遊戲當話題，然而貴野原征三的興趣目前正逐漸遠離「夢幻游擊隊」，藤川和木頭立刻發現他不是很起勁。木頭還是一臉不悅，一副「帶我到這裡幹什麼」的表情。於是，藤川指著木頭背後的書架，把話題轉移到書架上陳列的戰史與戰記。木頭掃視書架，眼神閃閃發亮，這兩人好不容易開始聊起來時，貴野原才發現自己連杯茶水都沒泡，說了聲「我去泡咖啡」，便站了起來，但兩位客人說「不必麻煩了，我們很快就告辭」，貴野原則回應「別這麼說，慢慢來」，雙方持續著客套的對話。

突然間，前院響起震耳欲聾的槍聲，同時傳來應戰的槍砲聲，三人嚇得紛紛從沙發和太師椅起身。

「那是什麼？」藤川啞著嗓子叫道。

木頭一聲不吭地奔向窗戶，拉開蕾絲窗簾。貴野原和藤川也站在他後面，壓低身子看向院子，卻不見半個人影。木頭掃視庭院，眼珠幾乎快蹦出來了，他憑著槍聲和草叢晃動的模樣，發現那裡好像有幾個人。

木頭直挺挺地站在窗邊大叫：「嗯，西邊有三人，東邊有五人！啊，門柱後面有兩個人過來了！五對五哪。不對，不對，樹上還有一個。好，東側左翼的人馬可能會翻越圍牆。快逃到馬路上，不然情勢對我們不利！」他激動得叫嚷了起來。

一個人果真照木頭所說的翻越了圍牆。

「啊！」貴野原和藤川同時叫道，面面相覷。

「藤川先生，剛才那個人不是游擊隊的日野嗎？肩上還坐著矽利康尼。」

「我也覺得是，不過這怎麼可能!?」

「為什麼會有人扮成游擊隊，在這種地方玩生存遊戲？」

「這是實戰！」木頭大聲斷定。「這不是遊戲！好，很好，把那兩個逼進院子。很好！去西邊，繞到敵方的右翼！」他開始指揮了起來。木頭想開窗，貴野原和藤川連忙制止。木頭興奮至極，一頭白髮都甩亂了，他亂噴口水，揮舞著拳頭大叫：「喂，衝過去了！啊！讓他們就這樣過去，別管啦！啊，樹上的，別跳下來，繼續待在上面！啊，啊，笨蛋！誰叫你跳下來的！」

子彈擊碎了窗戶，那股威力接近砲彈，不止玻璃，連窗框都被擊碎，書架上的玻璃也破了。三人被震到房間中央，翻越桌子，堆疊在地毯上。

三月十四日　第一四五回

鍋倉、若林、岸暫時躲進鄰居的庭院，翻越圍牆，再跳進貴野原家的前院。中間隔著石板路，東西兩方開始互相射擊，在南北向馬路上待命的杉原和吉田跳了出來，從門柱後面朝庭院東側射擊。

游擊隊的SF武器在現實世界派不上用場，應具備原子結構強大破壞力的達姆達姆彈也變成了鐵塊。深江等人陷入不利的情勢。日野翻牆，跑到馬路上查理西丸的車子後面，開槍射擊杉原和吉田。兩人無處可躲，情急之下只好衝進前院。吉田看到深江想從圍牆之間的小路跑進後院，心想這下子可好了，便追了上去。只要把對方逼進無處可躲的小路，即可從後面出擊。

吉田穿過樅樹下方，背後傳來東西掉落的聲響。身經百戰的他反射性地轉身，以自動手槍朝背後掃射。

平野跳下樅樹，想從吉田背後突襲，卻遭到反擊，側腹中了四彈，他愣住了，瞪大了眼。

死了！我死了！

他沒想過自己會死。不知為何，這是他在原本的行星開始打仗時既有的想法，其他隊員應該也有同感吧。第四分隊遭到殲滅的事實，有點動搖了他們的信念，即使如此，他還是深信只要別像那樣自取滅亡，就能在戰爭中永遠獲勝、永遠存活下去。這是他們的職責，也是註定的命運。

「這樣啊！」他喃喃自語：「原來這才是現實啊！」他們是——虛無。

平野的意識模糊，身體慢慢地往前傾倒。

在橡樹下，穗高射盡了無效的達姆達姆彈。杉原撲了上來，穗高情急之下，隨手拿起一把不知是誰的特波槍開火。深江擔心引發火災，原本禁止他們使用，不過這個世界並不存在非穿透性的多重複合矽，特波槍淪為一把微弱的火焰放射器。即使如此，其威力還是足以燃燒附近的樹叢。

杉原著火了。

高溫讓他失去了理智。

著火的人在斷氣之前會因高溫而昏厥。在旁人眼中，著火者只是因高熱而不斷地掙扎，其實一點點灼傷都會讓人痛得受不了，何況是全身起火，肯定會痛到發瘋。要是不信，自己試試看就知道了。

三月十五日　第一四六回

啪啪啪啪啪啪啪啪啪啪啪啪！
咻咻咻咻咻咻咻咻咻咻咻咻！
銀行總經理岡趴在樹叢後面，躲避頭頂上飛舞的子彈。
他現在處於極度驚恐的狀態中，嚇得尿失禁。他的下半身早已失去感覺，所以完全沒自覺。
不久，杜鵑花叢的葉子四處飛散，子彈飛得愈來愈低，岡試圖鑽進這隻聖伯納犬的肚子底下。
聖伯納犬的表情總是像在扮鬼臉，儘管塊頭大，個性卻十分膽小。牠原本還和主人一起趴在地上，但是一發現主人的意圖，立刻驚慌失措地把主人撈出來，然後自己還想躲進主人肚皮底下。
就在岡與凡亭擠來擠去的時候，躲在一旁華南錐樹幹的岸，被達姆達姆彈擊中，高高彈起，咚地摔落在草皮上。達姆達姆彈雖然只是鐵塊，卻也擊碎了岸的骨盤和脊椎，足以致他於死地。岸的雙眼暴睜，臉孔對著岡和凡亭，那張臉已浮現死相。岡朝著地面掩臉，凡亭嚇得四處亂竄，身上的牽繩一圈又圈地纏繞在柏樹上，最後牠動彈不得，悲傷地哀鳴。

岸痙攣了好一陣子，不過還有意識，他眼前迅速浮現這一生的影像，彷彿錄影帶快轉似地。由於是快轉，所以不太清楚，不過有時候似乎插播了狗飼料之類的廣告，並沒有什麼特別美好的回憶。不久，他的眼神失去光芒，在貴野原家的庭院結束了只會製造麻煩、螻蟻般的一生，回歸黑暗。

正當岡喃喃念誦阿彌陀佛時，全身著火、瘋狂舞動的杉原衝到岡面前倒了下去。他目睹了，燃燒殆盡的焦黑人體就在他面前躺下。杉原化成焦炭，一邊燃燒一邊散發出烤肉味，緩緩地擺動手腳。

岡凝視著它。與我無關——他這麼呢喃，然後思考。我是一個在實務領域表現卓越的銀行家，與這場虛構的騷動毫無瓜葛。沒錯，這一定是虛構的，而我是在虛構中被捲入這場騷動的無辜角色吧。那麼，身為這個角色，我現在該做什麼？

岡從信封裡取出文件，攤在被自己尿液淋濕的草皮上，開始仔細研究，看看這些要向貴野原征三說明、辦理手續的文件有沒有任何疏漏。

三月十六日　第一四七回

日野從查理西丸的車子後面跳出來，朝西奔去，從圍牆外朝前院發射達姆達姆彈。若林看到了日野，立刻將槍口對準他。然而，鐵彈早一步擊碎了若林的右肩胛骨，若林一邊發射M16，一邊仰面倒下，子彈擊碎了二樓聰子臥室的窗玻璃。

鍋倉將湯普森手槍的子彈全數射盡，想從槍套裡拔出托卡列夫手槍，槍卻卡住了，他急忙衝進通往後院的小路，若林也扔下M16，尾隨著他。

日野再度翻過矮牆，矽利康尼原本死命地吸住日野的肩，卻承受不了著地的衝擊，掉進了杜鵑花叢。

若林經過通道，正要跑出後院時，卻在後門前被日野的達姆達姆彈擊碎了頭蓋骨，脖子瞬間扭曲，他慢慢地跪下、向前傾倒，頭部栽進廚房後門旁積滿雨水的藍色塑膠桶，像垃圾般結束了自暴自棄、令人厭惡的渾沌一生。

藤川的司機高瀨在槍戰發生後立刻壓低身體，躺在座位上。然而車窗破裂，子彈射進了車體，讓他簡直置身於地獄。由於子彈沒有再射進來，他打開另一側的車門，正想下車，卻發現那裡又是另一個地獄。南夫人蹲在地上，渾身沾滿了嘔吐物和糞便，又哭又笑又鬼叫，還使盡全力撲向他。

查理西丸同樣趴在車內，由於戰場已轉移到院子裡，於是他抬起頭，透過破裂的車窗望向貴野原家。他比較正確地掌握到這場戰爭應該是企業流氓之間的糾紛，覺得這是上天賜予的良機，好讓他救出聰子夫人。

從二樓窗戶看得到聰子夫人的身影。當查理看到她那張蒼白的臉孔時，幾發子彈由下往上擊中了窗戶，窗玻璃碎裂，聰子不見了。查理再也按捺不住了，跳出駕駛座，穿過大門，跑向玄關，他祈禱聰子只是因為衝擊而昏倒。

穗高躲在杜鵑花叢裡，查理的外型看在她眼裡宛如凶惡的敵人之一。她無法朝屋內發射特波槍，便抽出腰際的山刀丟擲過去。山刀準確地射穿查理的脖子，查理的身體猛地撞在玄關門上，在門廊上旋轉了兩圈，然後筆直挺立，像根棒子栽進前院。穗高冷酷地走近斷氣的查理，以貓樣的眼神掃視四周，再拔出對方脖子上的山刀。

三月十七日　第一四八回

吉田追著深江衝進後院，發現那裡埋伏著數名士兵，急忙撲倒。

「糟了！」

他啐了一聲，以自動手槍朝著四面八方的草叢和樹下射擊。不知為何，敵方士兵似乎沒被擊中。可惡，難道那些傢伙真的是平面的，只要側身，根本連厚度都沒有，所以才射不中嗎？

事到如今，也沒辦法折回前院了。如果繼續待在這裡，前院的士兵也會趕過來。剛好，鍋倉從對面的通道跳了出來。

「糟了！」

鍋倉也發現士兵，叫了一聲，以不符合他年紀的輕巧動作翻越鄰家的圍牆，頓時，幾發達姆達姆彈嵌進牆面。

吉田站起來，拿著湯普森手槍對著瞄準鍋倉的士兵們射擊。當他擊倒兩名士兵時，子彈已用盡，同時還有三發達姆達姆彈打中他的臉。他的頭就像被放進微波爐的帶皮蕃茄般爆開了。

鍋倉走進鄰居家，就著鞋子直接踩進後院的簷廊，經過一個八疊大的房間，走進飯廳，詢問一對縮在角落尖叫、緊緊相擁的老夫婦後門在哪裡。接著，從廚房沿著旁邊的小路走出去，打開木門，朝南北向馬路走去。

已聽不見槍聲了，鍋倉判斷己方敗北。「輸了，我們輸了。」

在坐上廂型車之前，鍋倉從圍牆角落探頭窺看東西向馬路的情況，或許還會有生還的同伴。

但是，從貴野原家大門跑出來的卻是穗高，彷彿掌握了鍋倉的下落，一發現他就緊盯著，一路筆直衝過來，臉上的表情和提著山刀的模樣有一種難以形容的恐怖。

「咿！」

沒時間上車了。鍋倉逃往南邊，在下一個路口往東邊跑。他一邊跑，一邊拔出托卡列夫手槍，回頭就開槍。由於是單手射擊，不可能打中對方，槍口反彈了一下，宛如半裸魔女的穗高像是瞄準獵物般緊盯著他，也不躲避子彈，飛快地追了上來。

「哇哈哈哈……」

鍋倉發出又哭又笑的叫聲，死命奔跑。鍋倉對於奔跑——尤其是逃跑有十足的自信。然而，對方儘管是女人，卻有強勁的競走能力，根本甩不掉。鍋倉好幾次回頭射擊，卻完全射不中，子彈終於射盡，他扔掉了槍。

三月十八日　第一四九回

英吉搭乘井之頭線，在下北澤站下車。家裡不再寄生活費給他，不管他什麼時候打電話，家裡始終沒人接，他感到不安，想回東京看看。他經過車站前漫天塵埃的商店街，往老家方向走去。

咦？我家在東京嗎？我不是從鄉下上京念大學的嗎？貴野原是我真正的姓氏嗎？我爸不是作家嗎？

英吉環顧周圍，的確是記憶中的景色，他知道老家就在附近，也還記得父親貴野原征三及母親聰子的長相。

那麼，我是什麼？雙重存在嗎？

哈哈哈，我懂了。又是身為小說家的父親太寵愛兒子，動不動就想讓兒子在作品中登場，傷腦筋。這種情況以前好像也發生過耶！那時候，我是以馬戲團裡騎腳踏車走鋼索的藝人身分登場的，突然出現在很高的地方，差點嚇死我。比起當時的情況，這次或許還好。不不不，天知道接下來會發生什麼事。

就在英吉走到商店街盡頭，正要進入寧靜的住宅區時，前方突然傳來「砰砰砰」

的槍聲。所以我不是說了嗎？反正不會有什麼好事。

英吉有點提心弔膽地繼續走，遠方有一名身穿戰鬥服的男子跑了過來，他好像剛把手槍扔進了水溝，後面有一名像舞者的半裸女子追了上來。男子嚇得雙眼暴凸，嘴角流著一絲口水，隨風擺盪。他與英吉擦身而過，往商店街方向跑去。後面的女人揮舞著山刀，似乎正在追殺那個男人。英吉也跟一般人一樣玩過這款線上遊戲，他有點驚訝地叫道：「啊！穗高！」

穗高看也不看英吉一眼，便從他身邊經過，只顧著追趕男人，跑進了商店街。以那副模樣跑進商店街，一定會引起騷動——英吉目送著穗高這麼想，然後又踏上歸途。騷動的源頭似乎就是自己家，隨著逐漸走近家門，居民們三三兩兩地在路上議論紛紛，顯得很害怕。

英吉與七、八名看熱鬧的民眾站在自家門口，大感失望。這是怎麼回事？竟然在這麼狹窄的場所進行如此大規模的槍戰。八成是父親的興趣吧！

英吉掃視著四周的屍體，走到玄關開門，家中靜悄悄的。喔，我還有這些懷念的記憶呢，真了不起。

英吉扯開喉嚨喊叫：「媽，有人在院子裡打仗耶，妳知道嗎？」

三月十九日　第一五〇回

鍋倉即使逃進熱鬧的商店街，還是甩不掉穗高，他快絕望了。

「會被殺，我會被殺！」

鍋倉喃喃自語，一邊跑一邊推開路人。他跑到小田急電鐵小田原線的平交道上，柵欄已經放下來了。

穗高在奔跑途中，身上的皮衣被路邊的機車把手勾掉，現在是全裸狀態。路人紛紛退開，睜大了眼尖叫，指著她大喊：「喂，裸體耶！裸體耶！」然而，女戰士穗高只顧著追殺鍋倉，完全不管自己此刻的模樣，眼中只有鍋倉。

鍋倉沒有穿越平交道，而是左轉，跑進左側的一家小鋼珠店。他在店裡奔跑，推倒走道上拿著鋼珠盒的客人，小鋼珠撒落一地。他企圖讓追上來的穗高滑倒，但是穗高一踏進店裡，隨即掌握狀況，縱身一躍，跳到機台上繼續奔跑。鍋倉轉身想返回門口，自己卻滑倒了。

一個女人在大街上裸奔！是「夢幻游擊隊」的穗高！這附近有很多電玩中心，這是宣傳活動吧!?這樣的傳言立刻傳遍了整條商店街。小鋼珠店附近有一家女性內衣專賣店，一名好色老頭準備了一條粉紅色內褲，擋在追殺而來的穗高面前，笑著晃動手中的內褲。老頭子心想，再怎麼說穗高也是個女人，應該需要一條內褲遮掩，他想趁機吃吃豆腐。然而，穗高一把推開老頭，老頭仰面跌倒，她就這麼一腳踩上老頭的臉，也不介意那斷落的門牙插進腳底，繼續向前跑。

鍋倉鑽過柵欄底下，跑到車站前，穿越小型廣場，再跑進一家超市。他把高得幾乎碰到天花板的化妝品陳列架推向窮追不捨的穗高。玻璃瓶散落一地，引來陣陣尖叫和怒吼。鍋倉被逼到盡頭了。穗高赤腳踩過玻璃碎片，揮舞著山刀。鍋倉也抽出藍波刀對峙，但是他不可能贏得了穗高，兩、三下就被制服了。就在他的喉嚨被切斷之前，他摟住穗高那有如鬼子母神（註）般粗壯的腰部，發出微弱的哭喊：「媽……，是我不好。」

穗高解決鍋倉之後，站了起來。兩名警察從遠方圍觀的人牆中出現了，手裡的槍械引起穗高注意，她反手抓起山刀，戒備了起來。

「不許動！」

一名警察叫道。頓時，穗高從這個世界消失了。

註 佛教中的神明。即訶利帝母。原為餓鬼，生有數千名子女，奪他人嬰孩食之，佛陀施神力藏其幼子以誡之，後來成為佛法守護神，司管求子、安產及育兒。

三月二十日　第一五一回

令人驚訝的是，事件發生後，警方的巡邏車竟然花了四十三分鐘才抵達。因為附近的居民過度震驚，無法掌握究竟發生了什麼事，所以沒有人報警。事實上，包括屍體、遺留物品等游擊隊隊員全部消失以後，多達六部警車趕至現場，警察訊問情況，附近居民的證詞卻如同下述一般，眾說紛紜，不得要領。

「來了一支納粹大軍，從馬路朝我家發射大砲！」

「是越共！發生了大屠殺，我親眼看到了！」

「是外星人！那顯然不是人類，他們有好多顏色，而且沒有影子！」

在這些證詞中，貴野原征三、藤川、木頭及英吉等人所提的內容比較正確，但在警方聽來依然極度可疑。不過，無論是貴野原還是藤川，或者英吉，都不會笨到說出院子裡的人物是電玩遊戲大受歡迎的角色。說出這種脱離現實的證詞，只會被懷疑腦袋不正常。

奇怪的是，消失的一方陣營看起來單薄扁平——這樣的證詞，包括在商店街看到穗高的顧客在內，口徑紛紛一致。不過也有人主張「側看還是有厚度，而且確實有側面」，結論是「一群紙片人」，然而這個結論依然脫離現實。

在戰爭中死亡的六個人當中，其中一人是著名的劇畫家查理西丸，只知道他是聽子夫人不太熟的朋友，至於他為何會出現在這裡，原因不明。其餘五人根據貴野原征三的證詞，推測是網路高利貸的企業流氓。但是，警方事後調查，網路高利貸聯盟堅決否認與他們有關。

貴野原一家都平安無事。在窗邊被砲火威力震倒的人，包括二樓的聰子在內，也都毫髮無傷。不過聰子又發高燒，臥床不起；岡總經理在前院抱著凡亭昏倒了；在前面的馬路上，司機高瀨卡在車身與圍牆間的窄縫中，滿身污穢。他被已昏厥的南夫人緊緊抱住，苦不堪言。

警方暫時撤離後，征三和英吉收拾院子裡的殘局，在杜鵑花叢裡發現了矽利康尼。不知是否它體內的能源起了某些作用，只有它還留在這個世界。只不過，它現在變成了一具形狀複雜的前衛石雕。由於還得提出一堆麻煩的解釋，征三和英吉不想把它交給警方，於是將它擺在家裡，當作是這場莫名其妙騷動的紀念。

三月二十一日　報紙停刊日

三月二十二日　第一五二回

貴野原夫婦將世田谷區的這棟房子租人，在蕨區租了兩房一廳附廚房的廉價公寓，展開新生活。儘管通勤要花不少時間，每個月必須償還高額利息，這也是無可奈何。銀行的岡總經理針對市價約十億圓的貴野原豪宅設定了三億五千萬圓的抵押權，並融資給他，所以貴野原得以還清所有的債務及利息。

征三戒掉電玩遊戲了。不過，他為了紀念這段時期，把那個不會動也不說話的矽利康尼裝飾在壁爐台。夫妻倆又和好如初，連往日的熱情都找回來了。或許是中年夫妻的潛力與狡猾，連不幸的遭遇和外遇嫌疑都能變成一種情趣。

貴野原從常務董事的職位被降級，在戶部社長的安排下，他現在是改制後的祕書室室長兼ＯＡ機器管理室室長。原來的祕書課課長升遷為總務部部長，對馬成了常務董事。戶部社長也對電玩失去了興趣，他在某次派對中透過介紹認識了女星兒玉雪野，受到她的依賴，欣喜若狂，興奮地宣稱將會照顧兒玉雪野。貴野原對此感到憂心，卻不好介入。此外，即使從這裡衍生出其他故事，那也與貴野原征三無關，而是戶部社長的故事。

貴野原的新辦公桌在祕書室最裡面，這個位置離石部智子的座位最遠，但只要伸長脖子，還是看得到她。

某一天午休，石部智子一如往常埋首工作，連午餐時間都捨不得浪費。此時，她察覺辦公室最裡面還有一個人，這個直屬上司正目不轉睛地盯著她。

對方似乎有話想說。

智子低聲竊笑。由於距離很遠，貴野原似乎沒發現她正在笑，還是伸長了脖子，狐疑地盯著她。

最近，智子學到一項絕招，在夜店之類的場所被陌生男子打量時可以派上用場。她知道自己這一型的女人看起來像老師，對方也會這麼懷疑，不敢確定她會不會答應自己的邀約。

於是，智子會突然轉向男人，偏著頭微笑著說：「有事嗎？」

這麼一來，對方就會認定她是老師，打消搭訕的念頭。

要是現在使出這一招，貴野原一定會嚇一跳吧！這麼一想，智子更忍不住笑意，終於笑著轉向貴野原說：「室長，有事嗎？」

三月二十三日　第一五三回

「嗯！」貴野原征三點點頭，慢慢地站起來。他走近石部智子，似乎正在思考該怎麼開口。「妳之前給我的那本《夢幻游擊隊》第六集……」貴野原走到智子的辦公桌旁，邊思考邊說。「那是妳在書上市之前給我的吧！」

「是的。」

「為什麼妳在上市前拿得到？啊，我之所以這麼追問，是因為我在猜想，妳是不是直接去中心拿的？」

「是的，中心就在我家附近。」

「那妳見到時田浩作先生了嗎？」

「是的。」

貴野原知道時田這個名字，讓智子吃了一驚。

「果然如此。」不知為何，貴野原露出煩惱的表情，望了一下天花板。「能不能帶我去？有些事我很介意，無論如何都想請教時田先生。」

「知道了，我隨時奉陪。」

「妳也知道，」貴野原看看時鐘說，「上午和快下班的時候我最忙，現在暫時有空，妳呢？」

「走吧。」智子點點頭，開始收拾桌面。她很好奇貴野原和時田浩作會擦出什麼火花？

貴野原的身分已經不能隨意使用公司車，而且這也不算公事。於是，他們在公司前面招了一輛計程車，前往位在中野區住宅區的「夢幻游擊隊中心」。智子按下格子門旁邊的門鈴，浩作的母親出來應門。她還記得智子，便領著她們進屋，不過浩作已經忘了她。智子表示之前來過一次，再次表明自己的身分，並向浩作介紹自己的上司貴野原。

貴野原看到兩間打通的和室雜亂不堪，嚇了一跳，不過立刻振作精神，將名片放在紙拉門的滑軌邊框上，開始說明：「您或許知道，大約在兩個星期前，幾名游擊隊隊員裝扮的人物出現在民宅庭院裡，引發一場騷動。其實，事發地點就在我家。」貴野原很緊張，在泥地上站得直挺挺的。這次不必擔心內容聽起來脫離現實，他把目擊到的事實一五一十地說出來。

時田浩作待在桌前，也不把名片拿起來，一臉不悅地聆聽貴野原講述。不久，貴野原說完了，時田便轉身，口齒不清地問道：「你現在帶著ＩＤ卡嗎？」

貴野原從胸前口袋取出最近完全沒使用的ＩＤ卡。時田慵懶地起身，走過來收下，仔細觀察了一會兒，然後用指尖毫不費力地將那張看起來相當堅硬的卡片「啪」地折成兩半。

貴野原和智子嚇了一跳，「啊」地叫了一聲，時田浩作看著卡片的斷面，咯咯咯地笑了。

「喔，有蟲呢！三隻、四隻、五隻。」

三月二十四日　第一五四回

「上次，有個男人拿著當天的早報跑過來，興奮得要命。」時田浩作稍微恢復了正經語氣說，「他說游擊隊隊員在現實世界現身，引發了騷動。證據就是在後來的遊戲中，回到原世界的隊員有人受傷、有人離開。他們也談到矽利康尼弄丟了。從他們前後的行動來判斷，應該是使用了咒術及某些能量破壞了力場，超越了虛構的壁壘……，那個人這麼主張。不過，我太太專門應付這種人，後來就把他打發走了。」浩作偏著頭說，「啊，這麼說來，我太太當時是說那個人腦袋很正常呢！」

「老公！」時田的太太打開裡側房間的紙拉門，走了出來。

哇，好漂亮——石部智子聽著貴野原和時田的對話，覺得自己的邏輯能力和思考力快崩潰了。此時，她見到了時田敦子——舊姓千葉，暗號紅辣椒，以一身淡粉紅色洋裝登場，其美貌令智子再次睜大了眼。

敦子向來客輕輕頷首致意，走到時田的桌邊，在椅子上坐下。「我聽到你們的對話。老公，那果然是真的。」

時田低吟，做出小孩子耍賴的動作。這可能是他經常對妻子的態度。「我已經設了屏障耶，再加上虛構的壁壘，有雙重屏障耶。」

「我剛才解讀過了，他們好像用了西藏譚崔行者的方法。老公，得讓遊戲結束才行。就是現在！還有，最好聯絡一下粉川先生。」敦子俐落地下達指示，「得請他中止警方無謂的搜查行動。」

「嗯，嗯，對耶、對耶。」浩作被妻子緊張的語氣搞得有點手足無措，但很快地又以嫌麻煩的口吻，不負責任地說：「幫我弄啦！」

「嗯！」敦子立刻動手，才兩、三個動作，就切斷了記憶裝置的電源。

「啊！」貴野原征三有點悲痛地叫了一聲，然後幽幽地說：「妳剛才的動作，已經消滅了游擊隊吧？剛才那兩、三下，讓那些長期以來娛樂我們的隊員都被摧毀了吧？已經不存在了吧！」

「是啊。」時田浩作以同情的眼神望向貴野原。「不過，那些角色原本就是玩家本身的綜合體。」

貴野原無力地點點頭，彷彿在說「是啊，我都忘了」似地，而且自己不是已經戒了嗎？有什麼好感傷的呢？

「您好，這裡是警視總監（註）室。」敦子用浩作的電腦連線，一名疑似祕書的女警出現在螢幕上應答。

「我是紅辣椒。」敦子說。「我要找粉川先生。」

三月二十五日　第一百五十五回

警視總監。

貴野原征三和石部智子不由得渾身僵硬，電腦螢幕上出現一名幾乎可以去演歐美電影的俊美男子，膚色黝黑、人中蓄著小鬍，他就是警視總監粉川利美。

「嗨，紅辣椒，好久不見。」他笑咪咪地朝敦子點頭。

「粉川先生，」敦子並沒有打招呼，直接切入正題。這似乎是她一貫的作風，善於打斷異性對美麗的自己無止境的奉承。「又有麻煩了。」

「咦？」粉川顯得有點緊張。「夢境中又出現了什麼？」

「這次不是在夢境中，而是虛構世界。是我們管理的電玩遊戲裡的角色。」

「喔，那個『夢幻游擊隊』啊。我知道。」粉川似乎有些鬆了一口氣，露出笑容。

「這麼說來，我收到報告了。是出現在世田谷區民宅庭院的那些人嗎？」

「您知道嗎？」敦子略顯僵硬的肩膀放鬆了下來。「再三驚擾警方，真是不好意思。我剛才已經中止那個遊戲了，已經結束了，不會再給警方添麻煩了。」

「那麼，我會要求底下的人停止調查。」粉川若無其事地說道，並結束這個話題，打算繼續與敦子敍舊，聊聊近況與他們共同的朋友。他看起來很想念敦子。

「這表示過去也發生過類似的騷動嗎？」貴野原望著站在紙拉門邊框的時田浩作，激動地問道。「聽尊夫人和警視總監剛才的對話，以前發生的比這次更……，呃……」

「驚險。」智子從旁接口。

「是啊，驚險多了！」浩作望著半空中，露出回想的眼神。「但是，不管是上次還是這次，這些危機都是被我們這些現實世界的人的潛意識所觸發的，如果這次置之

註　警視總監為警視廳的長官，是日本警察組織的最高階級。

不理，也會發展成和上次一樣的大危機吧。幸好你們通知！」

「可是，之前發生過那麼大的騷動，我們完全不曉得。」智子無法承受過多的疑問，終於插嘴了。「這是為什麼？還有……」

「唉唉唉……」時田浩作苦笑，張開雙手制止智子，結束與粉川的通話，然後與妻子相視而笑。接著，他以安撫貴野原和智子的口吻說：「這個嘛，又是另一個虛構囉。」

「喔，是啊。」貴野原望向智子。「石部，就是這麼回事。」

兩個虛構的兩對主角面對面，彼此恭敬地行禮。

三月二十六日 第一五六回

櫟澤關掉文書處理機的電源，站了起來。

他很久沒受邀參加家庭派對了，看來這次能準時出席。

「老公，該換衣服了。」櫟澤下樓一看，美也夫人正在刷西裝。

「咦？妳又不去了嗎？」櫟澤問道。

「嗯！」

夫人不喜歡派對，大部分的派對都是櫟澤單獨出席。

「太好了！連載也結束了。上次那個金光店面，市政府願意出面買下，問題順利解決，黑道新法也實施了。老公，領帶打這一條吧。」

「知道了，知道了！幫我叫計程車。」

這場派對在某知名洋果子企業的社長家舉行，洋果子店的總店位於神戶。這次受邀的賓客是一間「波旁威士忌」俱樂部的會員，這些人多半在昭和時期個位數年份出生，他們平時會包下餐廳等場所聚會，像這次的家庭派對十分少見。

社長家位於可俯瞰海景的某大廈六、七樓。櫟澤走進六樓大廳一看，幾乎所有成員都到齊了，正眺望著海港的夜景讚不絕口。成員各行各業限定一名，有畫家、雕刻家、神道教和尚、聲樂家、服裝設計師、廣播製作人、日本舞舞者、爵士樂鋼琴家、攝影師等等，約有半數人攜伴參加，其餘則是單身女性。

這真的是獵犬號宇宙飛船哪——櫟澤總是這麼想。即使不像范．沃格特（註）的科幻小說，安排一位萬能科學家來介紹各科學家的專有名詞，不過聚集在這裡的人們，儘管職業不同，也極富知性，能以高度智慧的共通語言交談。表面看起來彷彿在聊一些無關痛癢的話題，一旦論及專門領域，每個人都顯得自信滿滿、歷練豐富，並以淺

註　范．沃格特（Alfred Elton van Vogt，一九一二～二〇〇〇），美國科幻小說家。

顯易懂的方式向眾人解說極富深度的內容，巧妙的口才吸引在場者的關注。各專門領域在觀念上的差異，有時候特別能夠激起櫟澤的創作欲望。

溫暖的話語和愉快的閒聊在耳邊迴盪，這裡沒有文壇派對的批評和工作上的對話，令人安心。櫟澤沉醉在波旁威士忌的酒香裡，一手拿著酒杯環顧室內。裝潢與家具皆品味不凡，角落有一組沙發，中央的餐桌檯林立著洋酒瓶、菜色豐富的料理，還有一扇通往陽台的玻璃門。

咦？我曾經來過。不不不，不可能。但是為什麼我會這麼想？櫟澤再度掃視周圍。對了，這裡很像故事最初的派對場景——須田醫生家的豪宅。這麼說來，角落也有通往樓上的樓梯。

櫟澤看到了那道窄梯，從底下算來第六、七階處，一陣愕然。

石部智子就坐在那裡。

三月二十七日　第一五七回

櫟澤像是被吸引般地走近石部智子，隔著扶手仰望她。櫟澤必須先確認對方是不是真的石部智子。

「哎呀，小姐。」他說，「看妳坐在那裡，笑得像《愛麗絲夢遊仙境》的笑臉貓……」

「……俯視著我們，究竟是何方神聖？」她笑著接口說，「別擔心，我就是石部智子。」

櫟澤呻吟。「妳超越了時間和空間嗎？」

智子點點頭，手裡拿著裝柳橙汁的玻璃杯。「虛構的壁壘破了。打破它的是櫟澤先生吧？這是您所希望的吧？」

「那是我的終極目標。」櫟澤驚訝地嘆了一口氣。「我就是為了這個目的而努力不懈。虛構可能侵犯現實嗎？我滿腦子都在思考這件事。」

「因為，過去的虛構總是模擬現實嘛。」智子似乎了解櫟澤的主張。

「當然，這裡也在虛構中。」櫟澤一笑。「我會跟妳一起往更上一層的現實前進，再掙扎一會兒好了。難得妳都來了嘛！」

智子站了起來。「那麼，我想帶您去一個地方，那裡不只有像我這種從一開始就是虛構的人物，還有原本存在於現實，卻被降級為虛構的人。」她走下樓梯。

櫟澤看到高大的智子，慌了起來。「那還真恐怖。我從來沒讓故事以外的人物以不錯的方式登場呢！」

智子把杯子放在邊桌上，先走了出去。兩人什麼時候走出門口？什麼時候搭上電梯？可能在虛構中被省略了，他們已經走到了戶外。

「噢，早上了。」

四周沒有人影，朝霧瀰漫，這裡似乎是主要舞台的都心區。再仔細環顧，似乎是千代田區丸之內的盡頭，看得見遠方的日比谷公園。兩人還在護城河邊並肩走了一會兒。

櫟澤一臉苦澀地說：「對了，原本的虛構人物，我也讓他們死得很慘，他們一定很恨我吧！」

「會嗎？」智子邊走邊望向櫟澤。「虛構人物的心情應該不會那樣吧？」

「我們去那座公園吧。」櫟澤隱約察覺智子想帶他去哪裡，指著日比谷公園的入口說，「可以讓我演齣戲嗎？當然，這只是一種拙劣的模仿。」

「好的。」

兩人穿越幾乎沒有來車的馬路。

三月二十八日　第一五八回

他們一走進日比谷公園，那裡已經變成了聖菲雷巴街。一名矮小男子悠閒地靠在一家酒館門口，朝他們微笑。櫟澤向他搭話。

「你認識清晨的加斯巴先生嗎？」

「找那傢伙有事嗎？」

「我想把那傢伙的真面目告訴讀者，很多人想知道他是誰。」

「你把那傢伙的名字寫在小說裡嗎？」

「我把它當成書名了。請問他住在哪裡？」

「就是那棟吊著貓腳的屋子。」

「可……可是那戶人家……，那戶人家……」櫟澤裝模作樣地抖著聲音說，一旁的智子低聲竊笑。

「你是指教堂嗎？」

「剛才神父還朝一隻死狗扔石頭。」

「請不要開玩笑。清晨的加斯巴先生在哪裡？」

「如果不在別的地方，就是在地獄吧。」

「喔喔，我知道了！」櫟澤高興地叫道。「那麼清晨的加斯巴就是……」

「沒錯，是魔鬼。」

「謝謝你。如果清晨的加斯巴在地獄，那麼我就光明正大地出版讚美他的作品吧！」

兩人走出公園，在白色霧靄中沿著護城河畔往紀尾井町前進。派報員騎著機車、載著早報，超越了兩人。

「喏，『清晨的加斯巴』走囉！」

「嗯，對於許多讀者來說，那或許是每天清晨造訪的魔鬼。我大大地利用了他們的憤怒，然而憤怒也僅止於此吧。這個國家很不可思議，作家的臭名會使得自己的作品被扣分呢！」

「不過，那股憤怒不是變成了我們侵犯現實的能源嗎？」

「嗯，應該是。儘管我們絕對不可能出現在現實裡，還是有人為了這『區區的虛構』氣得半死哩！」

霧氣遲遲不散。兩人轉進高級大樓區，爬上平緩的坡道，智子說：「您明白了吧！大家集合的地點，就是曾經舉辦過派對的橘家。」

不過，室內的情況不一樣。那是格調清爽的大廳，在水晶吊燈的照耀下，一百數十人齊聚一堂，悠閒地說笑，熟悉與陌生的臉孔混雜在一起，或站或坐地分散各處，其中也有令櫟澤大吃一驚的熟客。

「連你們都來了啊？」美也夫人和英吉拿著香檳酒杯，一邊笑著，一邊與「夢幻游擊隊」的深江交談。

三月二十九日　第一五九回

笑容滿面、將香檳酒杯遞給櫟澤和智子的，竟然是娜娜。

放眼望去，到處都是罕見的情景。劍持正與葛楚德·史坦女士共舞，整個人彷彿掛在對方身上似地；而聰子與企業流氓杉原室長正坐在講台角落親密地談笑；科恩·剛薩雷斯與久保田正坐在平台鋼琴前彈奏二重奏；而在沙發區，則以托爾斯泰、左拉為主，有數名文豪正在討論文學，可悲的是，他們討論的內容，其水準不出於櫟澤貧瘠的知識範圍。

筒井康隆也來了，他的立場很複雜。雖然身為作者，但是將他拖下虛構層級的是櫟澤，所以，櫟澤在這裡的位階比筒井高一層，讓筒井不太高興。來自層級1的投書讀者和網友各據一方，雙方似乎還是聊不起來。

多摩志津江、江坂春美、明石妙子、須田夫人等派對常客圍繞著南夫人，口口聲聲讚賞她，理由是她徹底演活了每個人都不肯演的骯髒角色。但是，這麼描寫的人是櫟澤，所以她們是在稱讚櫟澤的文筆，還是在責備櫟澤虐待南夫人，這就很微妙了。

這樣啊，在那場大空難和槍戰中死掉的人也來了耶。櫟澤雖然已經預測到了卻還是覺得有些羞愧。不過每個人似乎樂在其中，讓他備感安慰。這麼說來，在那裡聊天的客人，不就是游擊隊的平野和日野、企業流氓鍋倉、吉田和岸嗎？

櫟澤掃視四周，尋找若林的蹤影。令人驚訝的是，貴野原征三和查理西丸正被米蘭·昆德拉逮住，不知是在上課還是說教。

櫟澤一進場，眾人的眼光自然聚集在他身上，沒有做作的掌聲，倒是有一股氣氛將他引導至高出一階的講台上。智子推推櫟澤，他走了出去，不少人親暱地拍著他的肩，他回頭一看，那是澱口、銀行總經理岡和電氣行的高松等人。

櫟澤從高人一等的位置俯視全場，發現缺席的只有特別客串的時田夫婦，可能太客氣了吧。此外，除了魔物怪獸路人等小角色以外，幾乎全員到齊。櫟澤好像要發言，故事中的主要角色紛紛靠攏。不過，各處都有聚集的客人沉迷於爭論，會場仍舊熱鬧萬分。

「一部虛構小説結束了。」櫟澤開始説道，「這部作品強調報紙連載的特性，並利用它所造成的效果，等於是實況錄音。今後將會出版成書，內容若是被修改、重寫，原則上形同犯規，那是不被允許的。」

三月三十日　第一六〇回

然而，不管怎樣，話題總是會轉到他最在意的事情。

「雖説作者不可違抗讀者的意志，不過現在仍然有些事讓我很後悔。其中最令我不甘心的，就是讓好不容易登場的大批派對常客提早死亡。」櫟澤垂下頭。「如果一開始好好引導讀者，就不會造成這種遺憾了。故事中雖然還有其他人死去，不過他們都是為了完成自己的角色而死的。」

「哎呀，櫟澤先生根本不必後悔呀。」須田香奈環顧眾人問説，「對不對？」

「當然了。」她旁邊的近間辰雄用力點點頭。「其實在第一次派對結束時，我就已經覺悟到自己的戲分只有這樣了。」

「感謝您讓我們演出第二場派對的鬧劇。」站在櫟澤正下方的曾根豐年淚眼汪汪地說道，一點都不像他。「所以很感謝您，我們並沒有白死。」

「聽到各位這麼說，我真是鬆了一口氣。」原來如此，就像石部智子說的。從同樣是虛構人物的心理來類推，比起死亡，大家更渴望有活躍的表現。這就是「虛人」性情嗎？櫟澤這麼想，恍然大悟。

櫟澤說完以後，派對又持續了一陣子。但是，櫟澤在講台下被穗高抓住，就在他們爭論場面調度（mise en scene）的問題時，這次換石部智子登上講台，站在聚光燈中央向全員宣告：「各位，散會了。」

「不是散會，是篇幅沒了吧。」舵安社長從遠處的沙發打趣地說道，眾人聽了之後，紛紛笑了。

智子也笑著說：「即使如此，我們還會再見面的——就在集結成書時。更進一步說，是在讀者每次翻開書頁、更多讀者閱讀這個故事時。那麼各位，請回歸原位吧！故事世界以外的各位請回到現實，虛構內的各位請回到遊戲中，層級3的各位請回到層級3，層級4的我們會回到層級4。請大家從各自的出口回到各自的世界吧！」

會場周圍似乎有五個出口，雖然不清楚各出口有沒有設門，只見一股濃霧從那裡飄了進來。登場人物依舊談笑風生，卻也慢慢地移步至各個出口，消失在濃霧中。前往層級2出口的只有一人，那就是依然板著臉的筒井康隆。查理西丸和四個高大辣妹一邊跳舞一邊退場，最後，無人的空間化成了虛無。

三月三十一日　第一六一回

接下來是終場。這也是對各階層的登場人物及多方關照的諸位人士的THANKS TO，略去敬稱，GO！

山繆爾．理查森、克拉麗莎．哈洛、狄更斯、山田登世子、亞洛休斯．貝特蘭、及川茂、深江分隊長、平野分隊長、花村隊長、貴野原征三、石部智子、峰代理隊長、戸部社長、對馬總務部長、中井惠市、藤川社長、宇佐見衛、岡總經理、社史編纂室的木頭、舵安社長、江坂春美、貴野原聰子、隊員日野、棚部教授、上地知佳子、片岡里江、松崎章生、佐藤雅彥、佐藤光洋、小川太志、奧池鷹思、高橋藍子、三神紗嘉子、淺野富美枝、新田清博、櫟澤、澱口、美也夫人、劍持裕治、多摩志津江、須田醫生、瀨川夫人、須田夫人、須田香奈、曾根豐年、天藤望、近間辰雄、久保田、明石妙子、向井夫人、尾上夫人、郡司泰彥、團朋博、兒玉雪野、西田夫人、查理西丸，以及他帶來的兩名高大辣妹、仁木、仁木夫人、井上久、大上朝美、五十嵐智友、山本健一、中島泰、木下秀男、黑須仁、黛哲郎、森忠彥、小原篤次、山川雅史、梅村守、鳥戶一臣、角田明義、久保田泉、荻野博司、山本雅之、松浦功、山之上玲子、森啟次郎、勝又浩史、小林修、福田幸子、馬場博、水島清、松岡秀治、南守、福永信、高橋朝子、矢崎武司、土川裕子、高階良幸、杉岡育子、亨利·費爾丁、湯姆·瓊斯、安德烈·紀德、勞倫斯·斯特恩、項狄、舟橋俊久、增田浩行、宇多鞠子、傑哈·簡奈特、筒井康隆、夏目漱石、韋恩·布斯、木戶渥子、北井節子、高橋佐代、辻英郎、中島羅門、細川真澄、木下滿子、當山日出夫、赤塚不二夫、達利、中村正三郎、戶田拓、川口郁夫、荒木啟二郎、尾川健、時田浩作、時田牧子、千葉敦子、佐佐木元也、深瀨政子、渡邊加代子、哥倫布、井上愛子、鹽田惠太郎、白川崇、土屋真由美、橘惠美、濱田料理長、元木、橘市郎、高松、惠里、孔·岡薩雷斯、奧斯卡·彼得森、查理西丸另外帶來的兩名高大辣妹、幸森軍也、川嶋克正、柏淳一、杉本明美、粕井均、長尾和巳、富田真珠子、堀晃、穗高、古田祐子、西本秀、立林良一、早川玄、岡安誠史、清水伴雄、德富亨、小林弘明、吉村公次、平石滋、臼田幸生、玉井和宏、吉田、杉原、鍋倉、若林、岸、西洋子、田中隆積、三浦陽子、內海恭子、朝藤直哉、清水宣秀、英吉、岡田英吉、米蘭·昆德拉、泉卓也、杜斯妥也夫斯基、托爾斯泰、左拉、娜娜、盧奇諾．維斯康堤、井上宏之、細田均、西宮和彥、南夫人、葛楚德．史坦、畢卡索、粉川利美、矮個男、磯谷臣司、白井浩司、田中亘、寺坂幸江、村野直美、板倉裕子、常峰純子、富田豐、春原正信、高橋陽介、倉田隆一郎、矢嶋克郎、松本直子、川島克之、青木正之、藤本裕之、上杉榮二、、戶田豐志、成瀨志津子、大場幹浩、大多和伴彥、本間清和、齊藤龍一郎、吉田幸一、可知光、田口健介、關一典、土井賢、金田孝子、山田浩一、岩崎幸子、鈴木清、大島剛、松本裕、大村伸一、田原章孝、伊藤敏秀、木越仁一、館國、水谷充良、西山正彥、田邊一教、佐藤達也、田口滿里、橋元淳一郎、西垣通、佐飛通俊、加斯巴、渡邊香津美、山下洋輔、真鍋博。

四月六日　連載結束

作者結束了《清晨的加斯巴》大約半年的連載，卸下了肩上重擔，書桌周圍原本堆滿的資料已整理完畢，並依序打電話給該回信或聯絡的讀者，自己也洗過澡了。現在，沒有什麼需要特別交代的了。

作者想說的已經在作品中說完了，本作品算是一部批評「後設虛構小說」的小說，因此，作者在小說各處也批評了這部小說本身。

對於閱讀報紙連載小說的一般讀者來說，這是比較陌生的手法。我也收到許多投書表示「這真是一部莫名其妙的小說」。我把募集到超過一千封的投書編進小說劇情中，同時參考超過兩萬則以上的網友留言，構築了這部後設虛構小說。

這是報紙連載才辦得到。以批評的角度回顧這部完成品，即使用嚴格的標準來看，我的嘗試也算勉強成功了。可是這項成果，對今後問市的眾多連載小說能有多大貢獻？我感到懷疑。若問今後在報紙連載小說的作家會不會參考我這次的嘗試，並加以延伸，我認為希望渺茫。不過，最近有人以我的經驗當作跳板，嘗試新的挑戰，或許會有一些作家透過這部作品想到什麼新點子。但是，這些充滿活力的作家大多是新手，他們的身分無法隨意在報上連載。

這麼一來，只有趁再次連載的機會進行新的實驗了。這類作品雖然在報紙上虛構的框架中連載，但只要把它當成私小說（註），即可盡情揮灑。不過，我抱著「在連載中不能生病」這種類似恐懼的緊張心情，做了一切嘗試，現在已經想不到其他想做的事了。儘管那種恐懼和緊張對於創作活動相當有幫助，此刻我還是享受著解脫的暢快感。此外，我又是那種一旦寫完就不會後悔的人，所以，就算想到了接下來的新發展，或許也是六、七十年以後的事了。在那之前，其他人應該會發現新的可能性，所以，我希望能活到那個時候。反正，我一定會活過一百歲啦！

——（全文完）

註 二十世紀日本文學的一種特有體裁，有別於純正的本格小說，私小說的特色為採取自我暴露的敍述法，自暴支配者卑微的心理狀況，具有寫實主義風格，成為日本近代文學的主流。

解說／顏九笙

《清晨的加斯巴》非官方攻略

「許多讀者不滿足於現今的小說形式，不知不覺與小說疏離了。作者深信，這場古典又新潮的挑戰，應該能將那些讀者喚回新的虛構世界。」筒井康隆在本書連載開始時，立定這樣的目標；接下來他果然寫出一本抵三本的小說。首先，這是以小說形式來討論小說的「後設小說」，作者不但現身說法，甚至也勸誘讀者透過古典（投書）和新潮（網路留言）的手段參與其中；其次，包含時空穿梭情節與不可思議科技的「科幻小說」；第三個面向是反映社會現狀（黑暗面？）的「寫實小說」（姑且這麼稱呼）。

這三個面向，個別來說並不算是前無古人。科幻小說、「普通」的社會寫實小說發展久矣自不待言，後設小說也一樣：「這年頭，作者在作品中登場已經不是什麼新鮮事了。」至於「邀請讀者對劇情發展提供意見」，我們其實都聽說過實例：電視台或電影公司有時會透過收視率、市調或試片等手段來探查觀眾反應，決定（比方說）女主角該跟誰在一起。但是筒井的方式更加大膽而叛逆：「如果讀者有誤讀的自由，那麼作者也有『誤寫』的自由。」這部作品在報紙連載的半年期間，不論讀者還是作者，都徹底貫徹了一個原則——**我會聽你說什麼，但可不是照單全收**。這種作法要是操作不當，到頭來作者很可能對於讀者的七嘴八舌招架不住，就隨便採用幾個合乎自己心意的建議照作了事；結果可能是（一）情節發展中規中矩，讀者發現作者只是「玩假的」，讀者投書只不過是爭相猜測作者的意向罷了，哪有什麼挑戰可言？或者（二）情節零碎、前後邏輯不連貫，看完笑一笑可以，卻沒有值得反思的深度。然而《清晨的加斯巴》卻靠著作者筒井康隆的「狡猾」，避開了前述兩種窠臼。

為了避免混亂，我先列出此書由內而外的層層結構，靈敏的讀者或許早已了然於心：「夢幻游擊隊」的世界↓遊戲玩家貴野原及妻子聰子等人所處的「現實」↓創作出貴野原及夢幻游擊隊的「作者」櫟澤、責編澱口，以及他們所提到的讀者所處的世界↓出現在內文中，正在寫這本小說的「筒井康隆」（幾乎只是客串演出的戲分）↓最外側（書本以外）的世界，亦即筒井康隆本人及投書讀者真正生活存在的世界，也是我們的世界。

在連載剛開始的時候（一到十四回），故事還只有兩層：先是SF情節，不明時空中的游擊隊迎戰不知名的敵人，接著場景一轉，先前的SF劇情原來只是上一層「現實」中的電玩內容；大企業高級主管集體沉迷於「夢幻游擊隊」遊戲（幾乎變成一種身分與品味的象徵），主角貴野原甚至因此沒注意到家庭經濟危機。最初的讀者反應也很單純：有人討厭SF，要求情節「更家庭化」；有人一聽到徵求讀者意見就覺得是作者想「偷工減料」；有人要求讓自己的兒子出現在小說裡；有人希望故事「風格清新」。結果呢？筒井可說是回應了每個人的期待，也背叛了每個人的期待。

筒井（透過櫟澤之口）如此回應：「對我來說，只要舞台在地球，就很家庭化了。」接下來他寫的情節，卻一點都稱不上是「風格清新」——紙醉金迷的糜爛家庭派對！要求讓兒子出現在小說裡的讀者，則得到如此乾脆的反應：「佐藤光洋這個名字出現在這裡，他已經是登場人物了。……是啊，他已經**從現實下降到虛構的層級了**。」筒井給了讀者一記相當「壞心腸」的回馬槍。這也間接回應了其他人的質疑；詢問讀者意見絕非不分青紅皂白拿來就用，實際上筒井費盡力氣又推又拉又哄又罵，一會兒佯怒（讓櫟澤連續怒罵十回以上，堪稱本作最歡樂的片段），一會兒故做妥協狀：聽子外遇的情節惹來讀者抗議，櫟澤就加寫了一小段聽子沒跟任何人上床的版本——但從往後繼續發展的情節來看，顯然聽子外遇「成功」的情節才算數。以為作者會就此屈服的讀者，只能失望啦。

筒井的功夫之強，甚至能把乍看不怎麼樣的梗「化腐朽為神奇」。櫟澤嘴巴上抱怨「我已經寫了貴野原家現在只有夫婦兩人耶」，對於硬想把兒子塞進故事裡的讀者嗤之以鼻，但不久後就替貴野原家變出一個在外求學的兒子英吉；然而在櫟澤所屬的世界裡，「貴野原英吉」還有個「真人」藍本——櫟澤讀大學的兒子英吉，在第六十九回登場，在第一〇二回很無奈地聽老爸罵人。最後，兩個世界的英吉還疊合在一起：貴野原英吉在回家路上一陣恍惚，想起「自己」（櫟澤英吉）為何出現在這裡：「小說家父親太溺愛兒子，動不動就想讓兒子在作品中登場，真傷腦筋。」此時他也正好目擊夢幻游擊隊入侵貴野原世界的大亂鬥。（更妙的是，根據筒井的責編大上朝美所寫的日文版解說，在「真正的」現實世界也有個英吉，他是當時參與網路討論的一位大學生。）

一開始貴野原暗暗懷疑「夢幻游擊隊」遊戲背後是否有個龐大的陰謀團體——酷愛「欺騙全世界的陰謀＋英雄撥亂反正」路線的讀者，可能已經開始想像一個華麗到不行的冒險故事，不過到頭來這並不是什麼大組織陰謀，只是一對夫婦研究精神治療機器之餘賺取經費的副產品；雖然有許多人投注了大量的時間與精神在這個遊戲上，他們卻並沒有意思要全力回應消費者的期待，主動清除規矩不好的玩家。就算惡質玩家把遊戲裡所有的角色都玩掛了，這對夫婦也只會冷靜地接受，把結局寫下來出版。

縱然如此，照樣有玩家認為「夢幻游擊隊」將成為遊戲史上的傳說，玩家中井甚至覺得「因為那款遊戲，我性格中的某個缺點被治癒了。」這是作者筒井有意無意的警告／玩笑嗎？故事／網路討論區是大家共同塑造的，你們亂搞就會跟著砸鍋喔，我可沒這個意思要牢牢控制住故事的走向……。雖然實際上沒變成這樣，看似失控到難以收場的段落（像是一〇一回的大屠殺），最後仍然穩穩落地。但是當時追著讀連載的讀者，想必捏了把冷汗吧。對於當時名符其實「參與」連載整體過程的讀者／玩家來說，他們是否也覺得自己被治癒了某些缺點，獲得了成長？

這部小說進行的過程，乍看像是作者跟讀者之間劍拔弩張地對幹，但終歸是一齣喜劇。如何解讀標題《清晨的加斯巴》，就可以當成一種象徵。在第六十六回裡，舵安社長竟把自己剛睡醒時勃起的陽具稱為「清晨的加斯巴」——這時想必有許多讀者一陣驚怒或茫然，原來小說標題竟是這樣無意義的東西？但在最後，櫟澤這麼說，「對於許多讀者來說，那『清晨的加斯巴』或許就是每天清晨造訪的惡魔」，是隨著早報而來、在平靜的餐桌上發生的小爆炸。細心的作家鋪了半年的梗，給我們這個絕妙的笑話，我們怎麼能不給他熱烈的掌聲？

最後的派對之後，處於不同世界的角色各歸其位，等待下一個不知情的天真讀者，其中一個就是翻開這本書以前的你。現在你享受完了，是否覺得空虛、落寞、意猶未盡？沒關係，雖然慢了十八年，你還是可以參與，讓這個惡作劇繼續下去。你只要憋著笑意，用各種天花亂墜的説法，把這本書塞給某個缺乏戒心的朋友，然後欣賞他被炸開的樣子……

作者簡介／顏九笙

MLR推理文學研究會成員。被筒井炸彈炸得全身舒爽，準備拿著這玩意兒去陷害別人。

家圖書館出版品預行編目資料

清晨的加斯巴／筒井康隆 著／
王華懋 譯；. 一.初版.一 臺北市 ； 獨步文化：
家庭傳媒城邦分公司發行， 2009〔民98〕面 ； 公分.
（筒井康隆作品集：03）
譯自：朝のガスパール
ISBN 978-986-6562-32-7

861.57 98014215

城邦讀書花園
www.cite.com.tw

筒井康隆作品集 03清晨的加斯巴

原著書名／朝のガスパール
原出版社／朝日新聞社
作　　者／筒井康隆
翻　　譯／王華懋
選 書 人／陳蕙慧
責任編輯／王曉瑩

版　權　部／王淑儀
行銷業務部／尹子麟
總　經　理／陳蕙慧
榮譽社長／詹宏志
發　行　人／涂玉雲
出　版　者／獨步文化
城邦文化事業股份有限公司
100台北市中正區信義路二段213號11樓
電話：(02) 2356-0933
傳真：(02)2351-6320、2351-9179
發　　　行／英屬蓋曼群島商家庭傳媒股份有限公司城邦分公司
104台北市中山區民生東路二段141號2樓
讀者服務專線：(02)2500-7718；2500-7719
24小時傳真服務：(02)2500-1990；2500-1991
服務時間：週一至週五
上午09:30～12:00 下午13:30～17:00
讀者服務信箱E-mail：service@readingclub.com.tw
劃撥帳號：19863813
戶名：書虫股份有限公司
總　經　銷／大和書報圖書股份有限公司
電話：(02)8990-2588；8990-2568
傳真：(02)2290-1658；2290-1628
香港發行所／城邦（香港）出版集團有限公司
新址：香港灣仔駱克道193號東超商業中心1樓
電話：(852) 25086231 傳真：(852) 25789337
E-mail：hkcite@biznetvigator.com
馬新發行所／城邦（馬新）出版集團
【Cite(M)Sdn.Bhd.(458372U)】
11,Jalan 30D/146, Desa Tasik, Sungai Besi,57000
Kuala Lumpur, Malaysia
電話：(603) 90563833 傳真：(603) 90562833

美術設計／黃思維
排版／浩翰電腦排版股份有限公司
印刷／鴻霖印刷傳媒股份有限公司
□2009年（民98）11 月初版
定價320元 Printed in Taiwan